著名作家赵瑜
30年作品经典

独立调查启示录

篮球的秘密

兵败汉城
强国梦

赵瑜／著

陕西出版传媒集团
陕西人民出版社

图书在版编目（CIP）数据

篮球的秘密 / 赵瑜著 .-- 西安：陕西人民出版社，2014

（著名作家赵瑜 30 年作品经典）

ISBN 978-7-224-11043-2

Ⅰ. ①篮…　Ⅱ. ①赵…　Ⅲ. ①纪实文学—中国—当代　Ⅳ. ①I25

中国版本图书馆 CIP 数据核字（2014）第 040850 号

篮球的秘密

赵瑜　著

出 品 人：惠西平

总 策 划：宋亚萍

策划编辑：李向晨

封面摄影：李向晨

责任编辑：周　远　李婷晓

装帧设计：高洪亮　姚立华

出版发行：陕西出版传媒集团　陕西人民出版社

（西安市北大街 147 号　邮编：710003）

印　　刷：北京力信诚印刷有限公司

开　　本：700mm×1000mm　1/16

印　　张：17

字　　数：235 千字

版 印 次：2014 年 4 月第一版　2014 年 4 月第一次印刷

书　　号：ISBN 978-7-224-11043-2

定　　价：36.00 元

投稿邮箱 bwcq@163.com

发货电话 010-88203378

在公共性与文学性之间

——论赵瑜与他的报告文学写作（节选）

赵 勇

无论从哪方面看，赵瑜在中国当代报告文学的写作实践中都是一个独特的存在。他写作时间长——从 1985 年发表第一篇报告文学至今，赵瑜已让他的报告文学写作延续了 25 个年头，与中断于 20 世纪 80 年代末的许多报告文学作家相比，这种不屈不挠的写作姿态本身就意味深长，引人深思；作品数量多——据笔者粗略统计，赵瑜笔下可称之为报告文学的作品已有 19 部（篇）之多；社会影响大——几乎每部作品问世，都会形成一种“爆炸”效果，成为专业读者思考、评论、争议的对象，成为普通读者茶余饭后谈论的话题。与此同时，赵瑜的报告文学也越写越精致，业已形成了报告文学才有的艺术魅力。究竟是什么构成了赵瑜报告文学与众不同的特点？把赵瑜的报告文学置于新时期以来 30 多年的“文学场”中，该如何定位？

赵瑜报告文学的根在哪里？为什么赵瑜的写作能够长盛不衰？凡此种种，大都可以在公共性与文学性的关系框架中寻找到某种答案。

体制批判：文学公共性的彰显

在报告文学领域，赵瑜成名于《中国的要害》(1986)，名声大振于《强国梦——打开沉重的体育之窗》(1988) 和《兵败汉城》(1988)。也就是说在 80 年代，赵瑜已凭借自己的实力登上了中国报告文学写作的历史舞台。整个 80 年代是文学公共性彰显的年代，所谓的文学公共性，是指“文学活动的成果进入到公共领域所形成的公共话题 (舆论)。此种话题具有介入性、干预性、批判性和明显的政治诉求，并能引发公众的广泛共鸣和参与意识”。这一时期的报告文学在文学公共性的建构中扮演着重要角色。报告文学作家一方面开始关注更加具体的现实问题，形成了所谓的“问题报告文学”；另一方面，此类作品也把思考的力度从政治、社会层面推进到了文化层面，试图揭示问题形成的深层原因。报告文学写作者作为作家，必须把自己的所思所想附丽于现实问题之上，直陈其事，直抒胸臆，不大可能借助于什么艺术伪装，也失去了种种艺术手段的保护。在此意义上，他们的言说与其说是一种作家的行为，不如说是一种知识分子行为。这样一种角色扮演与写作方式自然是由 80 年代特殊的历史文化语境所决定的。

赵瑜便是在这样一种历史背景下开始他的报告文学写作的。而他一出手，就进入了问题报告文学的写作阵营；他的报告文学也成为文学—政治公共性建设的一个重要组成部分。《中国的要害》面世后，当时致力于报告文学研究的谢泳敏锐地捕捉到了这一作品所渗透着的“参与意识”，并认为它的出现具有双重意义：“一是它对报告文学从高层次宏观展示社会生活有一定的启示性；二是这篇报告文学的出现，正代表了新时期文学第一个十年接近尾声时报告文学发展的一个基本趋向。这一趋向具体说就是从宏观上驾驭生活素材，直接将作者对社会问题的思考渗透到报告文学中，既写事件中人物的情感、性格，更偏重于对所描写的事件进行高层的评价。其独特的优势就在于能从纯经济、纯技术的圈子里跳出来，面对现实，反观历史，对事件进行多角度、多层面的剖析，使报告文学超越了它的新闻价值和文学价值，为决策者制定今后的方针、政策提供了一个值得重视的侧面，也为决策者制定某些方针、政策提供参考。”今天看来，这一判断依然是切中肯綮的。因为此作品既在当时引起了交通主管部门的高度重视（晋城市交通局从编辑部一次提走 500 份，并以正式通知形式，向本系统上下级做了广泛推荐；山西省公路局晋东南分局也从编辑部先后提取 1400 余册，发至所属部门），也应该对后来山西乃至全国公路系统的飞速发展起到了某种促进作用。

由此也可以看出赵瑜的报告文学在文学—政治公共性建设中的主要特点。如果说在 20 世纪 80 年代报告文学的格局中，其中的一脉更注重批判性、更疾言厉色因而也更偏激一些，那么，赵瑜则采用了一种相对平和的写作姿态和相对温和的话语策略：他既提出了问题并在问题之中融入了自己的批判性思考，同时又抱着一种理性建设的心态，试图通过自己的写作与决策层对话沟通，从而促进问题的有效解决。于是，赵瑜既成了民意的“代言者”，同时又成了面向决策层的“进言者”。

这种角色特点也延续在他的“体育报告文学三部曲”中。“三部曲”中的前两部《强国梦》与《兵败汉城》同时发表于 1988 年，这一年既是学界所谓的“报告文学年”，同时也是 80 年代报告文学走到最后辉煌的年头，而赵瑜的重拳出击则为这辉煌涂上了绚丽的一笔。整整 10 年之后，赵瑜又推出了《马家军调查》，但他显然也延续了前两部的问题意识：对体制的批判与反思。在《强国梦》中赵瑜说：“今天体育方面的种种弊端，不是哪一些人的责任。关键在于体制。”而在《马家军调查》的结尾部分，赵瑜又发出了如下感慨：“就在一九九八的春天里，种种关于机构改革的传说得到验证……这一次，中国的政治体制改革至少在表面上有了重要内容，有了干货。真不容易啊，皇城一片震荡。”这种表白让我们意识到，揭示计划经济体制带来的种种问题，关注政治体制改革，应该是“三部曲”中的一个重要声部。同时，通过体育界呈现的问题引起全社会的重视并向高层进言，进而促进体制的转型或改革，也该是赵瑜的良苦用心和政治诉求。他表面上做的是报告文学，但实际上做的却是政论文章。如此写作的好处是高屋建瓴，气魄宏大，振聋发聩，直指人心，它在理性层面能迅速作用于人的公共意识，从而拓宽言说与思考的公共空间。但其弊端也显而易见，由于理性高于情感，思想大于形象，它们能对人形成某种震惊效果却很难在艺术感染力的层面让人折服。同时，由于作品呈现出了强大的公共性，势必会对本来就不多的文学性构成某种挤压，结果，文学性便显得越发稀薄微弱。简言之，在“体育报告文学三部曲”的前两部中，公共性与文学性是不成比例的。直到第三部《马家军调查》问世之后，这一问题才得到了妥善解决。

赵瑜像当时的许多报告文学作家一样，是带着知识分子的精英意识形态进入到问题报告文学之中的。而由于赵瑜把交通问题、体育问题做成了报告文学，由于这些问题又是关乎国计民生、民族精神的大问题，所以，赵瑜的报告文学便能在同类的报告文学中独树一帜，具有更大的轰动效应，从而也成了文学—政治公共性建设中的一支特殊力量。然而，作为时代的产物，赵瑜的报告文学也带着这一时代文学写作的通病，这就是公共性有余文学性不足。

文体创新：公共性与文学性的平衡

据报告文学界的研究成果，90 年代以来报告文学的发表数量虽依然可观，但好作品不多，问题却不少。其中最主要的问题是躲避现实前沿、对历史题材的过度开采、作家主体意识的淡化。而“报告文学的退化甚至异化，本质上导源于知识分子本身的退化或异化。他们人文精神的流失，或出于历史的无奈，或出于自我自觉或不自觉的放逐……必然会抽空报告文学的文体精神”。这一论述显然挑明了报告文学由变异而走向衰落的深层原因。

在这一背景下，赵瑜也进入了他的调整期。

往前追溯，其实早在 80 年代赵瑜刚刚出道的时候他就开始关注文学性了，只不过那时候他的想法很可能还不甚清晰，而落实到实践中也存在着不小的困难。比如，1986 年，赵瑜曾给评论家李国涛写信，信中说：“我的创作准备以及不多的实践，都没有在语言上下大功夫，花大力气！致使自己的文学作品不能征服更多的读者，继而又派生了青春短暂的急躁……几年下来，手忙脚乱，偏偏荒了语言。”赵瑜之所以会给李国涛写信，是因为他看到了后者的文章《文学不必退让》。在这篇文章中，李国涛反复论述的一个观点是“文学的优势在于语言”，面对电影电视的蚕食鲸吞，文学没必要退让自己的领地，因为再好的电视片也无法传达文学语言所描绘出来的神韵。这一观点显然给当时也在从事影视剧本写作的赵瑜带来了极大的震动，以至于让他有了反思自己的机会。

如果依照严格的文学理论眼光来思考“文学性”（literariness），从文学语言入手显然是其正道。但打磨语言进而提升语言的文学品位虽然思路正确，却还不能解决报告文学文学性不高的全部问题。这样，除了语言还需要让报告文学具备什么样的文体特征，便成了赵瑜后来重点琢磨的对象。

在 1988 年的“报告文学创作研讨会”上，赵瑜虽然明确强调了文学性对于报告文学的重要性，也意识到了“当前的报告文学作品文学性较差”，但究竟如何让文学性变得多起来，他似乎还没有更好的办法。1991 年，在回顾新时期报告文学的创作情况时，赵瑜意识到了问题所在：“由于理性色彩过重乃至后来干脆演变成一种赶时髦——从而影响了作品中反映生活原色的客观性。”而“如何在创作中解决好理性精神与生活真实之间的关系，我以为对将来的中国报告文学的深化和发展是个关键。”这意味着赵瑜对 80 年代包括自己在内的报告文学作品已有了一个清醒的反思。而处理好主观理性精神与客观生活真实之间的关系，也应该是打造报告文学文学性的组成部分。此后，如何革除报告文学的积弊，如何对报告文学进行文体创新，也就成了赵瑜经常性的思考内容。到 1998 年《马家军调查》面世的时候，赵瑜关于报告文学文体创新的思路已经清晰，他说：“报告文学的前途，是往宽里走，往深里挖。在遵守真实性原则的严酷前提下，认真地向小说和其他艺术取经求宝，以拿来主义，以杂交优势，以优势互补，赋予报告文学新的血液，新的面貌。”“我一直想把报告文学这匹马驹，赶向小说的骏马群中。我羡慕小说家叙事中那灵动的神思，那活力四射的语言，唯如此，报告文学始可驰骋疆场。”这意味着经过《马家军调查》的写作实践之后，赵瑜已明确了文体创新的方向。

90 年代之后，整个知识界进入一个“思想家淡出，学问家凸显”的时代。整个文学界则开始“向内转”，“写什么”让位于“怎么写”，当作家无法在公共性的层面有更大作为时，转而在文学性的层面上精雕细刻便成为必然之举。这种时代风尚既让赵瑜有了一个收心内视的机会，也让他拥有了沉潜发力的时间。而一旦他瞄准了文学性上的努力方向，他便既能对以往的写作进行纠偏，也能让公共性与文学性在自己的报告文学中达到一种有机的统一。正是因为有了这样一种调整和反思，从《马家军调查》开始，赵瑜已在追求公共性与文学性的最佳结合点。笔者以为，在 90 年代以来的报告文学写作中，赵瑜这两者结合得最好的作品是《马家军调查》（1998）和《寻找巴金的黛莉》（2009）。

《马家军调查》的文学性主要体现在人物的塑造与刻画上，《寻找巴金的黛莉》则是通过精心结构故事，巧妙谋篇布局体现出它的文学性的。《寻找巴金的黛莉》有两条故事线，一条是巴金与黛莉交往的故事，这个故事早已被历史尘封，只有巴金写给黛莉的七封书信留存于世，它正需要作者去挖掘、充实和叙述。另一条是赵瑜本人“寻找黛莉”的故事，这个故事就发生在最近几年。由于寻找的艰难曲折，这个故事又派生出许多个小故事。于是，历史故事的打捞与现实故事的推进相互交叉，大故事与小故事又彼此嵌入。这种故事套故事、悬念跟悬念，时而山重水复、时而柳暗花明的写法颇似侦探小说，让人捧读在手就不忍放下。人们当然可以说是因为题材的特殊，赵瑜才采用了这样一种处理方式，但在我看来，这种写法显然也体现了赵瑜文体创新的一种思路。

像《马家军调查》与《寻找巴金的黛莉》这种文学性增强的作品，我们又该如何考量它的公共性呢？在我看来，《马家军调查》的公共性不仅是延续了80年代赵瑜对体制的批判与反思，而且更重要的是作者借助于人道主义的思想武器，把对体制的批判推进到对于人的异化的批判。《寻找巴金的黛莉》的公共性则既是对普通人的关注和同情，也是对伟大作家道德人格的礼赞。在这一作品中，黛莉只是当年与巴金交往的众多读者中的普通一员，由于七封书信的发现，激发了作者对这位普通读者强烈的好奇心，于是有了作者的寻找。而寻找黛莉的过程既是作者大面积接触普通人的过程，也是后辈作家向前辈作家遥遥致意的过程。因为寻找的艰难曲折，那些平时很难进入文学作品视野的平民百姓走向了赵瑜的笔端，他们的生活、遭遇和命运构成了赵瑜关注的目标。在此层面上，赵瑜仿佛成了“流浪汉小说”里的主人公，他的所见所闻呈现出了人间的世态百相，而那些小人物艰辛、坎坷的人生遭际又通过赵瑜的叙述，激发了读者的道德同情。另一方面，巴金在七封书信中与黛莉谈人生理想，谈读书心得，为黛莉解疑释难，与黛莉平起平坐的事实，又构成了作家的一种精神标高和人格典范，于是寻找黛莉的过程既是赵瑜带领读者学习前辈作家的过程，也是作者与读者精神境界升华、道德感与责任感共同提升的过程。作品中，赵瑜抚今追昔，不时会发出如下感慨：“一个作家，如若拥有真学问、真信仰、真道德、真品位，那么，占有哪怕其中一样都会大成。而我们，惶惶然十三不靠，心中没谱，不知朝着哪一路和牌。在这里，我们丝毫不必讳言文学艺术的社会功能性，只是该问：你要发挥什么样的社会功能？替怎样的人生发挥怎样的功能？好作品进而大作品，从来都不是一个庸人为名利的产物，而是高贵的文化理想结晶。”这种感慨是中国当代作家与现代作家的对比之物，是让当代作家变得谦虚起来、不要盲目自大的清醒剂。而通过对前辈作家道德文章的追摹与高扬，赵瑜也完成了对中国当代作家与文学的潜在批判。

正是因为如上事实，我们才可以说，只是当赵瑜写出了《马家军调查》和《寻找巴金的黛莉》这种作品时，报告文学的公共性与文学性在他那里才达到了一种平衡。而这种平衡无论是对于赵瑜还是对于当代报告文学，其意义与价值都不可低估。

精神传承：赵瑜的文学之根

需要追问的是，为什么赵瑜的报告文学会如此呈现？他的文学之根究竟在哪里？

在中国现当代文学史上，山西的文学传统是由赵树理开创并由“西李马胡孙”为代表的“山药蛋派”继承而发扬光大的，写报告文学的赵瑜也应该是赵树理的传人。赵瑜是通过报告文学接通了赵树理写故乡、讲真话、从问题入手等方面的实录精神，这种影响主要体现在如下几个方面。

（一）调查功夫。赵树理虽然写的是小说，但许多小说是建立在调查研究的基础之上的。比如他的代表作《小二黑结婚》里的故事便是实有其事，当年赵树理也确实对岳冬至（小二黑的原型）事件做过一番调查。

赵树理那种调查研究的功夫在赵瑜这里演变成了一种采访的功夫和能力，这同样是深入生活的一种形式：“我是长期采用这种办法采访的，这或者算是一个思想方法问题。我觉得走马观花的东西，根本不可能写好。也许我属于比较拙的作家，也许跟山陕文学传统有关，我的前辈们为真实反映生活，在农村一扎好多年，根本不以为意。这时人们往往会把栩栩如生的最真实最有特色的故事讲给你，你会很有意思地跟大家生活在一起，而不是目的单一的采集数字，你会跟他们产生一种很近的同歌哭的情感。包括他们的口音方言，都要重视。这需要时间，需要努力。”赵瑜在这里直接点明了他的这种采访与山陕文学传统的关系，显然会让我们联想到当年赵树理与柳青的所作所为。

（二）实录精神。实录的精神并非来自赵树理，而是司马迁开创的一种文学和史学的优良传统。以这种实录精神来衡量赵树理的所作所为，或许他还不够彻底，但在当时的历史条件下，他已经算是做得最好的作家之一了。

赵瑜非常看重赵树理的这种实录精神，在迄今为止赵瑜所发表的报告文学作品中，他差不多已把讲真话的功能发挥到了最大限度。而在今天这个时代，讲真话虽依然会受到种种限制，但毕竟已与赵树理所处的那个时代不可同日而语。这样，当作家拥有了属于自己的思考空间和写作自由之后，敢不敢写和想不想说就成了一个至关重要的问题，而写什么和说什么又成了衡量作家思想境界的一杆标尺。从这个意义上说，赵瑜的写作是值得尊敬的，因为虽然他明知道一些题材依然是禁区，但责任感与使命感促使他秉笔直书，直逼人们被遗忘的记忆。

（三）问题写作。我曾把赵瑜的作品归类于“问题报告文学”，如果从山西文学的传统看，这种问题式的写作路径显然也是对赵树理的继承，因为赵树理便是写作“问题小说”的高手。赵瑜在他的多数报告文学作品中也提出了问题，这一点与赵树理相似。但或许是囿于报告文学的文体，或许是为了避免落入赵树理式的窠臼，赵瑜只是铺陈问题、展示问题和分析问题，却并不去提供解决问题的方案。从接受美学的角度看，这种做法显然要高明许多，因为问题的提出和展开是激发读者思考的过程，也是吁请读者参与解决的过程。读者因其“前理解”不同，问题的解决方式也就呈现出了多种可能性，这样就避免了赵树理小说那种封闭式结构。同时，这种提问方式与呈现方式，也往往会引导人们超越简单的政策层面（而赵树理小说的落脚点却往往是政策），从而在政治体制、文化精神、民族素质等层面驻足沉思。

赵瑜既是赵树理精神的继承者，同时也是赵树理问题的审视者和批判者。而只有批判地继承，才能倚傍这一传统又不拘泥于传统，让自己的报告文学写作呈现出越来越多的超越之姿，创新之象。

如今的赵瑜依然在马不停蹄地调查着、写作着，这意味着他以后如何在公共性与文学性之间闪转腾挪，对于我们来说还是一个未知数。不过，以我对他近年来作品的观察，凡是公共性与文学性结合得好的作品，大都是沉潜用功之作，而结合得差时，往往是他在“赶任务”。“赶任务”也是赵树理的一个写作传统，这个传统要不要继承，如何继承，看来赵瑜得认真琢磨一下这个问题了。

序 赵瑜和他的报告文学

李炳银

1988 年 10 月，我曾经写过一篇题为《站在隆起大山上的赵瑜》的文章，其中就当时赵瑜的报告文学创作成绩表达了看法。如今，25 年过去了，赵瑜的报告文学已经同当年有了很多的发展改变。借陕西人民出版社出版赵瑜《独立调查启示录》的机会，我乐意再系统地表达我对赵瑜及他报告文学的感受和看法。

赵瑜的报告文学风景

在现今中国依然活跃的报告文学作家中，赵瑜似乎是个老资格的作家了。赵瑜的报告文学是从 20 世纪 80 年代初开始起步的。他虽然未能够赶上 1977—1978 年那个伴随徐迟《哥德巴赫猜想》、刘宾雁《人妖之间》、黄宗英《大雁情》、理由《扬眉剑出鞘》等作品的出现而引发的报告文学大潮，并在中国的报告文学表现出前所未有的强势和个性魅力的时候，但是，这个报告文学的大潮和强势个性魅力的影响却是赵瑜报告文学的先声。正是这些作家作品在当时中国社会生活中的强烈影响，促使在山西长治市刚从体育运动生活步入文学创作的赵瑜感受到了报告文学的独特个性和力量，喜欢、重视并进而实际地从事报告文学的创作。赵瑜的这种文学体裁的选择，在山西这个有深厚与宽阔的小说、诗歌创作传统的环境里，明显的带有特别性。赵瑜也是可以写散文、写小说的，如在 1983 年时，就创作有小说《女人》、《雾中晨曦》和散文《重游老顶山》、《红的性格》等作品。但他后来却更多进行报告文学写作，这不能不说与当时中国报告文学的强势影响有某些内在的联系。人生和事业的选择，在某些关键的时候，总会有一种力量给你冲击和诱引。而徐迟、刘宾雁、黄宗英、理由和他们的作品，也许就是引发很多人走近报告文学创作和推动后来中国报告文学兴盛发展的一个很重要的原因。这个看来是个人选择的举动，实际上也像如今的时代更多选择报告文学这样可以真实深刻和文学地表现复杂社会生活状况的情形一样，是一次时代的选择。

赵瑜在其文学活动开始不久，就在报告文学方面有所发挥，有《新形象的诞生——马朝亮的高度》、《中国的要害》这样一些作品出现。特别是《中国的要害》，当时尽管发表在长治文联的刊物《热流》1986 年的第 2 期上，但是却因为作者赵瑜和这篇作品自身的新颖和分明个性立即引起人们的热切关注。伴随着《新华文摘》在 1986 年第 4 期上的全文转载，《中国的要害》的创新突破作用和现实社会价值意义进一步被人们发现和认同。这个作品，是以太行山中因为公路设施落后，担负重要煤炭运输通道的地方经常发生严重堵塞，给司机师傅带来的人生艰辛和严重经济后果为题材对象。这篇报告文学，比较早地将文学创作与对现实社会问题的考察相结合，其对社会的积极参与和思考及文学表达特点，明显地区别于此前报告文学多是激情赞美或严厉批判的两极情形，有积极参与现实社会问题，进而发现和思考，寻求建设的新特点。再结合此前理由《倾斜的足球场》对1985年“5·19”内地与香港足球赛之后骚乱事件的报告，这种特点很快被一些报告文学作家发现和跟进，由此，一种以全局的观照思考来发现报告现实社会问题，后来被称为“社会问题报告文学”的创作大潮迅速兴起。所以，赵瑜在中国报告文学创作中的最初亮相，就有很个性的声音和表现，带有分明的创新超越特点。而这个报告文学写作的主观创新和实际表现，不期然地成为了又一个中国报告文学高潮的先声。此后出现的苏晓康的《神圣忧思录》、涵逸的《中国的“小皇帝”》、徐刚的《伐木者，醒来！》等很多有类似特点的报告文学，似乎都是循此而来，最后引发了至今也没有消歇的持久中国报告文学浪潮。

再之后，伴随着赵瑜的《强国梦》、《兵败汉城》和《马家军调查》的陆续推出，赵瑜对中国现实体育体制的独特观察思考也立即震撼全国，使人们有茅塞顿开、柳暗花明之感。赵瑜对于现实中国官办体育体制和某些分明违背体育精神的举措，过分强调体育的功利作用等现象的追问和思考非常的勇敢个性，其震动影响至今依然存在。赵瑜体育报告文学“三部曲”，是他进一步被读者认识理解接纳推崇的重要基础。

赵瑜是同苏晓康、徐刚、钱钢、贾鲁生、麦天枢、胡平等一批作家掀起中国报告文学创作新高潮的作家之一。在其他作家因为这样那样的原因淡出或减少了报告文学创作之后，赵瑜却始终没有放下报告文学创作的实际努力，而且创作成果连连。这期间，赵瑜虽然还陆续参与大型电视片如《内陆九三》、《大三峡》、《赵树理》和《人民代表申纪兰》等其他影视作品的写作编导活动，但《革命百里洲》、《火车头的震荡》、《寻找巴金的黛莉》、《篮球的秘密》、《王家岭的诉说》等作品的不断发表出版，每一次都会因为其写作对象的特别而引起人们的关注。这些作品，无论是在数量还是社会影响方面，都使赵瑜的报告文学风景在不断地改变和扩展。赵瑜自写作报告文学以来，他的作品，先后荣获“中国潮全国报告文学征文奖”、

“鲁迅文学奖”、“徐迟报告文学奖”等多项全国性文学奖项，作品被各地报刊转载无数，有关赵瑜的采访、报道和研究无数。赵瑜也因为报告文学写作的突出贡献，被推选为中国报告文学学会副会长，山西省作家协会副主席兼山西省报告文学创作专业委员会主任。最近，山西省委书记袁纯清在省作家协会代表大会上，总结山西十年文学创作成就的时候，提到的文学作品，唯有赵瑜的《寻找巴金的黛莉》和《王家岭的诉说》，这些都足以说明赵瑜和他报告文学存在的作用和价值。

在现今的中国报告文学作家中，赵瑜是一种动向信号，是一种判定报告文学水准的标杆，也是一种人们认识感受报告文学的优选对象。所以，在多年来报告文学起伏曲折、褒奖毁损的发展过程中，赵瑜的报告文学创作，却一直在不断地以改变和拓展的状态稳步推进。这样的现象，很给力中国的报告文学写作，也自然会给那些对报告文学前景表示无望和气馁的人们以一种冲击与鼓舞。赵瑜的作品使人们看到了报告文学这种文体的广大包容的气度和灵活独特的力量；让人们意识到她的可塑性和远未抵达的壮阔天地；看到她在表现真实丰富的社会思想精神和情感道德内容方面长久的生命存在价值；感受到她在文学表达过程中艺术格局的多样和个性的魅力等。总之，如果说1985年时的赵瑜还是一个站在隆起的报告文学大山上的新角色的话，那么，今天的赵瑜和他的报告文学，就是中国报告文学大山上的一座高峰，自有其威猛的形势和性格风采。

赵瑜报告文学的精魂

赵瑜的报告文学，从现今的题材范围来看，涉及的社会生活领域很多，历史、现实的题材对象都有。他是以最初的《强国梦》对中国的现实体育表现提出独立个性观察评判，后来又有《兵败汉城》和《马家军调查》的跟进，而被读者认识、记忆和了解的；他此后涉及地域文化、铁路建设、突发矿难、“文革”浩劫、文坛轶事等不少真实社会人生内容的作品。但我们却不能说赵瑜是属于哪个题材领域的作家。作家的写作题材归属这种情形，在小说创作领域表现得很明显，说这个作家的小说创作多为农村社会生活题材，那位作家小说创作多在军事战争题材领域等。而报告文学作家，是以全社会的生活事件为选择对象的，时常的选择并不一定固定在某一个特定的领域，而是取决于对象是否有接近观察理解表达的价值意义。即使像开创了航天科技题材领域生活写作的李鸣生，多在抗战历史生活题材中活动的邓贤等，也不可以简单地以某个题材领域归位定向。所以，不能将赵瑜看成一个体育题材报告文学作家。题材，对于像赵瑜这样成熟优秀的作家自然也有个选择的过程，但根本的还在于如何地观察认识和表达，以及他对题材对象把握表达到了什么程度。

赵瑜的报告文学不以题材取胜，那么他何以成功？在我看来，赵瑜报告文学写作的成功，除对选择题材对象的用心之外，最主要的是他总有一种前沿观察和深刻准确把握评判对象的理性思想认识高度。正是这些精魂般的思想观念和评判结论，让他的作品具有强大的灵魂震慑力量。例如，在过去的很多年，不少的文学作品一写中国体育运动，就总是顽强拼搏，艰苦训练，勇夺金牌名次，为国争光等主题。这些内容，自然不是完全没有合理的成分，体育运动有励志强体，雄壮国家、民族尊严、豪情等作用。可是，将这些内容过分地强调，极端地政治包装，浓厚地功利化要求，就让本来可能合理的成分变了味道，进而有可能动摇体育最基本的健身强体属性，严重地脱离人民群众的日常生活，甚至变成缺乏人性、人道的机械行为。这样存在着严重偏失和矛盾的体育运动情形，在死板的体制控制和运作下，大量地花钱，畸形地延续，很少有人意识到其弊端和缺失，或者说没有人勇于站出来指出这些矛盾和问题。这就使中国的体育改革进程落后于其他领域的步伐，多少年来还总是在原地上转圈圈，得不到健康有益的现代改变；使表现体育运动生活的文学作品，主题单调、浮浅，手法雷同，很少新颖的亮点和局面出现。

但是，到了 1988 年，《当代》第 2 期发表了赵瑜的报告文学《强国梦》，这个一直捂着的盖子，突然被赵瑜揭开。立即，人们就感到“别有洞天”，原来在本该纯洁健康、自由愉快运动的体育活动中，还有很多污垢性质的东西依附着。我们的体育运动和管理，应当更加地接近广大人民群众，有更加洁净和人性科学的运作过程，而不是完全不计成本地用经营“这个战略”、“那个工程”来搞形象政绩工程，把广大民众的体育权力和利益剥夺、占有。在《强国梦》和后来的《兵败汉城》、《马家军调查》里，赵瑜通过对很多体育人物和体育事件真实的命运遭际与矛盾的揭示，形象生动地描述了很多畸形体育管理环境下的怪现象，描述了不少运动队管理的混乱和在训练中不讲科学，依赖简单地采用强运动量，以至有人为了争夺金牌名次，相互争斗，不顾运动员自身的生理健康使用非法化学药品的情形。赵瑜这些在体育观念上的文明科学检阅和内情揭露批判，很使许多人感到恼火和尴尬，但又无力消解其强烈影响。但是，更可悲的是，赵瑜这样得到了广大读者和许多体育内部人员认可的警示性报告，似乎并没有改变中国体育的现状，足可见传统观念势力的顽固强大。今天，体育领域的困惑依旧，问题依旧，结果，体育的道德内容失衡，运动过程中的腐朽气息和表现并无多少消减。像中国足球界的丑陋乱象，像某些大型运动会期间的歪风邪气，很多体育活动，简直就成了各种体育丑陋行为暴露的专场，很使人无奈和悲哀！赵瑜的报告文学是有力推动和丰富提高“社会问题报告文学”这种重大文化、文学现象的坚实力量，而这样的文化、文学现象在中国的文化、文学历史上都会留下分明特别的痕迹。

另外，赵瑜在《革命百里洲》里，通过湖北长江中一个小岛百年来的历史发展沿革，伴随地域、经济、政治、文化、民俗等方面的真实历史观察表达，对这里的历史在时间和其他多种力量的操控下所表现出的坎坷曲折、喜怒哀乐、光怪陆离等情形，进行了生动描述和深度的探访解析。这些透过社会现象表层的探析对于人们在一个点上感受理解社会的进程及其得失存在内容，非常地具有价值和说服力。其间所蕴含的历史政治经济文化乃至军事内容，都非常地个性特别，有趣亦有洞悉内容。在《寻找巴金的黛莉》中，作家以寻找七封旧时信件的来龙去脉为线索，像穿珠一般走向历史和现实，走进人们的精神世界和命运过程，在很多地方用点滴的细节和发现，深刻和有力地折射出很多历史与人生的大问题。赵瑜的报告文学，几乎很少有时过境迁，迅速失效的短命表现。恰恰能够在现实的对象中因为注入了思想精神的理性成分，有自己个性文学的表达，具有现实和历史的文献思想认识价值。理性的魅力时常可以穿越人的直感表层，抵达人智性灵魂的深处发生作用，它的力量也往往会超越很多有形的包装而带有裂变的巨大作用。改变人对环境对象的感受认识，乃至改变人的社会选择和方向。

赵瑜报告文学的精魂表现和存在，表现了他作品的独特个性和价值力量高度，也是他报告文学超越现象富有思想精神和情感魅力的表现。自然，这些表现会因为对象的不同而存在差异，但作者的这种不满足于简单机械地陈述对象外在表层事实的努力却一直很自觉。而这一点，在很多的报告文学写作者那里，却总是缺乏。我多年前就强调，真实是报告文学的生命，个性深刻的理性观察判断是报告文学的灵魂，文学艺术地表达是报告文学的翅膀。所以，赵瑜报告文学在真实基础上的灵魂体现十分突出，是一个存世的重要原因。这自然不光是个表达技术的问题，其中相关作家的社会阅历和文化素质，相关题材对象的包容及独特成分，没有一定的历史和哲学思考高度学识，只知道机械伴随政治的宣传需要和人们简单表层的热情写作的人，很难有这样的表现。赵瑜的成功，时常令人钦佩和高兴。这是中国报告文学成熟和高度的体现所在。

赵瑜报告文学的魅力

赵瑜的报告文学，几乎每一次新的亮相，总能够引来社会和读者的高度注视和反映。这固然同我们上面已经论述的前沿思想精神观念表达有关，但是，思想和精神是不会轻易走向广大的社会范围和读者中去的。文学艺术的受众之所以广大于很多专业的思想哲学著述，原因就在于思想精神和感情表达借用了文学形象艺术生动的手段。所以，报告文学这种立足于真实社会事实的文体写作，虽然会因真实原则的限制约束在表达时有很多的困难，但对于其文学形象艺术生动的要求却不应当因为其存在天生的限制约束而减弱和轻易宽容。既然画家可以在狭小的纸面画出壮伟的山水，戏剧家可以在有限的时间舞台上展现社会人生的波澜，舞蹈家可以只用自身的肢体表现出迷人的舞姿等，报告文学作家因为真实性的限制约束，被称为戴着镣铐在跳舞，亦应该并可以通过自己的把控技艺，将真实的事实和人物事迹表达得富有文学形象艺术生动的魅力。

在我们的报告文学作家队伍中，赵瑜是一个分明具有文体追求意识和自觉的作家。在有些作家总是用单一的事实罗列强调作品的主题，而十分缺少用自己对事实的自由灵活把握调配，使其符合文学形象艺术生动地表达要求时，赵瑜却在不断地努力实现事实报告的文学艺术性。像《强国梦》，这是最早对现实体育运动现象从体制到不同表现提出怀疑和追问的作品，但他的作者却总是从最真实的人、具体的事入手，在围绕不同的体育事件现象和各种人物的体育生涯命运描写展开时，让自己的结论建立在扎实的事实基础之上，而不是靠长篇的空洞议论，靠纯粹激情的演说，或者始终是现象冗长堆砌罗列。让典型和有代表性的事实本身的畸形表现和混乱纠结来说明问题的存在，在大量怪异的事实人物表现中提出和表达新颖个性的认识结论，这是《强国梦》富有震撼警示作用的魅力所在。当然，也是作品在很好地采用了文学形象的表述方式后实现的一种艺术表达。例如，那些政治意识浓厚狂热，盲目跟进的体育迷们；那些在赛场上曾经光彩，退伍后不少人却生活前景黯淡落寞的运动员们；那种不惜侵占群众体育资源，花费巨大的财力供养专业体育，企图通过夺取最多的金牌名次实现“强国梦”的偏颇见识举措等很多表现，带给人们的感受和思索就十分的现实和强烈。这些包含着敏锐观察和独特认识的理性因素，自身具有很强的智性启迪作用，再结合具体的故事和人生经历命运描绘实际生活化的展现，自然会有很大的形象感染和冲击力量。《强国梦》不仅是最早改变只从单一的体育运动对象机械地赞赏艰苦训练、奋力拼搏夺取辉煌成果的常态文学报告局面的作品，而且是第一部在全局整体上审视诘问并明确提出反思批评的作品。所以，这部作品在文学反映体育题材的作品中，无论是方式角度和内容结论方面，都是一次全新的表现，因为个性而显得独特，因为独特而富有魅力。《强国梦》的历史作用，将是中国体育史的一部分，永远会有价值。

《兵败汉城》是描写中国一次参加奥运会且出乎很多人主观预料、遭受惨败的文学报告。这次惨败，恰是在不少人对赵瑜《强国梦》提出的认识不以为然的时候发生。所以，又可以看成是赵瑜“不幸而言中”的一个有力例证。在这里，现实的体育运动模式所包含的很多矛盾和问题突出地呈现出来，盲目地自信乐观，着力打造的努力，权力和技术的摩擦，金牌名次和利益联系的纠结，官方意志和社会力量的相持与较量等许多内容，都因为一次惨败而显示出各自的分量。在这部对象现实明确的文学报告中，虽然其思想内涵缺少进一步的丰富，但是，因为及时地面对了使很多人感到失落、感到愤怒、感到不可理解、感到前景迷茫的中国体育运动的大事件而特别引人关注。在人们焦渴的时候奉人清泉，在人们迷惘的时候给人以方向这样的行为，其本身就具有很多紧迫及时作用和诱惑人的力量。《兵败汉城》，亦有类似的作用。鲁迅先生说，悲剧是将美好的东西毁灭了给人看。赵瑜对中国体育军团在1988年汉城奥运会表现的文学报告，自然不是属于悲剧的表现，而是对本来就可能存在着悲剧因素的对象的拷问与实证。

《马家军调查》，是对曾经“喧嚣”和“红极一时”的中长跑运动队“马家军”的调查报告。这个报告，在不否认“马家军”曾有不俗表现，获取优异成绩，在中长跑运动项目的国际舞台展现了中国能力的情况下，深入到“马家军”内部“探营”，进而从队伍的内部获取了相关管理混乱，利益矛盾纠纷严重，对正确体育运动目的认识缺失，忽略人性民主尊严，轻视科学规律，热衷野蛮愚昧训练，目无法纪妄自尊大，个人专制独行等很多内情，非常地具有密闭事实被初始面世的新奇和令人震撼的表现情形，直使人感到惊诧和愕然。作者真实描绘“马家军”从“辉煌”到“兵变”到“失败”到“散摊”的过程，真实地描写了马俊仁教练和不少运动员在训练比赛的台前幕后的矛盾斗争过程，让人清楚地看见一个存在着严重矛盾和文明缺失的畸形运动队伍，曾经违背体育道德规则的运动队，何以在现实的中国体育界呼风唤雨，身价百倍，最后又内情难言，轰然倒下的内幕，非常地具有解密和引人沉思的作用。当像马俊仁这样的新闻风云人物以他的“非凡作为”和难以摆脱的局限情形，以一个完整真实的形象出现在人们面前的时候，人们就会超越马俊仁本身的行事范围，联想到中国体育体制和运行过程中的许多表现，难道像“马家军”这样的运动队是我们的榜样和方向？难道我们的体育体制能够鼓励和包容这样既有很多违背体育纯洁精神、戕害运动员身心健康、排斥科学相信愚弄手段的训练方式，又以所谓“成功”要挟权力和他人的等等行为吗？《马家军调查》，绝不仅仅是对“马家军”的调查和总结，是在前沿的文化视点上对于一种怪异社会现象的观察，是用正确的体育精神和价值标准，用现代文明的规则对一个似乎显示出“样板”性的运动队的调查认识总结，在现实的中国，具有典型性和说服力。

赵瑜在面对“马家军”这样似乎重大复杂的对象时，非常地注重事实的真实把握和准确表达，因此，在作品中较少简单地结论归纳，更多的是真实内情的客观描述。作者通过“天鼎”、“地鼎”和“人鼎”三大部分结构成篇，在时代背景环境土壤、特殊历史条件和复杂的人际关系的阔大历史现实空间，全方位地面对“马家军”的历史进程和现实的经历曲折，将其全貌真实书写，使对象的来龙去脉清晰有序，十分清楚，各个方面的表现得到充分的呈现。内容个性而丰富，情景生动，十分地搏人眼球。作品中容纳了很多人的曲折命运故事和复杂激烈的尖锐矛盾斗争场面，情节故事起伏跌宕，人物个性鲜明。作者对于大的竞赛场面氛围情景的描述，对于很多典型细节的描述，时常在宏大和细腻的两个方面具有震撼穿透的力量，让人经常受到感染。赵瑜富有激情幽默的语言特点，在《马家军调查》中得到充分的表现，40多万字的作品，可人在阅读时不感冗长枯燥，没有臃肿腻滞的感觉，是同作者将自己富有穿透力的见识，始终同对象的实际言行表现结合到一起的生动描述分不开的。有了人，有了故事，作品就自然会生动形象，再赋予深刻的辨析理解智慧之光芒，作品就浑厚立体和浩荡起来了。

从“体育三部曲”到《篮球的秘密》，赵瑜分别从对中国体育现象开始质疑，到对一次奥运会失败的追问，到对一个“风光无限”的体育运动队的深入调查，再到对一种运动项目广泛开展并成功的探视，采取的报告角度和描述手段方式各不相同，足见作者用心文体创新的努力和自觉。这样的努力，使他的作品，即使是在题材类同、主题接近的时候，也各有内容特点，表现出个性，无疑也是对读者产生诱惑力的重要原因。

在写作《寻找巴金的黛莉》时，赵瑜根据题材对象的特殊性，又有了新的文学艺术追求。偶然得到作家巴金早年写给年轻读者黛莉的七封信件原件，这在很多人的规范思维下，一定是在进行一些必要的考证后，将其资料文献式地公布完事。可赵瑜却完全不是这样，他希望有更加深入的探访。在根据时间推断黛莉已经年近90的情况下，他毅然决定寻找。这里的寻找，具有两方面的内容，一是在这些信件中寻找巴金当时的思想情绪和文学人生情况；二是通过寻找黛莉本人，找寻一个当年的进步青年的人生痕迹。最后，恰恰是在这些坎坷曲折的寻找经历中，作者获得了比信件更加丰富多彩和深刻特异的社会人生内容，将巴金的文学人生原则及当时心绪，将黛莉和他家族的历史表现与命运表现，给予了真实的揭示表达。作品的叙述沿着两条寻找路线延伸和展开，像两条并行和交织的线索在飘动，像交响乐中的复调旋律在交替延伸呈现，充满了悬疑、迷茫、探析、解惑、震惊、感动、叹息、焦虑、莫名等大量的历史人生命运消息。这些历史消息，或者来自具体的对象本身，或者伴随着对象的行踪出现，或许看似细小、偶然、特别，但是，读者若稍稍地展开联想，就立即会进入很多的历史空间，让你看到也许是完全陌生的历史和人生天地。例如，在晋西北当年的土改运动中，一个村长，竟然就可以裁决一个地主、富农的生命权利（所谓“群众说了算”）；例如，这黛莉，赵瑜最后还真的在西安找到了她本人，她相对平静地活到了今天90多岁的高寿，很令人欣慰。可是，如果她当年在抗战的时候，受进步思想的激励，毅然离开事敌的家庭，加入到了国民党军队或八路军，像她这样后来证明是出身汉奸子女，又有抗战英雄叔父的人，又因为战乱被动而放弃了继续追寻革命的人，在后来剧烈的历史政治变革环境，命运将会是怎样的呈现？纷繁复杂的政治斗争，可能很早就将她折腾得九死一生了。庆幸她因为偶然的原因同激烈的斗争舞台有了距离，后来虽然爱情家庭生活不幸，但还是相对平静地度过了漫长的人生。《寻找巴金的黛莉》，其篇幅并不很大，但奇特的题材内容和个性的文学表述，使其带有很强的艺术牵引力量，魅力无穷。这样的作品，在出版之后，被很多报刊转载并收进许多选本，得到很多作家的钦佩和赞扬。所以，题材的个性固然重要，但文学的艺术表达也绝不可忽略。赵瑜这样的不断改变和出新的追求，十分值得鼓励和提倡。

在此后的《火车头的震荡》、《王家岭的诉说》里，赵瑜也将一条铁路建设的题材对象写成了包含中国铁路建设历史的生动文学读本，将一次矿难报告因为真实的内幕揭示写成了震撼人心的激情呐喊。也许这些作品的个性价值未能引起太多的关注，但赵瑜在面对这些题材对象时的个性考量和文学处理无疑比不少作家更用心。他总是能够在别人可能直观面对、轻率表达的题材中找到有价值的地方，在可能简单处理对待的时候实现自己的文本表现目标，不机械地交代，不简单地顺应，所以，赵瑜的每一次报告文学写作，都带有自己的思想评判和文学表达特点。

赵瑜报告文学写作的态度

赵瑜在报告文学写作方面获得了明显的成功，其作品的数量和质量人们也有目共睹。成功的背后，总是伴随着心血努力和付出，自然也有智慧的相助。赵瑜首先是深刻地理解和喜欢报告文学，他在可以从事其他文体创作的时候，没有受传统文学观念以诗歌、小说为正统文学对象的影响，自觉用心地投身报告文学写作，这就很清楚地证明了他对报告文学的认识和兴趣。赵瑜陆续在不同的场合根据自己对报告文学的理解和写作经验表达的许多理论观点，也很能够见出他对报告文学的兴趣和研究用心情形，是非常有价值的报告文学理论财富。因为意识到报告文学这种文体的时代性和本身可能包容的作用力量，所以，喜欢和投入浓厚兴趣的行动就成为了一种自觉。而恰恰是这种自觉，使得赵瑜不畏惧报告文学写作的艰辛工夫和大量心血投入。他为了写“体育三部曲”，只身来到北京，像一个采蜜的蜜蜂一样，在体育人士和相关单位间奔忙，连年节都是在招待所度过；为了到“马家军”探营，他自己怀揣辛苦得来的资金，冒着风险到辽宁、大连深入接触很多相关人员，最后还要遭受威胁和误解；为了写《革命百里洲》，他三次只身一人，到宜昌长江中的一个小岛上，深入田野调查，甘愿忍受那里的酷热和阴冷的环境气候；为了写《寻找巴金的黛莉》，他更是在两年多时间内，驱车几万里，在山西、陕西、北京等地区追踪线索，查找资料，访问知情人，耗费了大量的精力和金钱。如果不是赵瑜这样的真实呈现，人们真会怀疑一个报告文学作家会付出这样大的代价来从事写作。可是，赵瑜真的这么做了，所以，他获得了成功。人们说：报告文学是“行走的文学”，赵瑜就是一个行走的榜样。他的写作，一直在路上。

也许，还有很多人并不知情。赵瑜如今依然没有使用电脑书写，而是用手写来进行写作活动的。我们时常听人说，某某作家，一天就能够在电脑上敲出多少字来，更有人在网上已经发布了七八十万字，可作者却说作品才刚刚开始。但是，用笔一个一个字地书写，那就完全不会是这样的感觉了。我有机会多次走近赵瑜写作的案前，当我看见桌边堆放着厚厚的手写书稿的时候，每次都会有强烈的感动和钦佩之情生出，为他的辛勤劳动精神和成果而颇多感触。要知道，像《马家军调查》这样 40 多万字、《革命百里洲》30多万字的作品，用手一个一个字地写出，而且还需要不断反复地改动，可以想象，该是怎样一个辛苦的写作情形。可是，赵瑜的报告文学写作就是这样过来的。不知多少人可以类比。即使付出这么多的心血劳动，像《马家军调查》这样的作品，都是在完成几年之后方才有正式发表出版的可能，甚至至今也未能以全貌示人。但赵瑜有定力，有坚持，也有自信，他不像很多人那样，为了快速地发表而改变自己，以至顺应了无奈的规矩。赵瑜总是在耐心地等待机会，像暂时沉静的火山，等待着爆发的机会，所幸，赵瑜都等来了机会，并一次次地因爆发而灿烂！

赵瑜是一个生性豪放好动的人，这同他很早就从事体育运动有关，与他豪情侠义的性格有关。可是，令我感到奇怪的是，赵瑜一旦开始集中采访或进入沉静写作阶段，他就可以躲到某一个地方，自我消失隐形，时常是几个月毫无消息，让朋友们忍不住地想念他。这样能够用一种庄重认真的态度对待每一次写作的行为，比起那些不接触社会生活实际，只依赖主观虚构想象或不做实际深入采访，轻率地对待文学写作的粗鄙现象，实在是有很大的区别。在如今这样一个非常注重成效和收益的社会环境，赵瑜这样的行事方式似乎是个特别。态度决定结果，此言不虚啊！记得有一个对联说得好：欲无后悔须修己，各有前因莫羡人。赵瑜正可以是个例证。

赵瑜的报告文学写作，成果显著，引人注目，反响巨大，文学贡献突出。这是中国报告文学的盛事之一，十分值得面对和研究。其实，因为报告文学与现实社会生活在多方面的密切联系，是可以从很多文化角度和层面上来观照和解析理解的。对赵瑜这样的成功者，更应该是这样。可是，我因为时间匆忙和学识有限，只能表达一下直观的感受认识，为他人提供一个参照而已。文章已经过长，就此打住。感谢所有的读者，但愿没有浪费你的时间。

2013年7月20—25日　于北京

目　录
CONTENTS

篮球的秘密

为什么要写篮球这部书？ / 003

中国篮球为什么发展缓慢？ / 006

体育与教育该不该合为一体？ / 011

怎样理解“篮球是永恒”的这个说法？ / 017

中国古代有类似篮球的运动吗？ / 018

篮球运动是怎样诞生的？ / 021

篮球何时进入中国？ / 023

我们为什么挚爱篮球？ / 028

目　录
CONTENTS

打篮球可以提高智商和情商吗？ / 036

早年的球星有多酷？ / 041

篮球何以成为老一代共产党人的最爱？ / 049

怎样看待计划经济时代的篮球历程？ / 055

80 年代的中国篮球为何普遍降温？ / 074

卢元镇先生如何看待篮球文化之根？ / 077

CBA 冠军奖杯为何以牟作云命名？ / 090

篮球人到底有没有出路？ / 097

中学生篮球队志在何方？ / 100

中国篮球会不会重蹈足球覆辙？ / 108

中国篮球职业化距离 NBA 还有多远？ / 117

篮球改革为什么上冷下热？ / 125

附录　为三亿孩子呐喊　　张　健 / 139

兵败汉城

我不能沉默 / 145

怨声载道 / 147

复苏中的体育新闻 / 150

她振振有词 / 154

电话采访李梦华 / 156

悲怆的人生 / 160

无边的压抑 / 165

记者营的斗争及毒药 / 169

奔突的地火 / 176

强国梦

畸形的体育迷 / 185

泼一回凉水 / 187

从刘长春到“一条龙” / 191

母与子 / 194

退役的人们 / 198

谁带着智慧的风采 / 200

处在中间环节的中国教练 / 205

远离科学的人们 / 211

目　录
CONTENTS

人才的滞留 / 213

爱的压抑 / 217

急剧弥散的病毒 / 224

结束神话的时代 / 229

艰难的“体育热” / 233

民族的不幸 / 237

写在《独立调查启示录》后面 / 241

篮球的秘密

足球、排球、手球都是圆形皮球，偏爱篮球的人为什么更多些？……我想，人类总是长久地盼望向高空延伸，不仅要跑得快，而且要跳得高，飞得远，还要投射准确。这一来，就把竞技体育当中的跑、跳、投三大基本要素结合在一起了。各种球类运动，篮球是最具备三大要素的综合体。

为什么要写篮球这部书?

亲爱的读者们，当然包括更多的网民们，你们摸过篮球吗？你们参加过篮球运动吗？你们喜欢观看篮球比赛吗？我想，大部分读者特别是男士们，回答是肯定的。即便你是一位少女，你也喜欢常打篮球的棒小伙儿，喜欢看他们在球场上驰骋角逐，喜欢一群大个子汗水津津很阳光的样子，连他们失败之后懊恼生气的那股劲儿，也令人感到可爱。你是“钢丝”。

有一种说法认为，篮球才是中国第一大运动，我个人也认同这个观点。于是问题来了：为什么会有那么多人爱篮球？中国最先进的篮球地区在哪里？要打好篮球，有什么秘密呢？进而深入下去：中国篮球可以达到世界一流水平吗？究竟有哪些弊端阻碍着我国篮球的发展进步？当然还有许多趣味：哪一位中国球星是你的最爱？他们大都云集在什么地方？你想不想当球星？哪里才是培养和诞生明星的摇篮呢？

我年轻时候，打过多年篮球，受到了相对正规的训练，还做过地区一级的成人队教练。俗吹一下，后来的中国篮球协会常务副主席、国家体育总局篮球管理中心主任李元伟先生，当年就和我在同一个城市打球。他所加盟的长治市轴承厂队，文明有余，野蛮不足，在全市男篮大赛中，处于中游水平。记忆中，队友们常说：轴承厂的李元伟很爱学习，到处借书看呢！是的，那时节国家很不幸，体坛同样处在“文革”动荡之中，少有省市专业篮球队，多为部队和厂矿半专业篮球队，当然没有职业俱乐部。在那个闭关锁国的漫长岁月里，青少年求一书甚难，更看不到世界上先进的篮球是啥样。我只是常在梦中驱动腰身，刚带球跑过球场中圈，便起步、腾空、飞翔，飞过罚球区，高举持球右臂，“咣当”一声，奋力将球扣入篮中。我相信，此类飞翔扣篮的美梦，许多篮球伙伴都曾经有过体味。后来有了电视转播，只见NBA赛场上那伟大的乔丹，果真做出了此类动作，竟然跟我少年时睡梦中的效果一模一样。真是不得了啊，人家NBA把篮球打到如梦似幻的地步啦！再一想，无数青少年认同美国，差不多就是从篮球开始的。

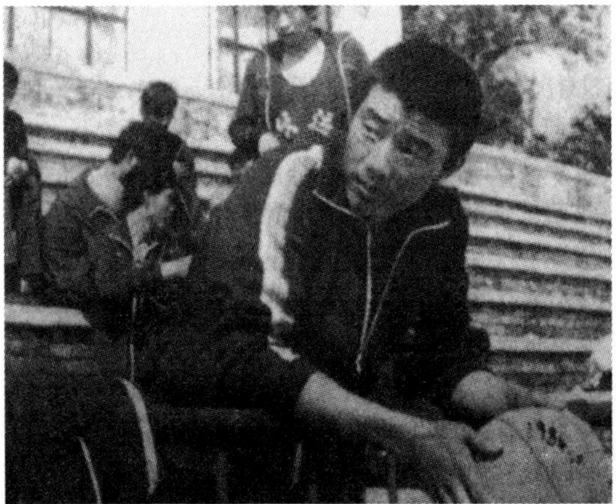

作者赵瑜在20世纪80年代担任晋东南职工男篮教练

中国篮坛掌门人李元伟先生在卸任之后，出版了他的回忆录《篮坛风云路》，各界评价颇高。他送我一本新书，让我勿忘篮球。打开全书第一页，有一段话仿佛也是写给我的。李先生写道：“可以说我人生最好的年华，都和篮球息息相关。青少年时代打篮球的日子帮我摆脱了精神贫乏、寂寞所带来的种种困扰，给了我健康的身体和乐观的心态，也让我在打篮球的过程中学会了写作和奋斗……我对它充满了感情。”这段话便是我的心声。是的，在这个时而色彩缤纷，时而阴霾满天的世界上，怎能缺少了篮球呢？

我一边仔细地阅读李元伟先生这部奇特著作，一边完成了我在东莞的篮球考察。确实，中国篮球必须在改革的道路上坚定不移地走下去，不可摇摆，不可缓行，更不可以倒退回去。

那么，我们中国篮球与世界先进国家的差距在哪里？差距究竟有多大？怎样才能赶上去？这些问题成为每一个篮球青年共同的困惑。“篮球青年”——我套用了“文学青年”一词的说法。在写作上，我已经度过了文学青年时代，被人们称为中年作家了，但在痴迷于篮球这一点上，我仍然愿意做一个永远的篮球青年。

我为什么要写篮球这部书？说白了，我就是想和中国的篮球青年们讨论心中的最爱。中国体育体制必须改革。

我在全国各地广泛调研，同时我将广东省东莞市当做重点考察的一个篮球城市，借以详尽解剖一只麻雀。我少年时读过几页象棋书，知道那书的作者、象棋大师杨官璘先生是这里人。而且在知道杨先生之前，我并不知道其他象棋大师的名字。于是杨官璘先生成了我心目中的中国象棋第一人。东莞这座城市既不像北京、上海那么大而无当，又不是条件欠佳的基层县乡，她处于中间状态，在中国城乡结构中具有普遍性、代表性。同时她拥有近万支长年不间断训练与比赛的篮球队，有多家职业篮球俱乐部，其中一家广东宏远队，雄起于中国男子职业联赛，七个赛季，有六届均是宏远冠军，相当厉害。因此，从东莞来考察中国篮球现状，既立体又全面。

让篮球赛场的劲火熊熊燃烧起来。

不好！中国男篮的弟兄和来访的巴西队打起来了，群殴激烈，朱芳雨也冲上去了。可叹一场比赛，开场不到一分钟，便在“战火”中结束。不知购票入场的观众们，是来观看打篮球的，还是来观看打群架的。

是啊，打群架，也是篮球初级阶段的组成部分，我们小时候都打过。现在，你要结帮拿刀砍人，那就成了黑社会。

中国篮球，还得修炼啊。

中国篮球为什么发展缓慢？

甭管你是否打球，你都知道中国出了一个最早去美国打球的王治郅，很快又出了一个姚明。这两名球员在相当长的时间里，都是中国国家队的主力。缺了姚明，我们很难跻身于世界前八名；缺了大郅，我们在亚运会上就敌不过韩国。大郅早就说，在 2010 年广州亚运会之后就要退役。运动员过了 30 岁，到底拼不动了。

众所周知，中国体育当局最看重奥运会上夺金牌。因此，不论什么样的冷门项目，只要是奥运会正式比赛，中国都会不惜钱财，把这个项目搞起来，也不管老百姓待见不待见。拿大伙儿的钱，干大伙儿不喜欢的项目，美其名曰：为国争光。比较典型的项目是女子举重，包括竞走这类吃大苦耐大劳的特殊项目，我想不论是国内还是国外，喜欢此类项目的女性实在少之又少。然而这都是我们非常重视的夺金大项。各国美女都不去练，正好，咱们中国女性最能吃苦。

在我们中国，连广播体操、工间操都没人做，国家队的体操项目却不能丢；我们中国人连枪支都摸不着，但国家队的射击项目却同样不能丢。还有曲棍球、马术、帆板等。到 2008 年，忽然又“蹦”出一个蹦床来，我看那玩意儿也不省钱。《足球报》首席记者赵震光先生有句话说得好，他针对中国体育大搞奥运战略，实际上大多数集中在搞非普及项目的状况，说“犹如一个暴发户需要不断地购买奢侈品来证明自己的经济实力”。金牌就是奢侈品，很形象。在中国，群众基础好的项目，它发展得都不好，比如田径、篮球、游泳、自行车，专业水平都不高，而专业水平高的项目，除了小球之外，群众不喜欢，或者干脆玩不成，几乎没有社会基础。

情况真是这样，“奥运战略”害死人。大伙儿特别喜爱的传统项目，只要不是奥运项目，它硬着心肠就一举砍掉了。典型的例子是中国式摔跤，自古不曾间断过，各方面都已经相当成熟，很适合中国人操练，成本低廉，胜负易判，技艺深邃，对抗好看，易于向国际推介，群众基础深广。但是到了 1983 年第五届全运会，居然被国家体委狠下心肠给取消了！没办法，北京、天津、内蒙古、山西、河北等省市只好被迫放弃了这个美好的项目。无数优秀的专业运动员大规模退役，去开小饭店谋生，去看家护院充当保镖，乃至在社会上混日子。剩下少数人改练柔道和国际跤。待到北京奥运会真正来临的时候，我们却失去了向全世界奉献一项竞技运动的机会。武术计分困难，仍是表演项目。而日本与韩国，都是利用本国举办奥运会的良机，把柔道和跆拳道推向世界的。至今，在奥运会上，没有我们中国人贡献的任何一个项目。

中国的篮球、足球便是这样，爹不亲，娘不爱，群众喜欢得不得了，体育当局却不重视：反正再怎么搞，也打不到世界冠军，更拿不到奥运金牌，干脆推向市场拉倒。这里的“推”字，不是积极推动之意，而是推出门外，由你们自己看着办的意思。

中国体育最高领导机关

中国体育实行一整套举国体制，有庞大机构，有充足资金，偏偏把群众最喜爱的篮球、足球给扫地出门了。想一想，既然啥项目都可以包起来搞专业队，为什么群众最喜欢的足球、篮球包括田径，却专业不起来？我当然不是说专业队体制好，而是在表明一种差别，一种现象。对专业队的一条龙，我是早就批判过的。

既然说“社会主义可以集中力量办大事”，各省市却早就扔掉了大球专业队，为啥不集中起来办一办呢？上行下效啊，为了金牌，国家体育高层都不要篮球足球了，各省市也一样：篮球足球在全运会上打金牌很难，打着金牌也不过那么一块儿，养起来人多，水平提高又难，花钱不少，干脆甭搞！想想别的项目，琢磨别的办法吧。就说 20 世纪 80 年代中期，山西体工队里尚有篮、足、排五支队伍，队员人数占到专业运动员的五分之一。只是成绩一般化，除了女排曾进入全国甲级队行列外，其余四队平平，男篮和足球都没有敲开过甲级队大门。随着 1987 年山西体育军团在六届全运会上的滑坡，也由于整体上经费紧张，反正甭管怎样投资咱也打不着金牌银牌，于是全体解散，再也不办。一并连带到各市县体委体校，也赶紧解散了队伍，全省都省了心拉倒。

所以说，举目四望，群众最喜爱的篮球足球，在全国各地却看不到官办的繁荣，看不到群星灿烂的兴旺局面。整个大球的体制环境是萧条的、是衰败的，甚至还远远不如计划经济年代红火。因而说中国篮球的发展只能是缓慢的。一连好多年，还是离不开姚明、大郅。用这两块宝，押赌度春秋。

那么，如果国家体育总局改变现状，来一个所谓的改革，一下子把篮球足球重视起来，情况会不会好转呢？我的老友吴增义先生就曾经建议，赶紧把国家和各省全运会上的篮球金牌折算为 12 块！老吴的意思是，这样一来，篮球足球的金牌总分提上去了，各省市练起来就有干劲了，这个项目的各级基础就搞上去了，最终提高水平。我这位吴兄在地市一级体委干了多年，深知基层体育界在决策中的动机与目的，他们最懂得合理使用经费，要一分钱掰成两半花，没有效益则不花，所以他的见解也是有道理的。但是，我耐心地向老吴指出：这种愿望一者很难实现，二者还是治标不治本。中国大球要真正发展起来，绝不是上头给一条政策就好办了。如果倒退一下，恢复各级专业篮球队，并不难，难的还是找不到大批选手，既缺少千千万万的青少年参加进来，也不会有千千万万的家庭鼎力支持这项事业。这是由于体育体制对立于教育体制在起限制作用，任何家庭都必须首先考虑孩子受教育的程度以及孩子的前途，必须关门求学啊！因此体育当局小改小革，仍然在“围城”之中办着极少数人的事，变不成亿万中国人共同的事。

这真是体制化滞后，专业化不足，中国的大球实在难以兴盛。大球尖子少之又少，不得不靠“两块宝”，可叹宝刀终会老。好了，这就需要上上下下动一个大手术，对中国体育的封闭体制做一番彻底改革，彻底抛弃长期以来的举国体制模式。那么，千头万绪怎样变革呢？用协会制？用俱乐部制？用市场制？用职业化？根据目前我国实际情况，综合分析下来——你看：

在我国中小学和高等院校当中，最大限度地集中了全民族的青少年人才，总数超过三亿人。广大青少年酷爱球类运动，篮球理应伴随他们成长。近些年，全国大学生篮球联赛如火如荼，深受校方和师生们欢迎，央视早已纳入直播序列。无数青少年都有着自己绚丽多姿的赛场梦想。殊可叹，我们全民族教育和体育的关系仍然是两张皮，而不是一股劲儿。体育部门掌控着国家体育经费，同时掌控着国内竞赛的举办权和国际比赛的参与权，包括组队训练的选拔权，与教育系统毫不对接。因此，校园里的少男少女找不到长远路线，报国无门，压根儿不可能成为世界体坛上的骄子，你有梦也是

孩子们利用树木进行体育锻炼

白日梦；反过来看，体育围墙里的孩子们，以艰苦农村为来源，基本上没怎么好好读书，实际上干脆剥夺了他获得中高级文化教育的人生权利。当他们在运动场上被残酷地大批地淘汰掉之后，普遍失去社会机遇，沦为苦命娃娃。

这是两张皮，非常可恶的两张皮。两个营垒，也就是两大壁垒，双方都十分坚固，因而害苦了我们的孩子，埋没了篮球天才。

话说到这里，初步的改革意向显露出来了。我的意见也很简单：在短期内，千头万绪第一条，先把完全落后于全国改革的国家体育总局合并到国家教育委员会当中去，将两者合为一体。或将体育训练和竞赛工作尤其是国家体育经费融入教委体系中。精简机构，改变职能，体育总局转变为主抓全国群众体育的公共组织机构，取消其独门经营金牌的权力，让千百万憋足了劲儿的孩子们既读书，又打球，欢欢实实地成长。校园里的体育尖子生很多，佼佼者很多，好啊，你就冲着世界赛场奋勇前进吧！写到这里，我突然感到十分痛快，好像我领着大专院校的孩子们登上了世界赛场乃至于领奖台。

回顾一下历史，从 1949 年 10 月起，全国体育工作先由共青团中央来抓。经过一段时间的实践，到了 1952 年上半年，团中央鉴于全国体育的发展，认为继续由共青团主管全国体育工作已经不太合适。因此，团中央书记冯文彬向中共中央正式提交了一份报告，建议，“为了进一步理顺全国体育管理的关系，建议改由教育部主管体育工作”。不久，中共中央同意了这个合理化的建议，随即在 1952 年 6 月成立中华全国体育总会时，改由首任教育部长马叙伦先生兼任总会主席。

如果从国民党政府的机构延续性来考察，冯文彬的建议也是合理的。国民政府的体育事业，同样由教育部推动各个“体育实验区”计划，由“中华全国体育协进会”具体操办社会性体育赛事，与美国模式是接轨的。1952 年 6 月成立的“总会”，就是前头“协进会”的延续。

很可惜，由于我们在建国之初要学苏联模式，而苏联在奥运会上的表现又十分突出，于是我们放弃了由教育部主抓体育的建议，改为成立全国性的“体育运动委员会”，并正式纳入政府序列，由政府确保财政来源。当时，在高度集中的计划经济条件下，似乎也只能这样了。从此，在长达半个多世纪的岁月里，教育部和国家体委在体育管理上分裂开来，而中华全国体育总会实际上也不可能独立，变成了体委围墙内一个附属机构，或曰一套人马，两块牌子。事到如今，这堵围墙再也无法适应改革开放的新形势了。

让我们合力推倒一座围墙吧。

可喜的是，在东莞，这堵厚墙已经看不到了。体育当局拆掉了围栏，竞技赛场没有边界，东莞全社会的人都在畅快地打球，包括老中青少妇，工农商学兵。

中国篮球为什么发展缓慢？源自体育体制的巨大弊端。当然，还有另一半，我们不妨进一步分析一下关于教育滞后的沉重话题。

体育与教育该不该合为一体？

那天，从东莞回到北京，遇上了在国务院某司工作的几位朋友。席间一聊，得知他们正忙着为温家宝总理出台一篇大文章而准备材料。这篇文章于 2010 年 9 月公开发表，题目是《强国必须强教，强国先强教》。温家宝首先谈到，要在新的起点上全面谋划教育改革。然后说，目前我国大学生的总数量达到了世界前列，高等教育的毛入学率可达 24.2%。那么，培养德智体美全面发展的高素质人才，大力推动素质教育，成为整个教育改革发展的战略主题。温家宝总理强调，“体育不仅可以强身健体，而且可以培养人的坚毅勇敢、吃苦耐劳和团结协作精神”，“要注重学思结合，知行兼重，并让学生不仅学到知识，还要学会动手，学会动脑，学会做事，学会生存，学会与别人共同生活”，“注重培养学生应对变化、把握机会和解决问题的能力”——说得真好。中华民族要称雄世界，就必须强身健体，

2008年，温家宝总理在北京五棵松篮球馆练球

鼓励个性发展，形成创新人才辈出的局面。所谓杰出人才，当然不能偏科，他应该是全面发展的人，应该是站在巨人肩膀上的人。

早在1950年和1951年，毛泽东曾经两次写信给首任教育部长马叙伦，明确提出了“健康第一，学习第二”的观点。1953年6月，毛泽东再次面向全国青年提出了“身体好，学习好，工作好”三大标准。从那时到现在，人们对于毛泽东的体育教育思想始终未能深刻理解，甚至于当时有一位教育界的领导人，竟然公开怀疑毛泽东将“身体好”放在三好之首是一大“笔误”，真是愚不可及。身体不好，如何与世界强敌打仗？因此毛泽东还说，“如果对青年长身体不重视，那很危险”！这位干部跟不上领袖思想，亦很危险。

体育运动可以帮助青年们建立乐观豁达的生活态度，激发青年们积极向上的热忱。最近，有一位研究生对全国近千名大学生做了一项新颖的社会调查，发现他们当中经常参加、偶尔参加和不参加体育锻炼的三个人群，对自身前途的预测态度各不相同：乐观者依次下降，悲观者依次上升。换言之，经常运动的大学生对前程保持乐观态度，而不参加运动的大学生则悲观失望者众多。

毫无疑问，学校体育对提高国民体质水平是极端重要的。学校体育是一个人终身体育的最重要阶段，它对引导学生认识体育，培养学生对体育的兴趣，激发体育动机，提高运动能力，养成锻炼习惯，确立终身体育思想，都具有不可替代的作用。中华民族英杰辈出，他们伟大的人生往往与体育紧密相连。远的不说，就说近些年闻名于世的钟南山、袁隆平等大科学家，都是体育运动的高手。袁隆平曾在自由泳项目中夺得过全省亚军，如今 80 多岁了仍然坚持锻炼，他说自己是“80 岁的年龄，50 岁的身体，30 岁的心态”，现在每日仍要打一阵排球，工作起来轻松愉快。

于是问题来了，体育恰恰成为我们中国教育改革发展的最薄弱环节。校园里，体育师资力量严重不足，高校经费当中并没有竞技体育这个部分，高水平运动队也就办不下去。大中学生体育竞赛难以与国际接轨，参与体育活动普遍被人视为“瞎耽误工夫”，打篮球不过是随便玩玩而已，学分才是最要命的第一要义。

反观举国体制的体育系统，可叹只有这个系统的人马才能代表中国与国际大赛接轨参赛，教育系统的人马根本不沾边。在 2003 年以前，凡去参加世界大学生运动会，体育当局便公开造假。我记得八一队的王治郅还代表大学生去参赛哩。即使是高校当中产生出少数运动尖子来，体育系统也不给你注册。例如清华大学的田径飞人胡凯，只能选择在重庆注册。而整个体育系统，每年都有大批体育人才被无情淘汰，大好年华，打不着金牌者超过 99%以上，极少数打着金牌的人只是经济收入稍好一些，但也没什么好出路。在中国，呈现出教育系统体育人才奇缺而体育系统人才大批浪费的无奈现状。高校不是体育人才的“加工厂”，顶多算是少数退役运动员的“收容站”。没法子，两大系统两张皮，壁垒森严各顾各，封

1955 年，少年温家宝（前右一）在南开中学篮球队老照片。

闭起来自说自话，吃亏的便是整个中华民族。

说到体育师资奇缺，我想起一组数字。那是在 1987 年，山西体育军团在第六届全运会上从全国第 9 位大面积崩溃，全省只在少数运动项目上获得 6 金 5 银 6 铜 17 面奖牌，名落全国第 23 位。而广东所获金牌为山西的 9 倍，总分为山西的 7 倍半。顿时，山西各界起而讨论本省差距，省体委主任谷威先生被迫“下岗”。这时，省会太原的市府领导贾鸿鸣先生也乘兴发表长篇文章，严肃讨论一省一市的体育忧患。其中谈到，由于全省体育教学人才的流失，造成全运会上的 44 个项目中山西居然空缺了 20 个项目之多，当然无法与各省市匹敌。而截至 1987 年，山西省体育教学人才的短缺总额达到了 10500 多人，这是一个多么惊人的数字。贾先生无奈地写道，“即使按照我省现在每年培养 200 ～ 250 名体育专业人才的速度计算，也要在 50 年后才能缓解这一矛盾。加上当前体育师资流失的状况仍然得不到有效制止，势必使这一矛盾更为尖锐”。这篇颇具分量的长文于 1987 年 12 月 8 日破例在《太原日报》发表后，曾经引发了人们持久的讨论与强烈的反响。那时我即将发表《强国梦》这部作品，因此对贾文印象很深。又是 25 载春秋逝去，而今，中国体育教学与社会辅导状况依然堪忧。有统计表明，按照中国社会发展的趋势，要求平均每 2000 人应配备至少一名体育指导员，因此我国急需 80 万至 100 万体育指导老师，才能达到一个较低的需求标准。那么，国、省两级体育专业人才，包括运动员和教练员，每年总要淘汰好几万人，如果让他们去担任不同层次的体育教学工作，一般地讲，那是绰绰有余的事。为什么成全不了这个美好的愿望呢？还是在于体育与教育两张皮，在于社会体育活动欠发达。

考察东莞地区，这个问题却已经全面解决了，很令人有些意外。我们将在本书下一部分细说详述。这里继续讨论体育与教育的关系。

古希腊哲学家柏拉图，常有直穿本质的惊世之语。他谈到人类何以常常弃善作恶时认为，“罪恶来自于不良教育以及不健全的身体”，一下说到点子上了。最近，就在我写到这个问题的时候，也就是 2010 年 12 月 12

日，中国五部委一项联合调查公布，目前，我国有至少3000万孩子的人格健康受困。这五部委是：国家人口计生委、教育部、中国扶贫开发协会、中国科协和中国计生协。调查显示，我国18岁以下的青少年约有3.67亿，独生子女有1.26亿。其中，半数以上的小学生只为“较好的学习成绩”感到愉快，别的顾不上。而产生消极性情绪的主要原因是“与家长交流和沟通出现问题”，或者是“同学之间出现矛盾”；上了初中后，有六成以上的孩子与父母吵过架，甚至讨厌父母亲；进而上了高中，凡参与调查的孩子均苦恼于“自己不知如何跟别人打交道”。父母和老师将90%的关注都放在了学分上，而对人际交往和人格健康的关注不足10%！面对危机，五部委共同召开了“青少年健康人格工程启动会”，却并没有多少积极主动的措施出台，基本上处于被动状态。学校里出现危机，在校外能补起来吗？而毫无疑问，体育运动对青少年道德品质的培养，对健康人格的塑造，包括法制观念的确立，都有极其密切的关系。体育可以引领孩子们的性格意志走向成熟。相反的例子也很多，请看湖南省，社会体育工作者针对118名有着犯罪行为的青少年做了一番调研，这118名未成年的孩子们被关在少年犯管教所或者工读学校中，年龄在13岁至18岁。分析的结果令人心寒：这批孩子在出事之前，经常参加体育运动者只有4人，为3%；在小学期间参加过校级训练者只有2人，不足2%；在中学期间

《湖南日报》报道，一根木棍绑上一个铁圈，就是孩子们的“快乐篮球”。

参加过校级训练者，仅仅 1 人而已！也就是说，绝大多数失足青少年，没有受到过最具公平与契约特征的体育运动的熏陶，不懂得体育运动所彰显的社会公德，他们的上进心难以在体育竞争中得到激发。确实，体育运动能够给予青少年健康向上的正面刺激，足以减弱他们在犯罪时的心理动因。

世界上已经有好的实例在先。走出中国湖南，到法国马赛市看看。原先，这座城市的青少年犯罪率高居法国前列，使市长十分头痛。后来，聪明的市长接受了一帮体育社会学家的建议，在市内大修运动场，全力引导孩子们打球踢球游泳跳跃，组织各校际之间与全社会之间进行体育比赛，人们把青少年参与体育运动当成社会健康运行的“安全阀”了。结果，短短几年后，马赛市的青少年犯罪率明显下降，令所有家长们欢欣鼓舞，纷纷致信感谢市长。这位市长便总是回答说：“为了法兰西!”

在我国，随着工业化、商业化、城市化的急速发展，我们也遇到了半个世纪前世界各国共同困扰过的尖锐问题，犯罪率上升乃至成为社会公害，青少年暴力犯罪增长极快。许多专家在忧虑中提出了种种解决方案，有的说要赶紧制定一部青少年保护法，有的说要明确规定青少年道德规范以及行为准则，有的主张加强社会犯罪问题科学研究，有的强调严厉推行社会综合治理方案，更有少数人认为种种方案都不及再来几个“严厉打击”见效快等等。要我说，首先一条我们必须认识到：青少年犯罪严重，责任在我们成年人，责任在于我们各级政府，责任在于我们的教育出了大问题，而绝不在孩子们自身！各种治理方案当然可以讨论和实施，但是，为什么不去考虑改革我们极其落后的教育体制和体育体制呢？

应该归还孩子们体育与健康的权利。进一步说，必须归还全体人民体育与健康的权利。

现在，你明白中国篮球为什么发展缓慢了吧。你说，体育与教育该不该合为一体呢？一味追求金牌至上，到底有什么实际意义呢？

怎样理解“篮球是永恒”的这个说法？

著名体育理论家卢元镇先生认为：一万年以后，假设人类还搞奥运会，也绝不会离开球类项目。我问卢老师根据是什么，卢老师笑道：球状体是富于哲理的一种形态，其深奥之处，在于球是圆的，它可以朝任何一个方向滚动，也可以在任何位置上静静地稳定下来。人类学会使用滚珠以及轮状物，克服生拉硬拽的重体摩擦，是文明的一大进步。一百多年前，人类在工作中使用的能源，有96%来自肌肉，很容易精疲力竭，而可以任意驱动的趣味与放松，也只能是球。请看：

古汉字当中的“毬”字，表明中国人很早就使用了用毛发填充的实心球——足球的故乡在中国。唐代以后诞生了用动物膀胱做内胆的气球。卢元镇先生对此赞誉评估说：这是我们中国人继四大发明之后的第五大发明！

埃及沿海曾经盛行踢一种鱼球，说这种鱼遇到危险便把身体鼓得又圆又硬，类似足球，可资沙滩游戏。如此廉价的皮球鱼不知在中国沿海有无生长？反正东莞人从来没有听说过。

卢老师关于“人类竞技运动永远不会离开球类”的论断，其核心价值在于：球是公平的象征。它无角，无刺，无锥，无刃，无沟槽，无边棱，它没有特殊的面。用球做竞赛，对任何一位参与者都是公平的，对攻、防双方一视同仁。甭管你埋怨什么也不会埋怨球。比赛双方时常交换场地以求条件公正，却从来不必更换皮球。

因此，球在运动中的公平性无可挑剔，非常有利于运动员的发挥。大明星乔丹和科比在赛场上做出各种高难度动作，令人叫绝，倘若他手持一根棒子或一块板子或一个三角体或一个四方形，则无法做出同样高超的动作。只有皮质的篮球才能成全巨星们充分展现运动技能，它可以在天才们的手中任由发挥，不断地追求复杂与完美。

从东莞走出了台球巨星丁俊晖。只见一个个彩色圆球在小丁手下听凭调遣，一条条神奇的滚球路线被小丁创造了出来，最终体现了“神童”智慧，成全了少年辉煌。

还是球，永恒的球，非常适合于人类进行高级游戏。说句不中听的话，连狗都喜欢小皮球。

没错儿，人类只要进行运动与比赛，永远不会离开球类项目。

篮球运动，更令人着迷。2008 年 8 月，北京奥运会上最贵的门票，除了开、闭幕式，就是五棵松新馆的篮球。男篮决赛每张票价达到 1000 元，就这样，打破头你也买不上。

中国古代有类似篮球的运动吗？

众所周知，中国古代产生过类似于足球的、用脚来踢的蹴鞠运动。有没有用手投篮的类似于篮球的体育运动呢？我的考察结果不佳——查来查去，我们的祖先都没有玩过篮球，甚至连类似于篮球的运动项目也几乎没有。这是一种很奇怪的现象。按理说，凡是世界上的好东西，咱们文明古国都该对上号来，这一次真是邪了门儿。

中国古代最普及最重视的体育竞技，要数武术、骑马、摔跤、射箭等。这与千百年间连绵不断的战争密切相关。一直到了 20 世纪 50 年代，我国开展体育运动的宗旨仍然确立在“生产与国防”之上。例如，当时主管全国体育工作的贺龙元帅，在 1958 年的山西讲话中，一再强调说：“体育中心就是生产和国防。体育为生产，体育为国防，国防也是为了生产。如果体育不是为了生产和国防，对国防没有帮助，那我们的体育就是白搞了！”贺龙元帅的这种认识，来源于那个时代的国家需要，而且也是多数人的共同认识，不足为怪。从《山西体育文史》中可知，山西在 1958 年 10 月举办第一届人民体育大会时，到会参加典礼的国家领导人都标明了军衔。其中包括“国务院副总理、国家体委主任贺龙元帅，国务院副总理聂荣臻元帅，全国人大副委员长罗荣桓元帅，公安部部长罗瑞卿大将，最高人民法院副院长、最高军事法院院长陈奇涵上将，山西省军区司令员王紫峰中将，副司令员蔡爱卿少将、曾保堂少将”等。请看一省运动会之开幕式，居然出动了三位元帅、一位大将、一位上将、一位中将、两位少将，真是不得了。体育与国防的关系由此可见一斑。

中国古代的体育项目，却与现代篮球看不出多少相似性。中国古时候有着类似于现代游泳和田径的项目，也是古人在与大自然的搏击中逐步产生的运动技能，同样与生产劳动以及战争的关系十分密切。

手球运动有些接近于篮球，自 1898 年起源于欧洲，中国古代尚有类似的投掷项目存在。

网球、羽毛球、冰球、乒乓球、曲棍球、板球、棒球、垒球、高尔夫球，均使用器械，与篮球不相干，也都是外国货。

橄榄球，顾名思义，球如橄榄——不是圆的，无法连续拍击运球，且球门比城门还大，比赛中多靠蛮力，少有技巧，因而必用头盔护具，免得一头撞死。

水球必在水中赛，上不得陆地。

马球必须骑马持杆。

中国传统体育项目虽然很多，民间体育更是多姿多彩，但是非常遗憾，统统与打篮球联系不上。曾有历史学家提出，远在汉代时中国出现过一种仅供消遣娱乐的“手鞠”游戏，可能类似于后来的手球。又云多为儿童连续拍接嬉耍，但是不投篮，不对抗，不可勉强相比于篮球。古代士大夫玩一种投壶游戏，从春秋战国一直玩到晚清，礼数繁多，基本上不出汗。

还有两种“击鞠”比赛，女伎乘驴执“鞠杖”击球，称“小打”，男士骑马称“大打”，都是宫廷中的地滚球，无须向空中发展。

古代“弄丸”而戏，用双手抛接多个弹丸而不落地，如同今日杂技团之杂耍。

古代“投石”运动，实为练兵与战斗手段，“士卒可用矣”。有些像今

古代的投壶游戏

日投掷手榴弹。

木射，也称“十五柱毬戏”，也就是以地滚球打木笋子，相似于后来的保龄球;“捶丸”则相似于后来的高尔夫球比赛。

回族传统体育活动中，有一种叫“打木球”，就是用长些的棍子打击一截被称为“木球”的短棍子，并非皮球。

在壮族、苗族、瑶族百姓中，每逢节庆，常常以“投绣球”为乐。嬉戏男女分两队，向 10 米高的木板上抛甩绣球，木板竖起，上有一洞，洞上糊纸，看哪一方可将绣球抛甩穿洞而过，即胜出一人。这是我国极少数将球抛到空中进行比赛的活动之一。可惜此球是包裹了豆类或沙石的荷包而已，双方身体也不发生任何接触与冲突。绣球更无法由拍打而弹起。

布依族民间至今还有一种“托球”活动，球用竹片编成，众手轮番托球而不可落地。我观看他们挥汗比赛，一下子就想到了排球运动……

不论哪一种古代球类游戏，都与我们所熟知的篮球运动相去甚远。我们的祖先如此爱玩"球戏"，却没有发明任何一种接近于篮球运动的玩法，一时让人想不通。

卢元镇老师对我解释说，在唐代以前的漫漫岁月里，古人戏弄毛发填充的皮球，不易弹起或运球，自然难有篮球创举。唐以后有了空心球，多用动物膀胱做内胆，显然也架不住剧烈击打与争抢，同样难以演变成篮球。卢老师的说法固然很有道理，但是古人为什么不把球向一个筐圈投掷而博彩呢？为什么未将球类延伸至高空争抢呢？还是不好释疑。也许是我孤陋寡闻，欢迎有兴趣的读者共同填补这项空白。

篮球运动是怎样诞生的？

1891 年，一名美国教师把两只盛梨的竹篮子分别钉在墙上，让学生争先向里面投球，从此诞生了现代篮球项目。这位教师就是詹姆斯·奈史密斯博士，时在马萨诸塞州一家基督教青年会训练学校任职。当地冬季寒冷，詹姆斯先生就把体育课移到了楼道的走廊里。一开始，学生们并不需要拍击运球，而是手持皮球猛冲猛跑向前投篮，一如橄榄球那般疯狂。大家都很喜欢这个游戏，詹姆斯先生便于次年制定出规则 13 条，又逐步将双方上场人数固定为各队 5 人。有趣的是，那只篮筐一开始竟然是有底子的，投球入篮后需要踩着梯子取出球来。也许那时的美国人不像如今这般有悟性，居然一

美国总统奥巴马喜爱篮球运动

连5年不知改进，一味向有底儿的篮筐投球、取球，重复了千万次。到了1896年，忽有一人想出了新招儿，他把篮筐改进成一只能倾翻的铁圈儿，但仍有底子，投球入筐后，在下面用小绳儿拉动铁圈一侧，铁圈转动，使球翻滚下来，从而继续比赛。这一招儿比过去登梯取球省了不少麻烦；这样的比赛一直延续到20世纪初，就是说，又过了20年光景，人们才忽然想到——这篮筐要底子何用？半点儿用都没有呀！一层薄薄的窗户纸，捅了30年才捅破。这一下，篮球运动的比赛节奏骤然加快，一旦投篮得分，对方可以立即发动进攻；篮板的改造也是这样，先是铁丝网，后是木板子，都会遮挡观众的视线，经过长达半个世纪的琢磨，待有了新材料之后，终于出现了透明的有机玻璃篮板。

1936年，男子篮球被第十一届柏林奥运会列为正式比赛项目。这一点要比足球晚了许多年。足球早在1900年就列为奥运会正式比赛项目了。而女子篮球则在漫长的40年之后即1976年，才进入第二十一届奥运会。有幸的是，当篮球第一次被列为奥运会项目时，中国男子篮球队就正式参加了比赛，与世界各国同步。这一点我们放在后边慢慢回顾。

皮革制成的篮球也有过多种演变。早先的篮球要用橡皮内胆，充气后需将一截气嘴拴死，弯过来塞入球皮内，然后将口子用细绳儿拴扎好，跟系鞋带似的，这才可以打球。20世纪70年代以后，中国内陆地区已不再使用这种老式篮球，但我在晋东南地区体委的老库房里见到过这种球，并取出一只试了试，死沉。没想到一运球，“啪”的一下，这球斜奔到半边儿去了。原来，气口上扎了“鞋带儿”的部位有些凸起，正巧这里着地时，它就斜磕而去。这种老古董当然没人喜欢。现在想想又特别可惜，真该留下一只存着，它是难得的体育文物，是珍贵的“古玩”。

我还有一台中国上海早年间试制的首批自行车专业赛车，让一个叫李晓翔的发小给弄没了，想想也该收藏下来……

篮球何时进入中国?

非常幸运的是，篮球运动刚刚诞生 4 年，就传入了中国，时在清朝晚期的 1895 年，也就是光绪二十一年吧。当时，美国基督教青年会派人前来天津传教，一位教士名叫来会理，他正是篮球运动发明人奈史密斯先生的第一批篮球弟子，也可以说是世界上最早的篮球运动员。这位来会理先生抵达天津港，先后于 1895 年 12 月 1 日和 8 日，在北洋西学堂、北洋医学堂举办基督教讲演会，并且在会后进行了奇妙的篮球表演。不过，这项运动的名称一开始很模糊，许多中国人包括媒体，曾经把篮球称作筐球。那时的篮筐不是有底子嘛，叫筐球也没什么错儿，只是有点儿难听，不如今天的名字文雅。不管怎么说，反正从此以后，篮球运动首先在天津学堂和教会组织中开展起来，很快就蔓延至北京、上海、广东以及社会各界。

美国基督教青年会立足天津，招募教会学员，发展基督信徒，于 1909 年在南开区东马路（今 94 号）筹建教会楼堂，1914 年竣工完成，这一来，

1914 年美国基督教青年会在天津建成了中国第一个篮球馆

也就建成了中国第一个室内篮球馆。这座楼堂至今犹在，成为天津市少年宫驻地。

一百年以后，即2009年8月，有《东莞日报》优秀体育记者王毅等人，赴天津采访亚洲篮球锦标赛。王毅等人特地对“篮球始入中国”这一课题进行了实地考察。根据史实追踪，王毅写出了综述文字，进一步证实和丰富了这段历史。

从世界上看，足球运动要比篮球运动开展得早，两者进入奥运会先后相距竟达36载。而从中国的史实看，这两项现代运动却在相距很近的同一时期迅速发展起来。1910年至1911年，足球被列入中华民国第一届运动会比赛项目，篮球同时成为表演项目，有多个代表队集中亮相于南京；篮球则紧随其后，在1912年的北京和天津举行了全市性的锦标赛。1913年即被华北体育联合会推为正式赛项。天津高等工业学校代表队获得了第一个中国篮球比赛冠军。其他许多现代体育项目，也基本上于这一时期传入中国。

1914年，第二届民国全运会在北平举行，华北队获得了第一个真正意义上的全国男篮冠军。就在这样一个背景下，诞生了中国现代体育首批奠基人。其中一位董守义，不仅自己精于篮球，而且培养出一批津门名将。在中国篮球事业发展之初的十多年间，最有名的便是“南开五虎”，即唐宝堃、王锡良、李国琛、魏蓬云和刘建常。此后不久，南开中学又涌现出以“托塔李天王”李震中为首，以李振元、尹鸿祥、张景实加上唐宝堃为更强组合的“南开新五虎”，也叫良华五虎将。天津各队在抗日战争爆发前驰骋北方赛场20年，推动篮球运动在中国蔚为风气。从1934年起，中国即组建了以董守义为教练，以牟作云等人为主力队员的第一代国家男子篮球队，并于1936年参加了第十一届柏林奥运会。当然，这里的“第一代国家男子篮球队”是针对首次奥运会而言的。事实上，中国体育的对外交往活动，要从1913年加盟第一届远东运动会算起。只是那时的篮球代表队多为指定选派，少有全国选拔而已。从1913年到1934年，远东运动会举办了十届，

民国时期万国篮球锦标赛开滦队

中国男篮在1921年的第五届夺得了冠军。运动员则以北方人为主。不料，到1945年抗战胜利前后，篮球“风水”大势南移，上海劲旅迅速崛起，广东城镇良将如云。这是因为，从40年代中期以后，南方各省政治上相对稳定，经济文化比较繁荣，更与海外接触频繁便利，由此接受了许多篮球最新技战术，赢得了风气之先。

1948年5月，国民政府在上海江湾举行第七届全运会，构成抗战胜利后第一次中华民族体育大盛会。南北各省均派出男女篮球代表队大举出战，且有多支华侨团队助阵。尤其令人振奋的是，暌违祖国长达半个世纪的台湾省，首次派团共襄盛会，举国欢动。此前，从1930年到1935年，国民政府组织了第四届至第六届全运会，每届的篮球竞赛都有来自全国的40支队伍参赛，各队比分悬殊不大，总体上北方队强于南方。然而，在这次大型运动会上，一向称雄的天津虎将们却被上海健儿击败，上海队夺得男篮冠军。这支上海队的确实力不凡，概由当时上海滩三支精英强队精选主力

天津南开大学篮球赛合影

联袂组成：一支华联队，一支大公队，一支叫做青白队。三队合一，战术亦奇，采用整套崭新打法，把一个个北方传统强队打得措手不及。尽管各省名将颇多，人才济济，终因战法陈旧，训练荒疏而败北。有回忆说，那时的上海篮球几乎可以单独代表中国称雄于亚洲。如说由《大公报》费彝民率领的大公队，于 1948 年遍访南洋各国，打了 41 场比赛，竟能获得 37 胜的好成绩。而菲律宾队在多年的远东运动会上，一直是中国的克星，现在的上海队足可战而胜之。可以说，本届全运会，各省篮球团队开阔了视野，得到了一次大提高，而上海、广东的将士们，推出一系列令人眼花缭乱的最新技战术，把中国篮球带上了一个更高境界。

不过，天津依旧雄风在，北国壮士毕竟多。“托塔李天王”李震中仍然担纲出任中国男篮队长，于 1948 年开赴英国伦敦，又一次参加了奥运会。天津体育馆附近的那条马路，仍被命名为“五虎路”，以纪念中国篮球最早的名将们，至今还在。直到 60 年代中期以前，天津还是中国篮球版图中的重镇，各学校各行业都将篮球训练作为传统项目而倍加重视。几十年间，天津有多达10位的篮球名宿出任中国国家队的主帅，“南开五虎”之一的唐宝堃，成为解放军八一男篮的创始人。

我记得，在1969年至1971年，由北京、天津转来晋东南一批知识青年。其中两位天津少体校队篮球班学员，插队插到了当时的晋城县，他俩一到这里，很快就充当了该县男篮主力。须知晋城县本来就在晋东南地区17个县市里常打冠军，队中省市一级良将众多，要想打上主力，并非一件容易的事。结果，这两名天津队员以主力出战，一打就是好几年。其中一人被留在该县体委，做了一名少体校教练……

这一次，我赴广东东莞，考察调研全社会推动篮球事业大发展的故事，准备为青少年撰写一部关于篮球的书。东莞体育局局长邹联女士非常支持我的工作，特地派出一位东莞资深体育老将帅，专门协助我的调研。这位老将帅名叫钟自新，曾任东莞体育运动学校校长。相见一聊，钟校长普通话说得极好，再一问，原来钟老师也是一位出道于天津的老篮球！难怪他对诸多天津国手如数家珍呢。钟老师说：“天津除了前面提及的历史名将外，在1950年以后，还向国家队推出了程世春、张长禄、白金申、李汉亭等一大批名将。一个城市，先后为国家男篮输出了国手23人，女篮国手7人。”我说：“有幸遇到你这位东莞篮球老将帅，我这本书就不愁写不好啦！”

一句话，现代篮球运动传入中国被中华民族所接受，已有上百年的悠悠历史，天津就是中国篮球的发祥地。

还要感叹几句：当代中国篮球在迅猛发展中，天津却远远落后于北京、上海和广东等省市了。出于各种各样的原因，很遗憾，天津篮球已经暗淡了好些年。当代表着中国最高水平的男篮职业联赛即CBA联赛已经大战了好几届之后，天津始于2008年冬季的一天，即11月26日，迎来了CBA的第一个主场。他们站在一个厚重的老台阶上，终于开始了对国内强势篮球城市的追赶，发出了他们对当年辉煌历史的有力回应。

1939 年女子篮球赛留影

另外，关于中国女子篮球的早期情况，我也做了一点调研。得知女子篮球于 1924 年 5 月在第二届民国全运会上被列为正式比赛项目，地点是湖北武昌。早在 1912 年，美英教会已经在中国创办了多所女子中学，这里面未知有没有篮球练习。到 1915 年，中国第一所女子大学即“金陵女子大学”在南京正式招生开学。由美籍德本康女士首任校长，与美国施密司女子大学结为姊妹学校，在中国开设女子体育系，并组建了女子篮球队，修建了体育馆。为全国编写了包含球类运动在内的《中小学体育教程》《体育概论》和《生理动力学》。其中一位张汇兰老师编著了中国最早的《女子篮球裁判》和《运动解剖学》两部著作，出任了我国奥林匹克委员会副会长。另一位黄丽明老师在 1936 年第十一届柏林奥运会上，出任中国奥运女子代表团的指导。很有可能，是金陵女子大学为中国培养了第一批优秀的女子篮球运动员。

我们为什么挚爱篮球？

中国古代并没有类似于篮球的体育项目。奇特之处在于，传入中国的现代体育项目很多，我们也大都接受下来，而普及最快、参与者最多的却是篮球。不论直接上场打球，抑或间接观赏，竟有亿万人持久地痴迷其中，乐此不疲。

足球、排球、手球都是圆形皮球，偏爱篮球的人为什么更多些？

我琢磨着，可否这样认为：篮球是唯一由地面向空间拓宽，并且在空中争夺然后得分的运动，于是球员的动作特别舒展。而足球则以地面战斗为主。手球和排球更是往地面砸个不停。而篮球投篮在高空得分，必须很准确才能投进篮筐，这是一种独特的技艺趣味。用灵活有力的腿脚，加上腰腹肌的控制以及手臂的功夫，可以综合显示一个人超乎寻常的运动本领。篮筐位置较高，给人留下了表演腾挪飞跃的空间。我想，人类总是长久地盼望向高空延伸，不仅要跑得快，而且要跳得高，飞得远，还要投射准确。这一来，就把竞技体育当中的跑、跳、投三大基本要素结合在一起了。各种球类运动，篮球是最具备三大要素的综合体。足球虽好，有跑有跳，但不能用手投射；排球虽然多跳，偏偏缺了跑缺了投；网球、羽毛球、乒乓球均无须飞腾于空中求变。手球虽有跑、跳、投，却不太追求精准，而观赏篮球得分，每次进攻都有一个是否精准的悬念。有时那球儿在篮筐上转了好几圈，最后却转了出来，关键时刻，场内外顿时一片叹息声，打了半

2006年，北京胡同里打篮球。　刘英毅　摄

天战术，没有得分嘛！

有科学研究表明，中国人特别喜欢或者擅长左右方向的运动，这一点比世界各国的人都要突出。而外国人多数喜欢前后运动，例如在体操动作中，外国人有前后跨腿的弓箭步，唯独中国人有着左右开腿的蹲裆马步，别的国家没有。那么，篮球运动中的左突右冲是最多的，中国人很愿意登场一试。乒乓球和羽毛球运动也是同理，左右开弓的技术动作远远多于其他动作，灵活多变，攻势凌厉，忽左忽右，往往使对手难以招架。

进攻如此，篮球的防守也极精彩。除了橄榄球之外，没有什么竞赛比篮球场上的冲突更激烈。许多篮球巨星是以精湛的防守著称的，只会攻不会守的球星是不可怕的。篮球在攻守兼备之间才可以变得精彩纷呈复杂多义。好的防守既是一种肢体躯干的直接冲突，更是一种斗智慧斗反应斗技术斗经验的间接比拼。比如盖了一个好帽儿，抢断了一个好球儿，还不犯规，这才是本领高强。更多的球类运动，是隔着网子打，咱们中国人往往打得都不错。这说明，篮球运动攻防转换激烈对我们提出的各项指标要严酷得多。

我还想到了篮球运动的一大优长，也是其魅力之一。你看，同在田径场上搏战，对手的年龄一般相差不太大。而在一次篮球比赛中，年龄相差十几二十岁的新老队员同场竞技，则是常见的。换言之，许多竞技体育项目对运动员年龄的苛求很严酷，如游泳、跳水、体操等项目无不如此，上了二十几岁就几乎干不成了。篮球对于运动员的运动寿命放得相当宽，从十几岁打到三十几岁，业余比赛甚至打到四十岁，东莞南城区赛场上就出现了好几对母女二人场上共同对敌的喜庆局面。老队员善于以经验来弥补体力的不足，手上功夫又可以弥补腿部和腰部的衰老，巴特尔不是这样吗？他从美国回来后，不仅可以很好地组织进攻，说不定还会在关键时刻给你来个绝杀！而且整个队伍的成熟与稳定有赖于老队员发挥出中流砥柱般的功效。我们所熟悉的中外篮球巨星，往往在球场上驰骋了十几年乃至二十年，仍可受到欢迎，从而巩固了他的老球星地位，绝不像许多体育项目的小孩子那样昙花一现。这样的老队员各地都有，东莞华青队一班人，从20世纪40年代一直打到了70年代。中外巨星球员，普遍打到15年以上。这是篮球运动一种独特的魅力，可能只有高尔夫等少数运动才能相比。

我们再比较一下球类运动的硬件。足球场占地很大，无论在过去不发达的城镇社会，还是在今天寸土寸金的商品经济时代，要想普及足球场都是有困难的。足球场要求太大了，用中国老话说，要占用20亩好地哩！不仅需要又平又大的好地，而且还要管理草皮，普通中小学轻易做不到。而篮球场占地则小得多，有些机关单位用半个球场打球，剩下半个球场停车，是常有的事。一般城市的中小学，都拥有至少一个乃至多个篮球场。原先篮球场的长度只需26米，宽度仅仅14米，约合面积364平方米，不过半亩地。一个足球场，倒不愁切出几十个篮球场来。

篮球场地的打理也相对简单。

水球运动要求有游泳池，目前中国的中小学几乎不具备这个条件。

冰球运动要求有标准冰场，这个目标更加遥远。

排球运动在技术上要求滚地救球甚多，没有木地板很难提高。

马球、曲棍球、棒球、垒球等，都有类似的限制性。

而在往昔的岁月里，我们时常看到，在中国农村的打谷场上，竖起一根独木桩，上边钉一块木板，把球筐安装起来，就可以打篮球了。

乒乓球和台球条件便利，极好凑合，而对抗性、观赏性、威武性均不能与篮球运动相比。

打乒乓球或者打台球包括羽毛球，虽然也有团体赛，但主要依靠单兵作战，荣誉基本上归属于个人。而篮球完全没有单对单的对抗赛，凡上场总是一支队伍。这支队伍由12名球员加教练组成，往往代表了一个种族，一个地区、一个单位、一支部队或者一家团体，因此，无论是上场球员场外观众，都很容易找到自己的归属感。

是的，现代体育的一大功能就是让我们一下子就找到了自己的归属。

1996 年，甘肃陇东农村残余的打谷场篮球架。 邱小明 摄

你看，无论走到哪里，我们都会坚定不移地支持中国队。篮球，以团队形式出战，这支代表队的集体表现，比单兵项目更容易产生凝聚性的巨大力量。这是因为，体育的本质属于生活。竞技水平越高的运动队，凝聚力也越强。篮球运动短兵相接，对抗猛烈，得分频繁，队员激奋，攻防转换迅速，成败瞬息万变，促使有着明显倾向性的观众激动万分。你看，激烈的篮球比赛打到最后，双方依然难解难分，体育馆的观众就会情不自禁地站立起来，心跳加速，手心出汗，屁股再也坐不下去。

这一点，与篮球观众距离赛场很近有关。比分一旦落后，教练要求暂停，这时，观众可以清晰地看到教练和队员的交流指导，可以看清他们的手势和表情，于是更容易判断他们叫暂停的目的和重新比赛之后所采取的对策。实际上你已经无意中把自己融入比赛了。这也是篮球独有的魅力之一。距离很近，使你看清了所有的事情是怎样发生的，甚至你看清了球衣的牌子和球星女友的面孔，还看清了篮球宝贝们夸张的表情与健美的皮肤。你还可以接到吉祥物以及宝贝们扔给我们的各种小礼品，一句话，你愉快地参加了一场高级游戏，而不是依赖望远镜。可惜足球观众往往距离赛场很远，在相当程度上影响了人们的参与和观赏。足球比赛的整体攻防转换，也比篮球慢得多。

说起硬件我想到，篮球的体积，大小正合适。反差较大的是冰球。有时在电视上欣赏冰球赛，光看见队员乱窜，看不清球在哪里，使人们无法分析其技战术，不知道他攻防动向的缘由，严重地影响了我们的审美。

对比篮球，情景立变。当一名队员在三分线以外远射投篮后，观众的眼睛盯着皮球飞向篮筐，实际上他已经参与了判断和预测，由此产生情绪上的反应。场上队员则根据目测去冲抢篮板，抓住二次进攻的机会得分；这只清晰可见的篮球，在场上飞来飞去，观众和队员便会共同分析和推定双方战术的运用。战术运用正确时，观众喝彩，运用不当时，观众着急。假如这只篮球设计得很小，比赛的魅力必将大打折扣。

篮球运动的空战特征，促使参加这项运动的选手普遍身高力大。人类在与大自然的斗争中，在经年不断的战争中，在传宗接代的生殖欲望中，逐步产生一种对身强力壮者的崇拜，尤其倾慕身材高大的男性。篮球场上，一群大个子往复奋力拼杀，又比其他项目多了一份自然属性。而篮球项目的近战与肉搏，迫使队员们常常依靠身体冲撞去夺取优势，这就更好看了。举例说美国NBA名将奥尼尔，年轻时在篮下起跳投篮，两个小个子拉都拉不住，力拔山兮气盖世，他肩膀扛着人奋起扣篮，大力无

2006 年，甘肃甘南・藏族青年打篮球。　马杰　摄

敌，铿锵有声，因而崇拜他的球迷特别多。

然而篮球运动又是一种对小个子毫无限制的项目，你个子大，有利于抢夺篮板高空扣篮，却防不住我的变向突破，也防不住我准确的中远距离投篮得分。你个头高，相对速度慢，我个头小，但我速度快，弹跳好，手头功夫深，战术意识强，照样打好球。组织进攻和得分型后卫，往往个子不大，总是满场飞。

我们常常看到球场上出现一种趣味场面，双方队员的身材高低反差极大，高个子一不留神，反让小个子骗过了封盖，上篮得分了！甚至，一位小个子队员瞅准时机，痛痛快快地盖了大个子一记好帽，那就更好看了。姚明就多次吃了这种亏。至于抢断、偷球，那就更多了。美国NBA赛场上，总是保留着一些小个子队员，一名“土豆”，得过扣篮王，身怀绝技，一名艾佛尔，创造过 0.4 秒之内由场外接球而快速得分的纪录。

一家工厂、一方乡村、一片校园里，普通身材的人总是最多，他不宜去跳高，也不合适举重，但决不影响他打篮球。高些，低些，胖些，瘦些，都能打篮球。你胳膊长，我投篮准，你防守强，我传球妙，你们平均身高有优势，我们速度奇快战术高！你看，篮球就这样“大众”起来，而不是“小众”。

人和动物一样，有着潜在的进攻性。竞技运动特别是场上直接冲突的篮球、足球、橄榄球，就是这种进攻性的最佳转移。近现代百年前后的中国历史，又是一部中华民族历经屈辱磨难的历史，那么，球场上的公平、公正、公开，就成为中国人战胜屈辱的最佳宣泄渠道。其他竞技项目也有这种功能，升国旗，奏国歌，令人产生由衷的激动。而篮球、足球等运动又是同场冲突最直接的项目，好了，它必然受到极大的关注和热烈的欢迎。

因此，说我们中国人偏爱篮球，说篮球已经成为中国第一大运动，果然是有道理的。

我还想补充一点，就是篮球需要 5 个人同时上场才能与对方比赛，一支球队要有 12 名正式队员，还有教练至少 1 人。每支队伍不论走到哪里，都是一大帮。业内人士便把这类运动称作“集体项目”。青少年参加了篮球队，就会有一种安全感和自信心。大家总会穿起相同的运动服装，团结起来，一致对敌。并且拥有一批支持者和观众集体。所谓认同问题，也就是你认为自己是一个什么样的人以及你归属于哪个群体的问题。人首先有一个血缘族群的身份，这是与生俱来的自然属性，而人的社会交往又决定了你的多重社会属性。打篮球，就是一种集体认同，人在许多情况下都不乐意独自做事。独自找乐的青少年往往并不快乐。打篮球正好解决了这个问题，你会觉得这个集体力量很强大，胜利的欢欣，失败的痛苦，都不是你一个人的事。我曾对人说，最枯燥的运动是游泳、射击和田径项目，长期的独自训练真让人受不了，半途放弃者众多。最有意思的项目是篮球，每次训练决不枯燥，而且充满了变化乐趣。或攻或守或打教学比赛，从来没有重样的时候。集体运动，不是极限运动，运动员在训练中的痛苦要小得多，而中长跑、马拉松，练起来要吃极大苦头，否则成绩上不去。我们中国人，趋同的心理很重，生活中反对标新立异，反对突出个人，反对唯我独尊，反对孤家寡人，如果你独自去爬珠峰，必被视为另类。那么，篮球运动正合适，这项运动既是集体的，又是个人的，突出的个人能力可以为集体争光，集体的巨大荣誉又可以使个人受惠，如巴特尔，是中国唯一得到过NBA冠军戒指的篮球队员，哪怕你并非马刺队的主力。好了，集体、认同、归属感加上个人能力的彰显，合起来构成了篮球的魅力，特别吸引青少年。一个十分害羞的人，到了篮球场上，很快就变成猛士了。

需要说明的是，以美国NBA为代表的篮球运动，还有一大贡献，也是一场不知不觉的革命，那就是把竞技体育固有的输赢观向前推进了一大步。在NBA赛场上，无数球星身怀绝技，把一场比赛变做了一次艺术表演大餐，使人赏心悦目，不论谁输谁赢，观众都将大呼过瘾。远古体育的游戏本质在这里回归了。NBA联盟向全世界招徕最优秀的球员，目前已有70多个国家和地区的选手曾经加盟到这个巨大的阵营中，逢到比赛时，几乎变成了一场国际性的联欢营。回看我们身边，NBA球迷众多，大家各有各的偏爱，却都不是为了美国某一个州省的输赢而动心欢呼。相比之下，其他运动项目都达不到NBA的效果。这场革命，正是篮球带给我们的一种进步。篮球正在改变着这个充满了仇恨与忧伤的世界。

打篮球可以提高智商和情商吗?

青少年篮球运动，每天占用一小时，不但不会影响学习成绩，反而将会学得更好。我在东莞等地的调研中所看到的事实多次证明了这一点。8-1 > 8 这个公式，原本是清华大学高智商的师生团队总结出来的。那么，针对篮球运动如何提高青少年的智商乃至情商做一专题调研，结果会怎么样呢？这个问题有意思。

所谓智商，也就是智力商数，也可以叫做智慧商数或者智能商数。通常是说人们认识客观事物并且运用知识去解决实际问题的能力。变个直接说法，智商高的人，其观察力、记忆力、想象力、分析判断能力、思维能力以及应变能力都会高一些。

所谓情商，也就是测定和描绘“情绪情感”的一种指标。通常包括一个人对情绪的自控力，对人际关系的处理能力，对失败和挫折的承受力，也包括对自我的了解程度以及对他人的理解与宽容等。

现代心理学家认为：智商和情商，是决定一个人能否走向成功的基本要素。

这两种能力，在青少年时期就必须得到培养，以防长大后被人家斥为“弱智”。

但是，通过打篮球可以提高这两种能力吗？为什么？

我非常感谢一位叫做刘黎静的老师为我们提供了这项珍贵的研究成果。刘老师目前在深圳红岭小学执教。他走出校门，深入体校篮球专业学生当中，又将深圳大学和高职学校的篮球队员作为研究对象，结合其他中小学生共计 100 人，进行了细致的比对调查，最终形成论文。刘老师把论文提交给广东省第九届中学生运动会科学论文报告会发表，又由东莞教育局明晖老师推荐给我。现在，我将这一成果摘要推荐给关心青少年成长和热爱篮球事业的读者们。

刘黎静老师把100名青少年分成两拨人。第一拨是受过系统篮球训练的45人，第二拨是未受过专业训练的55人，发放问卷，收回来判分，继而对第一拨当中的30人进行了一个月的后续跟踪调查。刘老师“运用问卷调查法，数理统计法，结合计算机Ｅｘｃｅｌ程序中函数运算和统计学知识，对智商及情商与篮球运动的关系进行了相关性分析”，问卷内容包括13道智商问题和20道情商问题，均选自正规的《无敌智商情商测试手册》，得到有效答卷98份。

经过对98份答卷的判分，得知第一拨人的分数确实高于第二拨人。例如，以28～33分为高分线，第一拨当中有22人达到这个标准，第二拨却只有9人。最高分数即31～33分，第一拨人高居8位，第二拨人中却仅有1位达到31分，达到32～33分者一个也没有。

在中等分数线即24～27分的得分者当中，第一拨人也高于第二拨人。

23分以下低分者，第一拨人只有3位，第二拨人则多至17位；而低于20分者，第一拨人一个也没有，第二拨人却不少。

刘老师强调，参加篮球比赛级别越高者，测试得分也显示出越高。如参加过省级比赛的14位青少年当中，竟有10人达到了28～33分的高分线。

结果就是这样：受过系统篮球训练的青少年，其智商和情商均高于未曾受过训练的青少年。刘老师又对第一拨30名篮球队员进行了跟踪、问询和实地考察，进一步发现，其中14名参加过省级比赛的孩子，不仅得到了测试最高分，而且在平时的自我行为约束能力和善解人意等方面，也“做得很好”，思想分析能力更趋成熟，人际交往和沟通能力均强于一般同龄青少年。

这是为什么呢？篮球运动的功效竟然如此神奇吗？

在我有限的视野里，地市级以上的篮球运动员转行以后，大部分人比一般人干得好，而且是篮球水平越高的人，干得越好。篮球人转为一个部门的头头乃至领导干部者比较多，而因为贪污腐败失身落马者却非常少。我在东莞常平镇和中堂镇调研时，也无意中听到大伙议论说，打篮球上去的各级干部，没有一个倒霉的。1962 年和 1979 年，东莞出现过两度越境逃港高峰期，几十万人冒险奔往另一种制度下的香港而去。这在当时被定性为一种严重错误。而据刘文女等多位东莞老球星回忆，他们中间仅有 1 人选择了逃港行动，而且要逃就是成功逃出，不会被抓回来。如今的宏远集团老总陈林先生的故事更神，这位“老篮球”对我说，当年，他的逃港行动同样是非常成功的，过去以后，朋友也很招呼，落脚生活不是问题。但他反复考虑，中国不可能按照旧政策一味走下去，家乡一定会有大的变化，家里尚有好几件事没办完呢，全村的乡亲们都需要他，于是，这位“老篮球”凭着一身肝胆，毅然决定掉头游回东莞去！作出这个决定，需要多么扎实的判断能力呢？在阶级斗争尚未结束的年代里，陈林的分析必须全面，必须讲究实效，他必须首先保护自己躲过牢狱大关。果然，在陈林潜回家乡之后，国内形势发生了大的变化，经济政策有所好转，乡亲们保护他，政府也不再追究他，陈林先生反而一举担任了生产队长。最终，他率先带领乡亲们走上了一条改革开放之路，创建了自己的高效集团，直到今天。他注册了全国第一家民营的宏远篮球俱乐部，成为继八一队之后又一座胜利王朝。

篮球人的智力和体力，确实强于常人。

我们试做一些分析：

你看，中国人最喜欢参与的运动项目，前几位无非是篮球、乒乓球、羽毛球、武术、游泳加中长跑。足球和排球受到条件限制，参与者相对少，“看客”居多，这里不提。那么，在上述前六位项目中，篮球是唯一的集体项目，其余皆为单干。而单干项目所采用的战术方式，基本上属于非协作方式，不太需要他人和自己的互动，或者说互动因素不占主导地位。

反观篮球正相反，单干不占主导地位，集体协作第一。首先，上场必须5个人，再拔尖的球员也要隶属一个队。有一次，科比在场上独得80多分，但全队还是输了。王治郅一度滞留美国，如果他不再回归八一队，不再加盟中国队，势将无为，岂有今日？因此说，任何一名篮球健将，都是集体队伍中的一员，具体担任着一个位置，他必须通过与其他队友的配合与协作，才能完成比赛。即便是完成一次快攻，也要协作，从平时的训练就是这么教的。你独自运球到篮下投篮，则不叫快攻。每一名队员与队友的协作配合越默契，全队成功的可能性就越大。进攻如此，防守也是这样，你一个人防不住5个人，你在尽到自己责任的同时，还必须及时为队友补位，漏防多了必输无疑。集体项目就是这样，谁也离不开谁。训练和比赛，就是打配合。而在集体生活中，你同样不能光顾自己，不管别人，你孤傲霜雪，凡人不理，唯我独尊，那样你肯定干不下去。这些浅显的道理，在久经训练的篮球人当中是再明白不过的。回到实际生活中，篮球人很自然地运用这些训练成果，形成一种与他人与社会与团体真诚协作的素质。这是第一点，比较容易理解的第一点。

再看第二点，由于集体项目力量大，青少年队员又特别喜欢结伙扎堆。正是篮球运动帮助大男大女们完成了一方土地上一次又一次青春约会。球场上少有孤独者，球场外多有女粉丝，因此，优秀篮球运动员比常人更多出一份自信来。而自信的态度在生活中至关重要。优秀球员在生活中很少咋咋呼呼，并不刻意表现自己，实是出于他的自信力。反观一些散乱青少年，在各种场合都要咋咋呼呼，生怕别人瞧不起，其内心实是自卑感很强的。篮球人的自信心表现在生活中的许多方面，无须多谈。

第三点很重要。须知篮球运动的身体碰撞大大多于其他项目，甚至比足球运动的碰撞还要频繁。你看，磕磕碰碰，你挤我扛，还有不少小动作，一旦经常发生，日日发生，事情反而平常了。打篮球，干体育，哪有那么多斯文呢？教练员从来都是鼓励队员凶狠一点的。这种无处不在的碰撞，造成了运动员的一种承受习惯，不到特别痛苦时，他将会控制自己的情绪爆发。这种肉体承受力，也是一种极其难得的学习。你一碰就爆发坏脾气，这球便打不下去。你不也常常碰撞他人吗？你必须从他人的角度去看待碰撞，对方也承受了许多伤痛与磕碰呀！折射到生活中，人与人之间时有摩擦，篮球人往往善解人意。参加篮球运动时间一长，你就会得到这种控制力。

第四点，要说篮球运动技战术的复杂性。一个青少年，一开始，参与篮球运动很容易，因为这项运动起初的技术门槛并不高，谁不会投两下子，谁不会一点简单防守？谁不会来点个人英雄主义？这也是篮球运动易于普及的一大原因。倘若普及刘翔之跨栏，则难乎其难。但是，你一旦进入篮球运动，才会慢慢发现，这项运动对技战术的要求非常高，而且水深似海，没有止境。同样是投篮，人家一防，你就投不准了。单说一样传球，也够你学半辈子。一种战术，往往瞬间转变为另一种战术，可以很简单，也可以很复杂。当队友跑位成功时，你必须同时跑位精确，或得球得分，或迅速传球使队友得分；否则，不是你埋怨别人就是别人埋怨你，半点儿都不能耽误。

东莞儿童篮球操

打篮球打到五年以上，你才真正发现，这项运动是复杂多样的，是全面的运动技术组合，头脑判断与肢体响应一样不能少、一点不能慢，是那种综合性很强的运动项目。单单依靠大肌肉群持久发力是远远不够的。正因为如此，篮球运动为青少年的智力以及构成其物质基础的大脑发育创造了有利条件，促使青少年脑细胞以及神经系统的结构、功能都发生了积极的变化，提高了人的观察力、注意力、判断力、想象力、思维力，也就是提高了智商。反过来，伯乐相马，教练选人，也会综合考虑诸多因素，并非单一寻找大个子。宏远三队教练郝焕新就说过：“我们全国找苗子，先看脑子，后看个子，否则白培养，俱乐部赔不起。”

第五点，承受挫折。篮球比赛有输有赢，非常频繁。强中更有强中手，有赢家，必有输家。你在本校很出色，走出校门很一般，你在本市很拔尖，到了省里很一般，你有时表现得很优秀，有时发挥不正常，胜利的欢乐少不了你，失败的挫折也有你一份。可以说，干篮球时间长的人，都是饱经挫折的人。回到生活中，走到社会上，这种饱经磨炼的意义可就大了。人生不如意十之八九，篮球教会我们正确面对，积极承受，修正错误，奋勇进取。而不是一蹶不振，半途而废。同时，集体的力量又会帮助你，共同战胜挫折。

你看，智商、情商、体力，篮球运动都给予你了，你今后的人生之路就会走得正，行得远。

除了以上五个方面的积极益处之外，篮球运动还将教会我们许多东西，但有些东西应是其他体育运动共有的，不是篮球独有的。比如公正性，很重要，凡是参加体育运动者，都必须遵守规则；比如团结友爱，所有运动项目的成员都必不可少。再比如培养一个人真诚直率的品格，光明正大，也是所有体育运动共同具有的功效，这里不再一一列举了。

总之，篮球运动对青少年智商和情商的培育，效果特别好，收益最明显。不知为什么，这时，我又一次想起了鲁迅先生的话：救救孩子。

好孩子，你还等什么？快去拿球来！

早年的球星有多酷？

这些年，中国篮坛明星很耀眼，阵容也极庞大。其中有好几位东莞名将，不是宏远的，就是新世纪的。比如易建联、朱芳雨、王仕鹏、刘晓宇、张凯、邱彪、杜锋、董瀚麟、苏伟等，更有著名的教练员李春江、李群、孙军，都是大牌。应该说，这批巨星的真实生活早已职业化了，尽管他们与一方土地的关系仍然十分紧密，与人群的关系仍然水乳交融，但是一种由人杰向偶像的转变，还将由时代演进所完成。喜欢他们的观众越来越多了，偶像与球迷的距离也越来越远了，怨不着哪一位明星。

如果我们怀旧一点，你会更喜欢整天和观众搅和在一堆儿的老派球星。他们是看得见摸得着的自家儿郎，在场下他可以与你共饮一杯酒，在场上他可以听到你的喝彩声，赢了球大家同欢乐，输了球一起来切磋，那真是一种人生大乐趣，甚至可以说是一种高境界。

如今，球星的球衣高价卖，球星的球鞋大推销，说到底是以球迷们渴望亲近球星为基础的。体育产业的推广，无不基于一个爱字。爱之深，思之切；爱之深，购之切。

老一代球星虽不曾享有过这般洪福，但他们心中的幸福却绝不比今人少。他们经历了一个足以使人骄傲的青年时代，也是今人不可比拟的。

在2009年至2010年的采访中，我仍然可以听到东莞人时常念叨着昔日球星的名字，由衷地赞叹他们曾经的光辉业绩。远在华青队出现刘文女、苏松波、林景贤等新星之前，常平镇袁山贝的“迅雷”队中，就出现了如同“迅雷闪电”般的快攻型选手袁兆鎏。而今美国NBA大球星韦德也是以“闪电”著称的。这位东莞早期球星袁兆鎏，其风格，其技术，一直影响到后来的常平农民队“小、快、灵”的战斗作风，乃至于可以夺得全国首届农运会的冠军。到了2009年元月10日，《东莞时报》在关于打造篮球城市的系列报道中，仍然会将久远的记忆复印下来。记者黄佳欢写道：

20世纪30年代，常平迅雷队中的袁兆鎏，技术超群，常常在关键时刻左右比赛走向，因而有了不少支持者，每逢比赛，许多农民特意放下农活，来为袁兆鎏加油助威。

在同一时代，与迅雷队袁兆鎏并驾齐驱的民间球星，还有常平镇桥梓体育会的周树培和“铁后卫”周刘灶。是“二周”和袁兆鎏一道给力，以他们杰出的表演，把20世纪30年代的东莞篮球提升到一个超常水平，令广州、香港等大都会的球迷们刮目相看。不信吗？继之而起的华青队刘文女、梁旭森、苏松波等新星群体，就是出征广州百炼成钢的——

史实是这样：1949年，中共野战大军和粤省长期坚持斗争的东江纵队、琼崖支队胜利会师之后，在广东全境建立了新生政权。共产党人迅速医治战争创伤，恢复城乡和平秩序，广州成为全省新的政治文化中心。这时，人民群众对文化娱乐的渴望重又复苏，灯光球场再一次放射出耀眼明橙的色彩。是的，广州市内的文化公园在那时就有了标准灯光球场。与此同时，广州球迷也迎来了一支又一支由壮硕的北方大兵组成的篮球队。只见这些壮汉们脱下军装，把枪杆子架在一旁，抱着一颗篮球呐喊着，满场玩命，风格全新，与广东男儿的“小、快、灵”打得难解难分。而北方大兵们个个膀大腰圆，的确实力雄厚，一般的广东球队很难战而胜之。

关键时刻，南距广州百里的东莞华青男队前来省城登台亮相了。这时，华青男篮刘文女一班队友，经过数年锤炼，已经相当成熟，特别是快攻配合，灵活多变，战术默契，在珠三角多路出击，几乎没有对手。但是，广州城里文化公园的灯光球场，时为全省最高篮球殿堂，刘文女这帮东莞小子还不曾在此一试身手。人家经营球场的管理者多年接待各路豪雄，什么样的常胜球队没见过？什么样的大牌球星没来过？你东莞一县杂牌军，还想占用这块宝贝场地吗？轮得着你们——那长满莞草的小地方的球队来此风光吗？说到底，人家还是信不过你，轮也轮不到你。

当华青队一位叫做黄根深的老队员前来广州文化公园请战时，人家一看，其貌不扬，身高偏矮，言语土气，衣冠寻常，好，立即就给他拒之门外了。北京话，一边待着去！广州话怎么说？

这位黄根深决不轻言退却。他蹲在看台边上，连日看球观战，我还不

赵瑜和东莞华青队等老人在一起

走了呢！看着看着，他就纳闷了：一支又一支名头响亮的代表队，怎么越看越不咋样呢？我们华青队打他们绰绰有余啊！

于是，黄根深又去向球场管理者提出申请。不，应该说是央求人家高抬贵手，就让我们前来试试吧，一切费用我们自己掏嘛，排排队啦。就这样，球场管理者架不住黄根深死缠烂打，勉强答应在球场轮空时候，允许华青前来输上一场。

华青队，终于等到了一个宝贵的机会。那天，有一支队伍赶不过来了，黄根深马上钻空子：我们能赶上，我们不怕输！

紧急地，华青队刘文女一帮人，风驰电掣乘车赶到广州，一口气儿没喘匀，脱了衣服就上。

确实，机会是为有准备的人准备的。华青队一亮相，整个广州为之一震，刘文女满场飞，苏松波、林景贤飞满场，强悍的中南战士队败下阵来，著名的中南海军队败下阵来，骄傲的广州市府代表队败下阵来。华青队的卓越表现真是“不打不知道，一打吓了球迷一大跳”。管理者先是大惊，继而大乐，连呼意外，一口气给华青队连续安排了多场大赛，华青队越战越勇，悉获全胜。广州球迷一下子就爱上了这支队伍。

如今，80 岁的刘文女、苏松波老人回忆说：“刚开始到广州打球，吃、住、行全要我们自己掏腰包凑钱，打了没几场，广州管理者就给我们全包了，他们的门票卖得好，每月都要请我们至少去一次，逢着谁就灭谁！”

很快，刘文女等人在广州出了名。大报小报随时关注华青队的动向，广州文化公园成了华青队的主场。管理者竟然以华青为擂主，摆开篮球擂台大赛了。据《东莞体育志》记载：“广州文化公园连续数年邀请华青队前往设擂”，“场场观众爆满，而百分之七十的观众为东莞华青队助威呐喊，场面热烈”。就是这么一支小县篮球队，一直打赢了多支广州驻军代表队，各地市代表队，直至广东省青年队、河南省二队，长期成为惠州全地区的王牌劲旅。那些年，惠州地区的多支强队中，有一大批队员由东莞球星组成，驰骋全广东。

这位刘文女，成为继袁兆鎏、二周之后的又一代球星。有今日《东莞时报》述评说：“华青男篮就是那个年代的广东宏远，刘文女就是那个年代的乔丹。”我知道，这话的原版出自前东莞体委副主任谢润深之口。

我曾经以为誉满全国的广东宏远队是驻扎广州的省级专业队，后来，才知道这支夺取了全国CBA联赛六次冠军两次亚军的至尊强队，就是一个地地道道的东莞篮球俱乐部的队伍，纯粹民营。

说当年以刘文女等球星组成的华青队，可与今天的宏远相提并论，此言不虚。甚至可以说，当年球迷们对华青的挚爱程度，还要超过今天的宏远。在《东莞体育志》当中，记载了一位华青球迷，名叫李超，这位李超竟然获得了“球场木虱”这样一个绰号。名虽不雅，却极形象。虱子们爬到衣缝里了，安家落户不走开，球场上的大事小事他们都要争取参与。那天，华青队再赴广州，又是一场擂台赛，李超当然舍命相陪。志载：“莞城青年李超，为了到广州观看华青队比赛，早上六时从莞城跑步到了新塘，但往广州的公共汽车已经开出，于是他继续往前跑，一直跑到广州黄埔区鱼珠附近车站，才乘车进入市区，跑程近五十公里！”请在全中国找一找，哪里还能找到这样执著的铁杆儿球迷啊？为了追捧自己所拥戴的球队，这哥们儿硬是追赶着跑了一个马拉松。

刘文女叹息说:“这位李超先生去年已经去世了，他爱球爱了一辈子，我们都很怀念他。他要是活着，让你采访采访该多好!”我便说，“都怨我来晚了。”

我在东莞时，发现这班老球星至今仍然受到了推崇与爱护，这种爱护既来自官方，也来自全社会。比方说，宏远集团的老总陈林，人们习惯于称他为林叔，就经常请刘文女等人吃饭豪饮，逢到一票难求的大型比赛活动，陈林还常常把林景贤、谢润深等人请到主席台上就座。另一位东莞老总林志伟，与这班老球星相聚更多，据说，他们长年不断的早茶就由林老板给包了。而茶楼上，80 岁的刘文女习惯坐在哪里，哪里便成了他的专座。

我想东莞篮球能够打到全国一流水平，与这班老球星的积极参与、出谋献策，也是分不开的。他们总是从独特的角度看问题，谈意见往往不是指责什么，而是规划性的，建设性的，有实际意义，能发挥作用。

在计划经济年代里，这班老球星以他们高超的球技，最早地蹚出了一条“以打球求生存”的人生道路。在十分重视篮球荣誉的珠三角地区，篮球高手们的人生总是顺利一些。虽然做不成什么大官，要找个优越的工作岗位则不成问题。部队中的体育组织也会常常到东莞挖人。就华青队来看，刘文女留在东莞体育界做了教练，苏松波则被当时全国闻名的江门糖厂挖去打球，林景贤到了部队，后来转业回莞做民政局副局长。东莞本地各行业的好单位，更是争着要人，辅之以较优厚的待遇。据《东莞体育志》载：1956 年县体委成立，以华青队为班底组成县队。县工人文化宫每逢星期六、日晚均组织甲乙篮球赛。莞城区活跃的球队众多。1958 年成立了县农民篮球队，农民队员先是入招县机电厂为临时工，集中在工人文化宫训练和住宿，而后进入公安等部门，成为东莞开展篮球运动的骨干力量。1960 年年初，县体校正式增设了篮球班。1963 年，名将叶强从省前卫篮球队转业回莞，与刘文女共同负责县代表队的组建与训练，年年赴惠阳地区参赛获奖，地区代表队有一半队员选自东莞；1971 年，东莞男篮继“文革”初期的停顿之后，重获惠阳地区第一名。1972 年，组建县青年队，从基层选拔男女选手调往莞城区各单位工作，以利于集中训练。1973 年，东莞女篮获得全地区冠军；1978 年重建男女县级代表队，县内各乡镇队员均进入县农修厂、东莞粉厂、县百货大楼等，为正式职工。训练经费由各单位提供保障；1982 年 8 月正式成立东莞县篮球协会……篮球运动出现社会化趋势。县劳动局、外贸局等单位为县代表队招收安排运动员，并承担运动队的训练。1984 年有 21 家单位筹集资金赞助县一级篮球运动；桥头区出资万元，选拔男女运动员 40 名，聘请体院教师前来培训……

你看，东莞一代又一代的民间球星们，总是可以找到一份比较安定的工作，其中的佼佼者肯定还有着多种选择性。篮球飞舞，为他们打开了一扇人生的大门。这大门原本十分沉重，到了篮球健儿这里却变得相对轻松起来。这对苦难深重的中国来说，也可以看做一道稀有的暖色的光芒吧。想一想我青少年时代的诸多球友们，其人生境遇，总体上要比普通人群强出一大块呢……

东莞的各个单位各个厂矿，优先安排了球星们的工作。这种大力引进篮球人才的做法，直接影响到一个从内向外的扩张历程。考察这一历程是非常有趣的。可不，到了 1989 年，东莞的公安、外贸、建设银行等单位，就把招募人才的眼光拓展到地区之外、广东以外，一直拓展到全国去了。你们各省市专业队不是把篮球视为重负吗？你国家体委不是拿着篮球发愁吗？正好，我们东莞可以把人才接过来，成为我们的生力军。你们不稀罕篮球球员，我们稀罕。就这样，第一批省级专业队的篮球选手——陕西青年队的弟兄们，打起行囊，开赴南国东莞了。陕西大汉们的到来，也就是东莞篮球真正走向全国的开始……

这个话题往后仍将细说，现在还说东莞本土的老球王刘文女，以结束本小节。

刘文女等一干球星们，工作安排得比较好，生活本身就会安定得多。

众所周知，在残暴的“文化大革命”前后，特别是“文革”后期乃至于80年代初期，广东省爆发了大规模的越境逃港风潮。成千上万的广东人宁愿背井离乡，宁愿一次又一次被枪击被捆绑被抓捕，也要冒险逃离苦难故土，到香港去开辟新生活。人谓“不为这一代，也要为了下一代”。长期的极“左”路线，造成了社会主义国家建设史上的一场巨大悲剧，教训是无比沉痛的。当时，各处的水塘中都有无数的青年人在练习游泳，有人便辛辣地低语道，说是响应毛主席学习游泳的号召，到江河湖海去，到大风大浪中去，其实哩？说白了就是为了逃港而自我训练吧！要想游过海湾界河，水性不好，当然不行。东莞就是这个逃港事件的重灾区。包括著名的广东宏远集团陈林老总，当年也是“半个逃港者”。他成功地逃出一次，自己不放心这一边的许多人，又毅然返回了故乡。据许多东莞老人回忆，逃港者的成分绝大部分是“公社化”既久的贫苦农民，广大农民在“农业学大寨”的无情运动中，食不果腹，衣不遮体，朝不保夕，生不如死，便产生了逃离苦海的大规模行动。而篮球场上的优秀选手们，或者已经找到了工作，端起了一个铁饭碗，或者有可能得到这个饭碗，人格上备受尊重，所以，他不必下定这颗决绝的狠心，他不必为生存而付出冒险的代价，他的生活是有希望之光的。总之，在逃往另一个世界的人群中，优秀篮球选手很少很少。一旦成为一方土地上拔尖的球星，逃港者几乎没有。

这真是一个令人悲喜交加的奇异现象，催人深思。有记者黄佳欢采访老年后的刘文女：“老球友们生活如何？”刘文女总是笑答：“第一是身体普遍好，老友们一顿喝半斤白酒，仍很平常。第二是家庭关系普遍好，自由恋爱自不必说，绝大多数是优中选优配对儿成家的，关系稳固，按现在的话说，就是幸福指数比较高嘛！”

刘文女先生所说第一条，我相信，因为有林志伟老总做东，请我和一大帮老牌球星吃饭，席间见识了林景贤等老人的好酒量。我也算是一条从北方酒场上混出来的汉子，在东莞面对这些比我年龄大二十多岁的老球星，仍有自顾不暇之感，颇难对付；刘文女先生所说第二条，我将信将疑，而刘先生自己是极为自信的。你猜他对记者说什么？他说：“我年轻时，喜欢我的女孩子，如果排队，可以从莞城排到常平。”也就是说，爱慕他的美女排队要排 30 公里长！真是风趣极了。事实上，刘文女选择了县女篮当中最漂亮最贤惠的一位姑娘做了太太，至今二人恩爱如初。每日清晨，两位异性老球友一道打完太极拳，又骑自行车绕行小区两周，洗漱完毕，登上茶楼吃早点。然后刘老太太前往老年大学上课。刘文女自会掌握时间，到放学时接上老伴回家。想一想，今日名震全国的大牌球星们，也不一定都能得到这般幸福呢。

篮球何以成为老一代共产党人的最爱？

这是一个颇难回答的问题。老一代共产党人关于篮球的回忆十分庞杂琐碎，我这里只能做一个综合梳理。

我们已经得知，篮球运动舶来中国进而得到发展并不比世界各国晚。民国时代，篮球已是中国全运会项目，还参加了两次奥运会。而国民党人与共产党人，无论怎样尖锐对立残酷斗争，却在热爱篮球这一点上高度统一，没有任何分歧。篮球在国民党统治区广泛开展，在共产党根据地同样如火如荼。可见篮球运动并没有什么阶级斗争的属性。“文革”前后，胡耀邦来到北京某个游泳馆，看见墙上的大标语有“突出政治”一条，他脱口而出：“搞游泳，突出什么政治！”需知毛泽东爱游泳，在“文革”之初畅游长江，实有政治意图，林彪也是“突出政治”的推行者，耀邦此言，相当危险。

早在共产党人领导的苏维埃政权时期，苏区就有了著名的“赤色体育会”。恽代英写了好几本体育专著，毛泽东、朱德、任弼时亲自上阵打篮球，周恩来担任裁判员。1933 年，在中央苏区的 2932 个乡中，即有推动文化体育活动的俱乐部 1917 个，篮球就是极活跃的项目之一。在多支篮球队当中，要数少共中央代表队实力最强，曾于1932年年底至次年春，三战皆胜，先后击败了全总执行局队、中共中央局队和中央政府队。

如果说，是国民党人在中国的城市里推动了现代体育的兴盛，那么，共产党人则把现代体育引进了中国的穷乡僻壤。篮球在中国的大普及，即与此相关。

1934年秋后，红军开始了二万五千里长征。

早期红军将领对开展体育运动的普遍看法，就是强身健体，有利于军事任务的完成。我想，假如国民党部队与红军“战斗队”展开一场篮球赛，双方肯定不会开枪。事实证明了这一判断：1936年，各路红军到达陕北，大会师以后，红十五军团当即与曾有追剿任务的东北军关麟征所部进行了篮球比赛。结果，养精蓄锐的东北军居然输给了红十五军这支疲惫之师。当时的东北军指挥官感慨地说：“你们共产党真有办法啊！”而国统区篮球名将唐宝堃，后来正是解放军八一队的首任教练和创建者之一。

篮球的娱乐性毋庸置疑。即使在非常困苦的情况下，人们也不会放弃娱乐，这是天性。贺龙领导的“战斗篮球队”，从红军时期一直延续到抗日战争。甚至在极尽艰苦的长征路上都没有中断过比赛活动。当红四方面军于1936年4月走到川西北的甘孜境内时，还在一座喇嘛庙附近修建过一个篮球场，组织了为期三天的全军运动会。那时，红军缺少正规篮球，朱德和贺龙就让战士们用兽皮裹了毛发，自制出一种独特的“篮球”来打，反正唐代以前的皮球都是不充气儿的。朱德和贺龙使用这种“篮球”锻炼，还挺来劲的。篮球架子有独木的，也有用两截木头捆接而成的。铁质的篮筐随队携带，走哪儿钉

1934年，少共中央总队部出版的文体教材。

哪儿，没有篮板就直接钉在木桩顶上。如果连流动的篮筐也没有，战士们便命一人肩扛小孩，张臂做圈以待，很遗憾只能投空心球，不能打板。实在缺少小孩儿时，即命本队一人，死站在画好的圈中不动，举臂去接队友的球，接得着就算得分。对方当然会严加防守。

及至抗战爆发，红军改为八路军。一进入山西，条件好多了。这时，贺龙领导的120师，率先成立了体育管理科股，配备体育干部，先后于1938年、1940年和1942年在晋西北举行了全师运动大会。开幕式上，贺龙师长和阎锡山的骑兵军长一起上场投篮，以示团结抗战。友军情谊，不分你我，篮球成了中国军队联合抗击日寇的最好媒介。这几次综合型运动会，篮球当然是最热门的运动。独臂将领余秋里的部队没有标准篮球，竟特地派出强悍侦察员，远程潜入日寇占领区，冒着生命危险，化装执行任务，买回一只好球，还差点儿牺牲掉一名战士。

120师的战斗篮球队代表着全师最高水平，威震八方，名声很大。为了扩充实力，球队到处选拔人才，始终没有任何阶级出身的限制。对这样一支打遍山西无敌手的强队，贺龙师长指示：你们到外面去找强队碰一碰嘛，不碰强队怎能提高？果然，战斗队随军于1939年转战河北，当下“碰”上了冀中军区吕正操部队的男篮劲旅。在盛大的联欢活动之后，双方开战。可能由于轻敌，也可能由于各方面准备不足，总之，战斗队竟然败在了冀中军区手下。看来，山外有山，人外有人，训练最重要，人才更难得。这样，毕业于体育专科学校的冀中篮球尖子张之槐奉命调往120师部做专职体育教员，加盟战斗队。临行时由冀中行署主任亲自谈话，到达后由贺龙师长相迎接见，可谓关怀备至。会打篮球就是好，一名普通青年参军，肯定得不到这般待遇；毕业于四川万县师范学校的篮球前锋张联华，1935年参加过国民政府的第六届全运会，也奉命从延安“挖到”120师，加盟战斗队。刚到师部，即由贺龙师长、关向应政委、周士第参谋长三位高级将领共同接见，并挽留这位新战士一起进餐。规格如此之高，就是款待阎锡山的一位友军师长也不过如此吧。

贺龙师长和 120 师战斗篮球队员在一起

看来，篮球运动非常吻合军队生活的特征。它是集体项目，却不排除个体英雄的凸现，个人与集体的双重荣誉感都很强。篮球又是对抗性运动，攻防之中，很容易激发人的情绪。让你光练手榴弹，投着投着你自己就觉得没意思了。相比其他项目，篮球的确易于开展，是给点阳光就灿烂的那种普适性运动。据记载，120 师运动会还搞过自行车赛，倒是很有意思，但是我想那时的自行车赛不是比谁骑得快，而是比谁骑得慢吧？因为在太行根据地这厢，直到 1950 年还是这么赛的。晋绥那边很可能也是如此。就那么几辆金贵车子，又没有跑道，只能比谁骑得慢，才好利用。

篮球活动有利于把人们的“阶级烙印”淡化。抗日新兵来自五湖四海，阶级出身多有悬殊，文化背景差异甚大，但在球场上却无人计较。战斗队中有一位黄烈，来自城市，是个知识分子。在师部担任体育干事。时逢两支团级代表队比赛，黄烈担任裁判执哨，贺龙首长亲临观战。双方龙腾虎跃，全场黄尘弥漫。而黄烈仲裁，偏偏使用英语，可能是篮球传入中国后的教会遗风吧，总之显得很不合时宜。幸而黄烈辅之以手势，比赛尚能继续。倘若不是打篮球，有人显摆英语，, 战士们也许就会骂街。比赛结束后，还是贺龙首长含蓄地对黄烈说：“用英语当裁判，部队战士哪里听得懂哟！”

黄烈想了想，以后改说汉语就是了，谁也没有计较。

不几年，120 师相继发展了六支“战斗青年队”，源源不断地为主队输送后备力量。年轻人有了苦恼，一打球一看球，就没事儿了。革命队伍里，朝气蓬勃，篮球消解了许多复杂矛盾，十分有益。首长对“球员士兵”更是关怀备至，在极端艰苦的环境中给予尽可能的照顾。

黄河以东，八路军 3 个师，加一个前方总指挥部，篮球成为官兵首选。可喜的是，黄河以西，延安那边，篮球活动同样应运而生。各大单位较少流动，场地稳固，青年们来自四面八方，生活中又缺乏更多的娱乐条件，打篮球正合适。每逢篮球比赛，男女可以相识交流，军民可以鱼水交融，官兵可以增进感情，生活可以重现和平。

身在延安的中共党政高级领导人，无论是从长征走来的，还是从苏联回来的，几乎全部热爱体育运动，“身体是革命的本钱”这句话，即从那时传开。毛泽东一向重视体育问题，早在 1941 年，他为《解放日报》体育专刊题词就是“开展体育运动，提高人民体质”，10 年后为中华全国体育总会题词，他只改了三个字，即“发展体育运动，增强人民体质”，改得更好了。

从史料中挖一挖，可知延安的篮球强队不少。1942 年延安“九一”运动大会，篮球队伍最多。120 师战斗队从山西步行 6 天，前往大会表演助阵，并担任裁判等多项工作。当时，延安冒出来的男篮队伍，有王震所部三五九旅代表队、有罗瑞卿带领的抗大总校代表队，有留守兵团“近战队”，有南联队、陕公队、群联队，还有市政府队，更有一支准备调往东北开辟新区的干部团队，即“东北干部篮球队”，誉满边区，实力强

1917 年春，毛泽东在《新青年》发表《体育之研究》一文，影响深远。

劲，人称“东干队”，在延安没有对手。队长韩复东久负盛名。

此前，120师战斗队跟随贺龙于1941年9月来过一次延安。这是第二次受到延安体育会名誉会长李富春的邀请前来亮相。回看以往的比赛中，战斗队曾经输给过罗瑞卿带领的抗大总队，在贺龙师长的亲自指导和督战之下，好不容易扳回一局，双方战成一比一平。现在，战斗队增加了一名新队长刘卓甫，技艺超群，全队如虎添翼，带动原先的黄烈、张之槐、张联华等主力队员，形成了一种英勇顽强、疾如闪电的快攻作风，被誉为“闪电战”。当延安冠军“东干队”前来晋绥边区的时候，战斗队已经能够战而胜之。此番前来，更是逢赛必胜，横扫千军，屡做卓越表演。有一支绥德师范代表队，在当地也是闻名的，但在这次比赛中，120师竟以108 ：15的悬殊比分大胜绥师。在运动大会闭幕时，延安方面以近战队为主，组成联军，对阵120师战斗队，有朱德、陈云、邓发等一批首长前来观战，人山人海。结果，联队还是打不过120师。把贺龙师长高兴得直抹胡子，特地奖励战斗队员每人一套新军装外加两双球鞋。

钟师统和黄烈向大家汇报：我们战斗队在前方，一边坚持长年训练，一边冲上战场英勇杀敌。毛主席号召“锻炼体魄，好打日本”，就是我们的座右铭。1940年夏季，日寇对晋西北大举扫荡。战斗队后卫队员李坎同志，身为司令部参谋，他放下篮球拿起枪，率领一个三人侦察组，深入兴县敌寇大队，执行侦察任务。在任务完成之后，侦察组陷入敌人重围，李坎同志毫无惧色，果敢镇静，与敌人展开殊死战斗。最后从大批敌人的包围中率队冲出险阵，身负8处枪伤，冒着枪林弹雨回到了战友身边，令敌寇闻风丧胆。我们战斗队的同志们，绝大部分都经历了战火考验，绝不会给咱们八路军丢脸！

延安媒体竞相报道，《解放日报》对战斗队发表评论说：120师战斗队带来了前方将士的英勇作风，给延安体育界以良好的影响。团结集中，实为该队屡次获胜的原因。

朱德总司令设宴请客，为战斗队赠送锦旗，上写“球场健儿，沙场勇士”八个大字。

毛泽东乘兴前往战斗队驻地，在贺龙陪同下，亲自接见全体队员。在窑洞前的平台上，队员们列队两行，热烈欢迎这位全党全军最高领袖的到来。

我查到不少回忆文章，记叙了毛泽东接见战斗队时候的讲话内容。他赞扬了这支队伍的战斗作风，谈到了民族健康、谈到了军事体育、谈到了共产主义小组、谈到了中国抗战和国际反法西斯战争的有利形势，话题丰富，高瞻远瞩。但是我不曾看到本次接见的具体日期，只知是 1942 年 9 月中下旬。毋庸置疑，这是中共最高领导人第一次正式接见自己的体育运动队。从当代体育史上看，此番接见和毛泽东讲话，在此后很长的一个时期，直接影响了贺龙主持全国体育工作的指导思想，成为构建中国体育特色的重要思想内容；延安和八路军在战争年代的篮球活动，对后来半个多世纪的中国篮球事业包括思想方法和篮球风格的形成，都有着深远影响。在 120 师体育科室工作过和在战斗队打过球的官兵，进城以后，有一大部分人进驻了体育战线，成为国家和军队体育事业的管理骨干。可想而知，根据地军事化的体育生活，给这批新的体育官员们的工作和生活，打上了多么深刻的烙印。于是，他们的思想方法和行为方式，也势将成为 1950 年以后主导中国体育的主流。这是研究当代中国体育的人们不可低估的。

种种历史缘由，构成了老一代共产党人对篮球的认识和热爱。不久，中国共产党真正成为中国执政党。那么，从 1949 年 10 月以后，中国篮球的发展变化又会发生哪些奇特的故事呢?

让我们在下一节当中，讨论这些一言难尽的问题吧。

怎样看待计划经济时代的篮球历程?

潮起潮落，时代更迭，战争年代过去了。

又一个社会主义国家诞生于东方世界。要问社会主义中国该是啥样子，谁也没见过，谁也没搞过，谁也说不好。经过政治协商，产生《共同纲领》，也载入了“提倡国民体育”这一条，而更详尽的方针大略和措施计划，仍然说不清。

刚刚登上历史舞台的共产党人，只能把苏联的成功当做中国社会主义建设的楷模。要问将来是啥样？苏联啥样咱啥样！另一个特点就是，国民党政府有什么，我们就有什么，例如各大部委和省市县政权的设立等，均变数不大。此乃历史惯性，也很自然，历朝历代的更迭，都无法独创国家政体，都会有延续性。

一句“苏联啥样咱啥样”，加一句“前头有啥咱有啥”，也就构成了新中国的国体架子。但是，具体到体育战线，便有些怪异。苏联的体育管理系统庞大而又健全，咱们一时学不来，而原先的国民政府却没有设置统管全国体育的行政部委，于是我们也暂时没有。原先的国民政府也是全国体育事业的支持者和倡导者，同时重视在教育部当中推行“体育试验区计划”，但并不包办全国体育。国际国内的体育赛事，均由民间的“中华全国体育协进会”主办。

从 1949 年 10 月起，中央政府对全国体育事业，是委托共产主义青年团来实施管理的。从团中央到各级团组织设立军事体育部，到了基层团支部设立军体委员。可以说，新中国成立之初的国家体育要由团中央书记冯文彬同志主管。而同时成立于 1949 年 10 月的中华全国体育总会，实际上就是对国民党时期“中华全国体育协进会”的改组和重建。属于群众团体，由朱德出任名誉主席，并不是体育行政机构。

这就说到篮球了。

在我读过的各种官方体育史料中，都贬低了民国时期的体育发展状况，却唯独对篮球予以好评。如 1984 年出版了《中国当代体育》一书，公开承认“旧中国的篮球运动与其他项目相比，水平是比较高的。曾经获得过远东运动会的冠军。上海、北平、天津等地都具有一定水平的篮球队”，读者们已经知道，红色根据地的篮球发展，同样非同小可。篮球运动的确有着旺盛的生命力。

共产党人打下了江山，大喜大庆，当然不会忘记篮球。此前不久，即1949年8月，曾由共青团组织了一支解放区学生篮球队，远赴匈牙利，参加了第二届世界青年节和第十届世界大学生运动会，影响不大。现在新中国成立了，搞他几场好球赛一赛，理应成为喜庆活动之重要组成部分。而且，苏联老大哥同样热爱篮球运动，完全可以请来“碰一碰”嘛！当年的老八路战斗队，就是和强队“碰”出来的哟。

老帅们只知苏联篮球很强，并不知强到什么程度。谁也没有料到，苏联男子篮球队的到来，却给建国之初的喜庆气氛蒙添了一层阴影，把人搞得老大不痛快。

1950年12月，苏联国家队应邀来到北京。那时，红色中国的外交大业尚未拓展，体育方面的国际交流也很稀少。这次中苏交锋，已被确认为新中国接待的第一个外国体育代表团，因而成为中国当代篮球对外活动最早的揭幕战。

四野三十九军一一七师三五〇团于1950年9月获全师篮球赛冠军

当时，北京和广东等大部分地区都不具备正规篮球馆。中苏比赛姑且放在先农坛足球场上进行。另一说法是“在东长安街体育场搭了一个能容纳 2000 多观众的看台”，不知哪一说法更确切？长安街是哪一年完工的？总之，中国方面对这场比赛非常重视，调集了军队和地方的篮球高手组成了京联、学联、体联三支联队，除了个头儿偏低之外，看上去阵容也还整齐。主席台上规格极高，有朱德、贺龙和陈毅等领导人隆重出席。

比赛开始。天哪，苏联队的第一个动作就让人震惊不已。谁能想到，苏联前锋得球之后，不是进攻，而是向着我方篮筐奔来，这小子竟然先替我方轻松投入一球，让中国队首开纪录。真让人说不清楚，这一反常举动，究竟是洋派的礼貌示好呢，还是一种轻蔑示威？

有文章说了，“在主席台上观看比赛的朱老总、贺老总和陈老总如坐针毡”。

己所不欲，勿施于人。为我方投篮，这很无聊，中国人很难接受这种不明不白的奇怪礼物。

如果这一场比赛确是当代中国最早的篮球在华对外交流活动，那就意味着，我国篮球在北京国际比赛中的第一次得分，第一颗入球，第一个“2分”，是外国人给我们投入的，这成何体统？

空前绝后，匪夷所思。

那场球，我们是输定了。此后，苏联队前往中国各地，与我方多支球队总共进行了 33 场比赛。可叹人家一场也没让咱，一律以高比分、大分差夺得全胜。

我们不服啊！

看了这个小故事，你可能就会想：组织起来，提高水平再和他们干！是的，当我们今日呼唤体育体制改革的时候，不能否认“举国体育体制”的形成，在当年有其合理性和必然性。竞技体育如果不搞官办，仅仅依靠共青团的倡导，实难尽快崛起。

再讲一个关于女子篮球的小故事。法国与红色中国建交比较早。为了彰显我国妇女解放运动，中国女篮首次前往法国访问。读者会想，中国女篮在国际上没啥名气，水平也不算高，可能备受冷落吧？错了，谁也没有想到，中国女篮在法国各大城市预设的比赛，所有预售球票一抢而空，悉数卖光，居然创造了当时法国的一项票房纪录，舆论哗然，媒体踊跃，这就怪了。起初我们还很高兴，仔细一问才明白，原来法国观众的超常热情，并非前来观赏我们比赛的技艺，而是要看一看，裹着小脚的中国女子是怎样打篮球并进行比赛的！于是我们从高兴跌入忧伤，痛心疾首。

是啊，一个大国，一国政府，再不主抓体育怎么得了？

苏联男子篮球队一走，中国方面马上采取了一系列提高篮球水平的措施，推动地方和军队普遍开展篮球活动。1951 年，由共青团中央、教育部、解放军总政治部联合下发了《关于动员参加 1951 年全国篮排球比赛大会的通知》，要求在分区预赛和决赛过程中，迅速建立经常性的篮排球基层组织，声势浩大。北京、广东等省市首先积极响应，东莞华青男篮也是在这样一个时期登上了省城篮球赛坛，名声大噪，创造了自身历史的辉煌。一支县级篮球队，居然敢在广州大摆擂台，赢取全部强队，全广东几乎无人能敌。于是，华青主力队员纷纷被部队抢征入伍，承诺一穿军装就给你一个排长当当……

苏联队回国仅仅数月，即 1951 年 5 月，我们的第一次全国篮排球大会就拉开了战幕。篮球，成为全国第一个体育单项比赛项目，并与国民政府时期的篮球运动对接起来。篮球场上，又一次消解了尖锐对立中的阶级矛盾，只要你篮球打得好，即可成为革命阵营中的一员，而且待遇极高。篮球，就有这个功能。

这次全国篮球比赛，有华北、华南、华东、华中、西南、西北六大行政区各派男女两队，解放军和火车头体协各派男女两队，8 男 8 女共有 16 支强队出席大会。意在广招贤才，选拔组建真正的国家代表队。大赛开幕，风雷滚滚，各路豪雄，竞显身手，谁敢说我中华无人？最终，由华东区双双取得男女冠军。

中国国家队和全军“八一队”就这样成立起来。身在清华大学的篮坛宿将牟作云教授，曾代表中国男篮征战过柏林奥运会，此刻精神大振，也不教书了，应邀担任了国家队首任主教练，曾经威震津门的“南开五虎”之一唐宝堃参军入伍，出任“八一队”首任主教练。唐先生一穿军装，其待遇何止是个排级。

百战百胜的解放军高级将领们，而今下了决心，非把中国篮球搞上去不可。故有贺龙元帅名言传世：三大球不翻身，我死不瞑目！

1952 年冬，毛泽东再次发表题词“发展体育运动，增强人民体质”。细比十年前为延安《解放日报》的题词，“开展”改为“发展”，气势上来了，因为“开展”只能指“活动”而言，“发展”则指“事业”而言，活动乃区域性，事业乃国家性，能一样吗？“提高”改为“增强”，针对性更鲜明，也更精准，其余不动。只改动了三个字，感召力大增。要说毛泽东的文字功夫，真是厉害。此后，有荣高棠、马叙伦等人明确向中央建议，由贺龙出山主抓全国体育，效法苏联“体育运动事务委员会”模式，由共青团、教育部、解放军，配合政务院共同筹建国家体育运动委员会。在筹建过程中，贺龙元帅又明确提出，“为了保证体育运动的开展，必须迅速建立和健全各级体委”，并形成了一份《关于加强人民体育运动工作的报告》。可以说，由贺龙主抓的这份报告，全面拉开了举国体育体制的序幕，是一部极端重要的历史文献。毛泽东亲自主持中共中央政治局会议，充分讨论了这份报告并作出较长批示。1954 年 2 月，由周恩来总理主

1952 年 8 月，周恩来与毛泽东观看体育运动会的比赛。

持的政务院第205次政务会议，正式批准了这一报告。

此后，县以上各级体育运动委员会在全国相继成立，成为各级政府主管体育的职能部门，构成了“思想一盘棋，组织一条龙，训练一贯制”的举国体育体制，与计划经济成龙配套。

这是一次历史性的大转折。

贺龙元帅身为副总理，直接担任国家体委主任，由蔡廷锴、蔡树藩、卢汉、黄琪翔、荣高棠担任副主任。共青团中央书记处书记荣高棠、军体部长黄中，担任正、副秘书长；原八路军120师“战斗篮球队”和边区篮球冠军“东北干部队”的张非垢、张之槐、栗树彬、张联华、黄烈、韩复东、朱德宝、王廷弼等主将，调入国家体委重要岗位工作；贺龙老部下钟师统筹建北京体育学院并担任主要领导。还有从西南和中南局调来的优秀体育干部李梦华、陈先等人，他们在告别战争之后，转向体育战线，共同构建了国家体委系统半军事化的独有特色。

在这个革命化大家庭组建之初，阶级斗争色彩尚不浓烈，人才尚能迅速集中。当时，中华全国体育总会主席马叙伦先生有一个讲话说得好，他说：“我们务必清除门户之见、宗派思想，不分地区、不分信仰、不分性别，完全团结在一起，新干部要和老干部团结，本地干部要和外来干部团结，学校干部要和社教干部团结，大家都要取长补短，自助助人，把团结问题提高到政治高度来认识。在方向上、作风上，大家要团结得像一个人一样，才能把体育工作做得更好。”你看，许多优秀运动员和教练员原先并不一定都是革命队伍中的成员，家庭出身亦很复杂。如中国第一个世界冠军容国团来自香港，举重名将黄强辉来自印尼，还有著名乒乓球教练傅其芳、梁焯辉，民国时代的著名体育家马约翰、吴蕴瑞、张汇兰、徐英超、马启伟、袁敦礼，田径夏翔，体操宋子玉，武术郑怀贤，运动医学曲绵域等前辈，都能受到应有尊重，成为中国某一体育学科带头人，运气好些还能在中华体育总会出任副主席等职。

集体项目篮球，群众欢迎，事关重大，共产党人更是有才必用，不拘一格。中国篮球先驱董守义先生，曾是民国时代的国际奥委会委员，“中华全国体育协进会”总干事，而在1949年以后，仍可当选为中华全国体育总会副主席，并任国家体委运动司副司长，于1952年领衔中国体育代表团总教练，参加在芬兰举行的第十五届奥运会。尤为引人注目的是，第一任中国篮球协会主席，也由董守义先生担任，颇受社会各界好评。而中国篮协也是各个运动项目中第一个全国性的协会，其他协会的成立均比篮协晚两三年。当时，国际体坛上曾经传闻说，“国民党时代的奥委会委员董守义，早就死在共产党的集中营里了”，董先生笑而回应：“我这不是好好的吗？”

这一切，使所有热爱中国体育的同胞们，看到了无限希望。阶级斗争熄灭论，实在是个好东西。

组织起来，集中团结，人财两旺，时局立变。接下来，国家体委在1953年、1954年和1955年，连续三年举办了大规模的全国篮球联赛，赛场面貌焕然一新。1956年改为举办全国篮球锦标赛，战况升级，同年开创了甲级联赛和乙级联赛，并于次年增加了丙级联赛和少年篮球锦标赛。到了1958年，全国正式确立了甲、乙、丙三级联赛制，篮球在中国遍地开花，技战术水平明显提高。史载1958年，全国顶级篮球队男女各12支，角逐甲级联赛，代表着我国篮球一流水平；乙级联赛有男队12支、女队11支，代表着我国篮球后备军团；丙级联赛代表着我国篮球的基础力量，方阵无比浩大，竟有男队102支、女队90支，同时交锋于大江南北。

贺龙与体育健儿宣传画

与此同时，各省市自治区每年都组织省、地、县三级篮球地方联赛，各大产业及行业系统如火车头、煤炭、石油、电力、钢铁、化工、商贸、轻工等，也无不踊跃，每年都要自行举办业内篮球比赛，逐渐在全国形成了大搞篮球活动的风气与传统，以致篮球人才层出不穷。许多民间高手入选省市专业队，名噪一时。榜样的力量，影响深远，其中突出一例，就是上海码头工人刘二柱，他一级一级打上来，一直打进了国家队，成为著名国手，令人惊羡。

在全国农村广阔的土地上，普遍建起了简易的篮球场，篮球运动在全中国得到了一次巨大的普及。举例安徽省巢县，一个炯黄区就成立了39支男女篮球队。据1956年统计，在11个省54个县当中，计有篮球队1423个，仅辽宁金县就有男女篮球队212个。各式各样的篮球比赛此起彼伏，风起云涌，蔚为壮观。这对于积贫积弱的中华民族来说，真是一桩大好事。中国人是特别适合于篮球运动的。在本书的后半部分，我们还将详细探究深层的原因，篮球为什么会在中国生根呢？总之，有正式报告表明，“50年代，中国已经成为世界上参加篮球运动人数最多的国家”，真是不得了。

国、省两级专业训练体制也确立起来了。待到1959年，国家一队、二队男女齐全，各省市专业队加上各行业半专业队，男女篮队伍少说各在百支以上。再看全国省、地、县三级少年体校，那就更多了。

一个潜在的隐患是，全国官办体育的盘子越来越大，花钱越来越多。在完全放弃了市场之后，一个贫穷的政府对过度集中的体育建制越来越负担不起了。

那时，人们普遍认为，国家包办体育，政府指令计划，正是社会主义优越性的充分体现。一个积贫积弱的穷国，如果单靠社会力量和民间力量办体育，就不可能发展得这么快，竞技体育的水平也不会很快提高。进一步去看，各行各业全都高度集中到公有制一口大锅中了，连农民都吃集体食堂了，每个人都姓公了，一草一木都全民所有或者集体所有了，体育如何可以例外？中国哪里还有什么民间力量呢？要说社会力量，实际也是地方政府力量或者厂矿单位力量吧。资产阶级可能仍以“思想”的形式残存于人们头脑里，而这个阶级实体则被消灭掉了。因此，中国体育只能官办、国有、姓社，而且很纯粹。没有市场，不谈效益，那就比别的行业更纯粹。

篮球普及以后，为国争光成为国家体委系统当务之急。仅 1957 年一年当中，国、省两级男女篮就投身于国际比赛 13 次，总共打到 127 场比赛，这可不是个小数字。中国篮球的整体水平有了明显提升。一开始，我们主要是向苏联和一些东欧国家学习先进技术。中国最早的篮球外援教练就是 20 世纪 50 年代中期引进而来的。1955 年和 1956 年，国家体委聘请了两名苏联篮球教练，全面指导国家队的训练和比赛。中国篮球也果然提快了速度，增升了高度，加强了防守，确立了“积极、主动、快速”的作战思想。国家体委相继于 1956 年和 1957 年召开篮球教练员座谈会，在“积极、主动、快速”基础上，又增加了“灵活、准确”两个词组，总共 10 个字 5 个词，高度概括了中国体坛对竞技篮球运动的目标追求，逐步形成了我国自己的特长与风格。

此事放在今天，就改称“中国篮球技战术高峰论坛”了。

而在当时，篮球技战术论坛却渐渐浸淫了政治色彩，渐渐弥漫了阶级斗争的火药味。刚刚还说，中国体坛在 20 世纪 50 年代初期呈现出一派宽松和谐景象，不论哪路神仙都是团结对象，都可以为祖国事业的繁荣昌盛而奋斗，怎么没过几年就变啦？是的，体育也是上层建筑，也要在党的统一领导下反右倾，抓右派，突出无产阶级政治，防止修正主义和平演变，绝不允许资产阶级占领我们的舞台和阵地，要确保红色江山永不变色。事情正在起变化。

从 1955 年 4 月以后，国家体委掌管的舆论工具就开始了令人不安的政治化宣传。要“清除盲目崇拜美国体育的错误思想，肃清反动堕落的美国体育道德作风对中国的残余影响”，同时批判美国的学校体育“是以培养个人的自私自利为目的……教育运动选手与体育商人如何去赚钱，去做生意”。那时，还没有创办《体育报》，于是，在《新体育》杂志展开的关于篮球技战术讨论中，一边倒地强调积极、主动、快速的思想作风，批判消极被动思想和“华而不实”倾向，“有的讨论文章把这种打法说成是无产阶级的，把那种打法说成是资产阶级的，伤害了一些同志”。联想到文学艺术界也是如此，根据地作家和国统区作家的区别越来越明显了。

风声鹤唳，不祥之兆啊。

果然，国家体委先后点名批判了吴蕴瑞、袁敦礼和方万邦等人，将他们斥为资产阶级的学术权威，把他们的两本《体育原理》批为“美帝国主义超政治、超阶级的体育思想”。到了1957年，国家体委系统包括各大体育院校，抓出了赵釜生、张泳等一大批“右派分子”，狠狠地打击了“资产阶级右派向体育事业的猖狂进攻”……

不管怎样，中国篮球水平总算有了一个历史性的突破。从1953年到1957年，5年之间，中国篮球总共进行了283场国际比赛，其中勇夺胜利163场，打平7场，输掉113场，战绩不俗。此后，贺龙老总的脸上又添笑意，中国男篮开始战胜一些强队，苏联的俄罗斯队输了，强大的南斯拉夫队也输了。女篮则在1957年国际青年友谊运动会上，打赢了不少社会主义国家队，名列民主德国、朝鲜和罗马尼亚之前，获得第四名。在1958年“大跃进运动”的滚滚热浪中，篮球健儿更加拼命。这一年，中国派出国家一队、二队和八一队三支劲旅，分别访问了阿联酋、瑞士、法国和苏联等国家。回来一统计，3支队伍共战38场，取得了胜30场、平3场的好成绩，只输掉5场比赛。

1959年再接再厉，中国篮球出现高峰期。国家男篮以73 ∶ 70战胜了世界强队匈牙利，以86 ∶ 77战胜了世界锦标赛第四名保加利亚，又以82 ∶ 64战胜了欧洲冠军捷克斯洛伐克。这时，中国篮球的三大特长日渐突出：快攻、中远投篮和紧逼防守发挥充分，全队配合默契，对付强壮的高大中锋已非难题；女队表现亦极出色，她们两次与欧洲冠军保加利亚打成平局而轻取匈牙利，青年打青年还赢了苏联。更可喜的是，继民国篮球之后，又一个诞生明星的时代已经到来。男篮钱澄海、杨伯镛，女篮杨洁、周懿娴、李少芬、李世华、王霞飞，杰出教练陈文彬、张子沛、余邦基，他们解放思想，破除迷信，开创了一代新风。当时，在中国影响最大的一部体育电影，就是由谢晋导演的故事片《女篮五号》。

非常可悲的是，进入1960年后，中国篮球受到“困难时期”摧残。人都要饿死了，还打什么球？所谓“一日无粮千军散”，“大跃进”实在是跃不动了。1958年提出的“男篮打入世界前三名”的宏伟目标不攻自破，包括“要推出15000名运动健将”的高指标立成泡影。群众度饥荒，队伍大削减。史载，国家体委直属运动队减至691人。更可怕的是，在691名运动员当中，伤病者高达408人，近乎总人数的60%，其中完全不能参加训练者达到22.3%，“一些较严重的班队，伤病人数竟达90%至100%”，没办法，只能一减再减，退役回家吧。而不久前，北京市准备大搞“万队篮球赛”的跃进呼声犹在耳畔。

直到两三年以后，局面才得以恢复。形势好转后，国家体委对全国专业队提出“从难、从严、从实战出发，大运动量训练”的原则性要求，简称“三从一大”，有利有弊。篮球方面，又对某些技战术和训练方法提出了

1960年，山西万荣县裴庄公社“海鸥”女子业余体育队参加全省农民运动会。

全国统一的、并不完全符合各地情况的具体要求，则是一个缺点。

困难之中，赛事骤缩。唯军队方面情况稍好，为篮球训练做了一些保障，“留住了我们的根”。1961 年，八一队仍可在“友军篮球联赛”中夺取冠军。此前有“社会主义国家公安男篮比赛”，我国前卫队以 3 胜 1 负名列第一。

苦熬三载，情景好转。中国男女篮于 1963 年出征第一届新兴力量运动会，双双做到了一场不败，平均每场达到 107 分，投篮命中率接近 57%，男女共同夺得冠军。当地媒体盛赞“积极 + 速度 + 灵巧 = 中国人”。同年，女篮征战古巴 8 战 8 胜，次年迎战世锦赛亚军捷克斯洛伐克 2 胜 1 负，1966 年再战罗、波、法三国，又获全胜。

各省篮球专业队伍，先是压缩度艰危，近乎于冬眠，1962 年以后得以复苏。全国甲、乙级联赛也重新开战，直到 1966 年“文革”爆发之前。这 5 年左右的好时光，把计划经济年代的中国体育推到了一个鼎盛时期。在 1965 年举行的第二届全运会上，有数以千计的选手打破了本省区多项纪录，有 331 人 469 次打破了 130 项全国纪录，有 24 名选手 10 次打破 9 项世界纪录；1965 年一年当中，竟有 66 人 41 次打破了 28 项世界纪录！想必应是计划经济时代的最高年份。即使在经济如此发达的今天，这个统计数字仍可令任何一个国家望而生畏。男子篮球有八一队领军，自不待言，即说女子，偏远的新疆队也可以打到甲级冠军。全国体育水平确实有了一个总的提高。

总结一下，中国竞技运动成绩的超前发展迅速提高，得益于组织形式的高度政治化和军事化，得益于经济力量

1951 年 5 月，广州军区生产建设兵团九师女篮队员。

的高度集中使用。20 世纪 60 年代中期出现一个高峰，又得益于全国纠正大跃进的“左倾”冒进错误，得益于“调整、巩固、充实、提高”的八字方针。在普及群众体育方面，也实事求是地提出了“业余、自愿、小型、多样、因时、因地、因人制宜”的新原则，反对贪大求洋，反对盲目冒进和行政命令的做法。从而摆正了体育与经济的关系，摆正了普及与提高的关系，也摆正了体育制度与那个时代的关系。

我要补充的是：中国体育的普及与提高，从根本上讲，得益于广大农民的辛酸血汗。不是这样吗？从 1950 年以后，我国工业化体系的形成正是以盘剥农民的利益为代价的。高级社、人民公社的严酷现实之一，就是统购统销，低廉地甚至无偿地从农民手中拿走他的果实，补充到工业建设和城市建设中去，当然，也会补充到体育耗费当中去。这是一个异常沉重的话题，说着说着我们都会落泪。中国农民被牢牢地捆绑在贫瘠的土地上，成为中国各项事业最大的奉献者。1965 年前后体育高峰的出现，与全国工业化体系的初步建成是同步的，与各级政府的财政收入好转是同步的，与全国城市恢复了经济秩序是同步的，与全国城镇市民身上增添了营养脸上出现了红润是同步的。而这一切的背后，都掩藏着一幅卓越的油画形象，那就是罗中立先生的《父亲》。当我们欢呼金牌大破纪录的时候，这位父亲的表情不变，因为种种好事情与父亲的命运是隔膜的，对他的身心健康几无关联……

不管怎么说吧，在中国工业化基础终被奠定的同时，中国体育事业的基础也得以奠定下来。例如在计划经济条件下，中国建起了至关重要的 13 所体育学院、解放军体育学院和北京体育师范学院，并在 116 个学府建立了体育系，还创建了将近 30 个体育科研所。这可是事关中华民族前途利益的大事业。其中，最好的体育科研所和 6 所体育学院直属于国家体委领导。所有这些高等体育院校，构成了中国体育人才的培育基地，半个多世纪以来为民族强盛建立了大功德。

一个时代有一个时代的历史使命，高度集中的计划经济模式，换来了高度集中的体育行政管理体制，对积贫积弱的中国来说，确实发挥了巨大的甚至是不可替代的作用，为中国体育后来的崛起，积累了无比丰富的宝贵经验。体育官员们最爱说两句话，一句是“在普及基础上提高，在提高指导下普及”，确是一条规律；另一句是“中国健儿在国际体坛上的胜利，极大地鼓舞和振奋了民族精神”，也确有道理。两句话，都不能简单地加以否定，全盘否定过去，也就全盘否定了我们自己。今日要改革，同样是一种历史的必然，只能推向前进，万勿抱残守缺。

我多次奔赴东莞的考察正是如此。一个重大启示在于：东莞在老一套体育体制时代，作为一个南国小县，抓普及促提高，成就之辉煌，足以与中国任何一个县份比美。而在改革开放以来，他们又毫不迟疑地适应了市场经济和文化战略的需要，以传统为基础，生动地变革旧有体育路线，体育人与新老莞人携起手来，从篮球突破，再造时代生机。

你看，东莞一县在 1985 年以前，诞生了为国争光的陈镜开、陈伟强、陈满林等举重巨星，从民间杀出了誉满华人世界的象棋大师杨官璘，推出健将级游泳运动员多达 70 人，为国家和省市专业队输送人才 500 多名。光是龙舟运动的世界冠军队，就有好几个。篮球运动长期在省地比赛中名列前茅，人才济济。然而到了今天，东莞体育局局长邹联女士却多次对我说：“我们怎么可以抱着昨日辉煌不放呢？只有改革东莞体育，才能跟上时代步伐。有人说啦，说你这个作家喜欢给人家挑毛病，这有什么不好？现在我们听到赞扬的声音比较多，有作家给我们挑毛病找问题，是好事，不是坏事。我们还要专门派出一位老领导

40 年前的体育宣传画

陪你工作哩!”说着，这位搞游泳出身的女局长，便把钟自新老师推到了前头。

大伙儿一片笑声。

改革，成为东莞体育人共同的心愿，许多事情也就好办多了。

中国篮球发展到1966年夏季，一场震惊世界的“文化大革命”轰然爆发。可叹旧有体育体制的运行，既可以得益于政治化的保障扶助，又可以饱经政治化的磨难摧残。“文革”所带给后人的全部资讯，让每一个具有现代羞耻感的中国人无法言说。

阶级斗争，路线斗争，思想斗争，权力斗争，派系斗争，接班斗争，旧有冲突，新生矛盾，总之一句话，灵魂深处爆发革命，嗵嚓嗵嚓对着干，你死我活。

“文革”前夕有“四清”。国家体委副主任李达上将，携乒坛教练傅其芳等一干人马，受贬前来长治城乡，参加“四清”运动。我的小学同学钱小冬，某日在班中谓：傅其芳食无肉，今到我家膳补。就是说，小冬之父钱启东，身为长治医学院院长，大资产阶级，招待下乡落难的傅先生来家聚餐。未料三年以后，长治历经“文革”战火，又一次迎来国家体委诸多倒霉干部，在长治西郊屯留县属地的“五七干校”安家落户。这几千亩好地，原是体委系统一个航空军体基地。北京李梦华、魏纪中、何振梁等大批被打倒的体育高层干部，入住简陋排房，苦中创意，誓让太行稻米飘香。这时节，我和一帮无助少年在地区体委混饭，得知贺龙、傅其芳、容国团、姜永宁等人已在北京遭到造反派恶斗，先后含冤而死，他们肯定吃不到“太行大米”了。

是的，国家体委这批珍稀干部，虽然落难，却身手不凡，引一股漳水流入基地大田，种出了太行山上千古未有的稻米来。为使庄稼强壮，他们急需农家粪肥，便拉着粪车逶迤进入长治市区，到处淘粪。而市区周边，人民公社菜场众多，各街粪源皆有旧主，要想得到农家宝，还须半夜偷偷跑。于是，长治当地体委老师们特地为这批“上级”干部，在市内铁匙巷开辟了一个淘粪落脚点，几间平房，“讨饭也要有个杵棍子的地方”。地区体委老师秦海庚一边给我剃头，一边哀叹可怜。他和赵玉田、卢元镇、阎维忠等师长，就是处处帮助这些北京干部的好人。为了争取粪源，地区体委的老师们特地联系了市区以南三大兵工厂，把这里的粪便控制起来，提供给中国的体育精英们。当时，国家体委“五七干校”拥有10辆解放牌卡车，为了拉取“南三厂”数万人的粪便，特地把其中一辆卡车改装成钢铁马槽的拉粪车，专项使用。铁匙巷口，国家体委“干校”驻市联络站那个平房院子，很是热闹了两三年，不知是臭还是香。

早在中共“九大”前，所谓的“国家体委系统”已经因一道“5·12命令”而全部实行了军事管制。据1984年出版的《中国当代体育》记载：“体育界大批领导干部被打成反革命修正主义分子或者走资派、叛徒、特务，体育干部被迫纷纷下放、转业。相当一部分体委和体育科研机构被撤销，体育院校停止招生，体育报刊被迫停办，体育设施大量荒废或被捣毁，运动队伍基本上被搞垮了。”这一记叙是真实的，也和我少年时代的“文革”记忆对上了号。

2005年5月，何振梁重回位于山西长治的国家体委五七干校旧址。

由于国家体委“五七干校”坐落长治，便有庄则栋等人率领乒乓球和篮球队伍前来，与地方上的“革命委员会”以及军人政权打交道。我最早看到的高水平乒乓球和篮球表演就是在晋东南地区体育场举行的。这时的来宾名将不少，却不叫“国家队”这个队名。乒乓球高手们多次在长治亮相，人山人海自不待言，只说篮球表演赛，却呈现出一种恐怖状态。当时，晋东南体委为了控制观众的观看人数，居然斗胆实行了购票制度。军分区驻体委军代表姓张，调动部队在体育场内外站岗守门。我和一帮小弟兄协助维护秩序。记得平时游泳场等地卖票，小孩儿一票 2 分，大人一票 5 分，这次篮球友谊赛，票价居然涨到了 2 毛钱，而且不卖个人，只限团购。开赛那天，地区体委招揽当地最强的选手们，组成联队，队中包括从省队退役下来的大英、大邱等本土名将，与北京来客对阵。结果，哪里是人家的对手呢？一支所谓的“国家队”，把个晋东南联队打得落花流水，完全不是一个层次。当年，不要说一支地区队，即使是山西省队，顶多也是个乙级队吧。我记得当时有秦海庚、卢元镇等多位老师谈起，要是丁常青回来可能就会好些。丁常青先生是从长治回民一个大家族走出去的体育名将，时为解放军“八一队”后卫，是健将级篮球运动员，差不多与穆铁柱为同一时代队友，在长治体坛享有盛誉。可惜一时间根本叫不回来。

第一场，长治联队绝不是北京来客对手，第二场怎么办？军代表和体委老师们毫无办法，只好请人家自己分做两队，打一场告慰球迷的表演赛。印象中，卢元镇老师坐镇播讲，具体分析顶级健儿们的技战术风格，别有一番情趣。如今想来，当时最触动人心的表现有两样，一是人家动不动就会轻易扣篮，我们的土话叫“砸眼儿”；二是快攻速度奇快，快如疾风，地区一级的团队根本达不到。这场球，我和老友吴增义先生实在挤不到座位了，只好钻在主席台排桌下面的桌布之内，时蹲时趴，坚持看完比赛。军代表那双大皮鞋，毫无规律地踢在我们的屁股上。

我还记得，省队名将们也曾在“文革”中期来到这座砖混结构的体育场亮相。一位名叫王孩儿、一位名叫路平，身高都在 1.95 米左右，基本功扎扎实实，十分勇猛。令人伤感的是，体委老师们常说，省里的队伍已经散掉了，全国没有篮球比赛，现在他们出来打打野球混混饭，混到哪天算哪天。而且，还听说路平虽然技艺高超，家庭出身却“不好”，走遍全国全省，哪里都不好落脚；另一位省队大个子，名字叫不准了，打球也很妙绝，娶了全国著名纺织劳模解悦为妻。而解悦站在了刘格平一派，两派斗争极尖锐，因此这位省级篮坛高手也在流浪无归的处境中苦度光阴……

这就是“文革”之中的篮球本相吧。

非常可惜，体育人士往往很少动笔。他们没有像文化部和中国作家协会的落难者那样，将“五七干校”那个残酷时代的荒唐故事回忆记述下来。这是一种损失，一种很大的损失。如果有国家体委系统的朋友，把长治屯留“五七干校”的史实整理成书，一定极有价值。哪怕是公布一下当年“五七干校”的名单，也足以让后人震惊不已。可以肯定，在屯留拼命种植稻谷的人们，全部都是国家体育事业的精英。秦海庚老师回忆说：一位体坛名流，不分昼夜看护在水渠旁边，与当地农民展开夺水斗争，他的名字好像读作“王文教”吧，福建人，是中国羽毛球的大功臣。

我的直觉，中国篮坛泰斗级人物董守义和牟作云先生，也会在稻田的泥水里弓背插秧吧？或者，他们肩起了粪桶，夜半行走在长治街头？

这批“五七战士”的悲苦命运，有幸从毛泽东展开中美乒乓外交之后，逐步得到了一些改变。其中的李梦华等几位业务骨干，是周恩来总理点名，用飞机从长治接走的……

看来，“乒乓外交”还有另外一些带动作用。1972 年 6 月，仍以篮球为首，轰动全国的“五项球类运动会”在北京隆重开幕，一下子打破了体坛崩塌数年之后的沉寂局面。周恩来总理为获胜运动队亲自颁奖，有助于各级运动队的重建与恢复。篮球在人民群众中再一次热起来了。

时光到了 1981 年，由于这批人尚且活着，由于计划经济条件下体育体制的强大力量，中国的竞技体育迎来了一个前所未有的大时代。中国篮球也再一次苏醒过来，跌跌撞撞地走进了一个新时期。

你说，对中国老旧的体育体制，究竟该如何评议呢？

维护这个落后体制的人们，很可能就是历尽千辛万苦的前辈啊。

80 年代的中国篮球为何普遍降温？

改革开放以来，上下多轨运行，社会体系多变，人心重财轻文。许多地方的基层体育事业一落千丈。人们在计划经济体制与多种体制之间徘徊，大都找不着北。青少年兴趣大转移，中国篮球运动一时跌入了低谷。东莞怎么样呢？

“文革”结束，新春伊始。我记得，对中国青少年思想上的第一轮冲击波，就是恢复了高考制度，今后，没文凭的人吃不开。当时，《山西青年》杂志社推出了一个刊授大学，响应者趋之若鹜，一下子可以招收上百万人。后来又有电视大学，更是举国成校。人们对知识的渴望，对前途的紧迫感，那真是前所未有。我父亲就曾经严厉地批评我：“你怎么还在打球呀？玩了

1977 年冬季后，570 万名考生走进了期盼多年的考场。当年招生人数为 27 万。

这么多年还没玩够吗？体育这种游戏你能当饭吃吗？”

果然，每日傍晚或者清晨，球场上的伙伴一天比一天少，大中型篮球赛事一年比一年稀，特别是业余体校招生，一届比一届难。再后来，许多地方的县级体委都没了，或者合并到其他机关去了，更不用说乡镇一级的体育组织，哪还有人管呢？

从这时起，高端的国家体育运动委员会，几乎放弃了群众业余训练这一块，一心一意要打奥运会，一条道路就是直奔世界冠军，国际金牌足以代替一切，体育系统越来越独门独户衙门化了。就靠国家那笔巨额投资，关起门来，矮子里头拔将军，反正也能拔出几苗人来。拔不成将军的大批退役兵，自然没人管你饭。如此一来，家长们更不敢把孩子送来干体育了。

在我国，原先有广泛的基层业余体校打底子，基本上构成了一套从业余训练到人才输送的“一条龙”链条，加上各省市专业体工队，最终构成一个“举国体制”。虽说很落后，但对中国体育还有过实效，发挥过作用。这是 20 世纪 50 年代效仿苏联而形成的。一到改革开放，进入市场经济了，教育体系恢复高考了，得，业余体校只好大规模缩编，乃至解散。剩下一小部分“提拔”成为可发中专文凭的运动学校，从而与正规的学校教育正式脱节，关起门来，成了专业、半专业的“畸形群体”，文化学不成，出路找不到，家长不认可，社会不需要。只是给本来就没啥出路的农家苦孩子们多了一点点选择。以我所熟悉的山西省为例：原先有 85 个县市区开办了青少年业余体校，到 1993 年只剩下 25 个，参加训练的队员从 8000 多人减到 1600 多人。全省举办县级体校田径赛，只有 4 家体校 70 多个孩子参加，还没有教练和老师人数多。即说体育教师，也越来越看不到前程。山西体校有一个忻州地区教学班，专以培养小学体育教师为目标。当时办了三期，毕业生为 90 人，结果教育局闭门不要，致使这批年轻教师学而无用。明明该地区小学体育师资严重缺额，却又不要这批人，原因在于，体育虚设，学分第一，教育局认为这批人“文化水平低”，招之无用，从而迫使这批人全部改了行。这件事是 1987 年 3 月 23 日的《中国体育报》登载的。而专职体育教师于明先生所在的一所学校，小足球队得过全区第三名，现在为了单纯学分，校方竟然 7 次下令，坚决解散了这支队伍。于明老师说：“我这辈子是看不到前途了，今后我也不会再让我的子女去当体育教师！真让你长吁短叹，黯然神伤。”

唉，基础不牢，体育萧条。近年来我们打了不少金牌，全是拿钱硬烧出来的，不是从民众中自然生成的。反观美国，体育体系融入全社会和各级学校中，参加课余训练的学生达到 730 多万，占全国人口总数的 4.3%，苏联分别为 1000 万和 4.4%，德国分别为 175 万和 10.4%；我们中国多达 13 亿人，参训人数仅占总人数的 0.39%！也就是说，每 300 名青少年当中，参加课余训练者仅 1 人而已，远不及日本和韩国参训比例。

对这一现象，我们很无奈。体育理论家卢元镇先生有感而发，他说：“中国竞技体育有一个颇为奇怪的现象，一些运动项目的辉煌总是短命的！三级跳远邹振先一骑绝尘，男子跳高朱建华后继乏人，马家军女子中长跑一蹶不振，就连姚明、刘翔的后来者在哪里，能否前赴后继，也让人惶惶然。人才断档的原因是多方面的，但根本问题出在业余训练上。建立在沙堆上的高水平，注定是昙花一现的。”

卢元镇先生的担忧令人深思。他一把抓住了“得业训者得天下”这个命脉。我们始终把双眼盯着奥运金牌这个最终结果，而完全忽略了事物的过程。体工队的专业训练不能替代群众性的业余训练，“业余训练具有多方面的社会功能，有更广泛的社会基础。它是高水平竞技体育与大众体育、学校体育的中间地带，不仅执行着选拔运动人才的作用，还承担着吸引社会体育参与、培养体育骨干的功能。既可以让青少年儿童参加，也可以让成年人参加，既可以由体育专职机构来办，也可以由社会、由俱乐部来办”。——卢元镇先生的这番话，不经意间，与东莞地区篮球运动的往昔与现状，又是非常吻合的。

卢元镇先生如何看待篮球文化之根？

我少年时在山西参加体育运动，有幸遇到了卢元镇先生。他不仅关心指导我们训练，还帮助我们提高文化学习的热情。我第一次弄明白什么是奥林匹克运动会，就得益于卢先生的讲授。在“文革”中期，他能将奥林匹克精神与专制中国对比联系起来，真是难得，使我们提升了对体育本质的认识。“文革”后，卢老师从晋东南地区体委回到北京，留在北京体育学院任职，成为我们国家体育理论方面成就很高的专家，在体育社会学方面尤有突出建树。

我写作《强国梦》《兵败汉城》和《马家军调查》期间，都曾经向卢老师请教新的思想观念，汲取新的理论成果，很开脑筋。这次再写体育事，具体到篮球文化问题，我与卢老师有过几次谈话，又让人受益良多。正巧，卢老师新近有篇文章，题目就叫《中国文化对篮球的选择、认同与变异》，从理论上阐述篮球与中国文化的相互关系，是一种很新鲜的“寻根”研究，过去实不多见。

我们的谈话内容驳杂，这里撮其要而录之：

赵：卢老师好！近些时候我去了多次东莞，考察篮球。注意到当地媒体呼吁，在重视篮球文化建设前提下，进一步把这座城市打造成为中国篮球大本营。那里的领导层特别重视新形势下的文化建设，并将篮球作为广东和东莞文化建设的组成部分加以提升。只是许多人对篮球与文化的关系说得不

卢元镇教授放谈篮球文化

够清楚，人们对篮球为何植根于中国等问题，认识还上不去。

卢：这不奇怪。我国体育界对体育社会学这一学科的价值和意义原本重视不够，长期推举单一金牌倾向，以为体育就是打金牌，其他都不重要。有人说，打篮球何必去扯文化的事情，认为运动和文化不沾边，或者干脆质疑篮球文化存在的价值。

赵：广东的情况要好一些。您后来应聘到广州各大学讲学数年，对那边的情况是了解的。广东沿海向有敢为天下先的优良传统，人们对体育运动竞争向上的精神内涵全盘接受。总体上看，体育社会化进程要比全国各地领先。

卢：这正是一种文化认同。广东体育走在了中国的前列，经济发展是物质基础，文化认同才是精神核心。你看一下高尔夫球，在中国始终没有得到文化解释，因而至今处在一个被限制甚至被查禁的境地；曾经大红大紫的中国足球，也没有得到文化的响应，于是还在扑朔迷离的状态中徘徊不前。自西方文化登陆华夏始，同时便有许多竞技运动先后传入中国，粉墨登场。但从综合指标来看，真正在中国大地上站住脚的项目并不多。因为每一个项目都必须经过中国文化的选择，才能生根开花。这种选择包括政治的权衡、经济的竞争、社会的淘汰、教育的筛选、时间的考量、竞技的得失等，否则难以与中国文化融为一体。除了高尔夫球和足球的例子之外，你再看 20 世纪 40 年代风靡一时的棒垒球，80 年代泛滥成灾的保龄球，都是昙花一现，难以为继。有的项目只得到少数人群的青睐，比如拳击、跳水，有的项目只在某个地域生存，比如马术和冰雪运动；体操与中国人渐行渐远，田径没有找到合理的社会定位，游泳和排球不温不火，网球尚待观察审视。另有一些代价高昂、难以普及的项目，大众自然远离，在下一轮的洗牌中都可能出局，实在孤独。

赵：记得您以前谈过，在严苛的文化选择之下，我们中国人真正接受下来的西方运动不过三项，即乒乓球、羽毛球和篮球。第一项已经戴上了“国球”的桂冠，第二项也差不多成了大众首选，并且构成了国际竞技优势。篮球则被誉为中国第一大运动，在中国的南方和北方真正达到了城乡普及，老少皆爱，成为深受全国上下共同支持的唯一的团队运动项目。

卢：是的。一项亿万人积极参与的活动，必然有着雄厚的文化基础。在长达一百多年的时间里，篮球最终经受了考验。依照参与人数、文化传承、竞技水平、市场业绩、项目亲和力等几个方面的实力评价，篮球所达到的综合指标令人惊喜。篮球在中国确实是自觉的、自由的，不加外力追捧的健康发展，真正成为中国人自己要欢欢实实干下去的一项运动。尽管篮球是我们在奥运会上从未夺冠的一个项目，中国民众却一点儿也没有轻视它，国家队打了第八名还受到中央领导人的亲切接见。一百多年来，中国经历了战争和“文化大革命”的动乱，还经历了市场经济初期的自我迷惘，使中国篮球也有过几度沉沦，但每一次沉沦之后，中国篮球便赢得一次新的高潮，从而前进一大步。你刚才说，东莞又在文化建设中研讨和提倡篮球文化了，这是一次更大的新生，东莞的做法非常有意义。

赵：东莞经济发展的势头几十年未减，已经成为中国实力最强的地级市，全市拥有两万多家工厂企业。但在工业文明迅速增长的同时，也会带来许多新苦恼、新问题、新困惑。比如，近千万外来打工者拥来之后，他们的精神生活远离故乡农耕文明的深厚传统，在骤然间进入一个陌生甚至令人恐惧的工业化体系。工业化最大的特点就是严密性、重复性和责任性，效率第一，组织纪律不可动摇，规章制度坚如钢铁。一个人一旦置身于工业化体系，就可能变做一颗规定性很强的螺丝钉。那么，他的精神生活包括人与人之间的关系，也会在紧张状态下呈现危机，急切需要调整充实。科技对于人的灵魂具有强大的异化作用，对人的肉体也产生片面性影响，很机械，破坏着人的健康和身心协调。心血管等疾病上升，造成了新的“文明病”，总之是人为物役，心如死灰吧！最近，深圳工厂中连续发生了员工跳楼自杀事件，引发全国民众的震惊与深思。一颗冰凉冰凉的螺丝钉，拧过了头，滑丝了，生锈了，也就被这个严酷的体系抛弃了。可叹工业化、现代化快速发展之日，却成了精神危机急剧增长之时。这在中国一些发达地区已经呈现出问题的严重性来，成为今日中国发展进程中新的难题。广东强调重视文化建设，东莞提升篮球文化认识，大力推动篮球社会化，也反映了现实生活的针对性和迫切性。

卢：西方工业文明在其自身的发展过程中，也都经历了这种调整，不可逃避。卓别林电影中就曾经辛辣地讽刺了大工业给人带来的痛苦和危机，是批判性的。卓别林飞速拧动螺丝帽的镜头，让人过目难忘。

赵：我们当时以为是逗乐儿的喜剧，现在想来实是深刻的悲哀。

卢：科技发达和工业化对人产生异化作用，加速了灵与肉的分裂。但我们又不能因噎废食，全盘否定工业文明的价值，更不能倒退回去。我们只能面对危机，积极应对。体育社会化就是一个巨大的“减压阀”，或者叫“安全阀”，改变“坐着工作”的压抑状态。人的精神生活首先要解决孤独问题，人的肉体健康最需要通过体育锻炼得到改善。所以说重复劳动不能代替体育运动。

赵：篮球是一项集体运动项目，它可以把相互陌生的人聚集在同一面旗帜下交流和游戏，功能性非常强。

卢：至少，篮球运动还有一个难得的优点，就是在训练和比赛中人与人之间说话交流特别多，甚至常常近距离与对手说话，哪怕是在激烈对抗中发出吼声，也是好事。反观其他任何一项运动，场上场下，语言交流都比篮球少。你仔细想想是不是这样？

赵：对呀！我还真没有这样分析过呢。

卢：你小时候就特别爱说话，你自己可能不觉得。

赵：我想起席勒那段名言，大意是说，只有当人是人的时候，他才游戏，也只有当人游戏的时候，他才是人。很耐人寻味。

卢：席勒在《审美书简》第十五封信中，说过这样的话。他还说，只有游戏，才能使人达到完善，才能发展人的双重天性。还说希腊人最早在高尚的竞技中感到了欢欣，感悟了人的自然化。篮球的本质就是一种高级游戏，而且游戏性很强烈，非常容易被不同层次的中国人认同。篮球有精英和大众两大板块，篮球文化可以把这两大部分融为一体。一位拥有亿万资产的老板，可以和一名普通员工在同一场比赛中竞技游戏。集体项目难分你我。如果打高尔夫，则很难出现这种情景，球童只管捡球。

赵：我在东莞宏远集团，遇到集团内部举行篮球联赛，一年一度吧。集团所属各单位各部门都会组队参赛。集团老总陈林先生70多岁了，代表集团高层队伍出战，场场不落，亲自上阵拼搏，常常打满四节。队友大喊：林叔传啦，林叔投啦，林叔防守！全场气氛好极了。这位陈总汗流浃背，还特别善投三分球，且很准确，每场得分不少。整个比赛节奏飞快，最终比分常在百分左右。从比赛可知这个集团充满了健康活力。

卢：这是建立在篮球文化认同基础上的一种欢乐。

赵：在东莞随处可见这类场面，市府高官与平民在一起参赛，巨商老总与普通员工混战不休，本土人士与外省来者同场竞技，专业球员与业余高手打成一片。场外助阵的人群中，说什么口音的人都有，老名将和青少年扎堆评球，不分层次。头一天我刚看到一群报社记者在那里采访，刚看到一些裁判员在场上吹哨，今天这两拨人的熟悉面孔就上阵成了参赛运动员，呈现出一种独特的东莞现象。

卢：大家的文化认同都一样，都认同这颗奇妙的篮球了。

赵：您多次谈到“认同”这个话题。

卢：对啊，中国文化接受认同了篮球这项运动，却放弃了一部分西方舶来的其他运动，构成了热爱篮球运动的广大人群。文化认同是文化学里面一个重要概念，是中外文化交流中经常出现的一个过程。两种异质文化发生碰撞与冲突，只有认同的才会融合，不认同的就出现放弃，或在变异之后重新认同。比如说胡琴，从西域传来，经过认同成了我国的民族乐器。电影和话剧，还有西医和报纸，特别是大学制度，都被我们认同并接受下来，化作了中国人自己的事业。同时也有陷入两难境地的品种。例如，中国人喜欢广场化的大秧歌，喜欢整体划一的集体舞，与宫廷化的芭蕾舞差异甚大。所以，芭蕾舞虽有《红色娘子军》，歌剧虽有《洪湖赤卫队》，这是一种变异，但至今集中在专业歌舞团里头，由少数人去搞，不易普及。一个几千万人口的大省，都没有一个芭蕾舞团；同样，我们中国的好东西传到国外后，也有一个被异国文化选择的过程，例如中国茶叶和陶瓷各国都喜欢，而中医、书法和京剧绝大多数外国人却拿不下来，因此在世界上推广也难。

赵：中国传统文化如此古老，我们为什么偏偏接受和认同了篮球这项运动呢？请卢老师为读者们分析得仔细一点。

卢：具体来说，有三个因素比较突出。

第一，篮球运动游戏性强烈，攻防相当，胜负易判，而且技术门槛低，游戏者容易进入。一旦进去以后，人们又会发现篮球的技术跨度很深很大，学会一个动作就非常高兴，同伴一喝彩，很容易形成兴趣爱好，甚至可以“成瘾”。同时，篮球对人的心理刺激可强可弱，比较适宜，熟悉规则的难度也不大，对身体条件的限制也相当宽。同一个班级的孩子们，不论男女、胖瘦、高矮，几乎都能够参与其中，可以共享欢乐。篮球是普适性最强的运动项目之一。

第二，要说篮球合理的对抗性。中国人并非不喜欢对抗，古人的智慧多数表现在战争状态中。篮球就是直接对抗的运动。人与人之间可以近距离地靠拢逼近。有时这种对抗也很激烈，然而这种逼近与对抗又恰恰是适度的，有一种“中间”的魅力，它正好处在中国儒家文化基因允许的空间距离之中，既不像排球那样隔网而战，又不像拳击、柔道、橄榄球那样残酷，篮球给人造成的身体伤害并不严重，既冲突，又适中，这就有意思了。你看中国女篮经常与基层男篮进行比赛，也很好看，决无伤害。而太危险的运动，多数中国人往往避退，因为中国文化里面有着保护身体不受过度伤害的天性。

第三，是篮球运动要求参与者必须处理好个人与集体的关系，非常符合中国传统文化中“和而不同”的处世思想。你看，这项运动决不排除精英，它在鼓励个人“出人头地”的同时，又强调团队的精密配合。个人技术突出，对整体愿望的实现有帮助，整体愿望的实现，又最终凸显了精英个体的成功，真是和而不同，妙不可言。以上三个因素，应该是篮球魅力最主要的部分，其他因素还有一些。

赵：卢老师讲得好。其他因素也许不是篮球所独有的，而是体育共有的。开展篮球活动所需土地和资金的成本也不算高。休闲时，三人斗牛，二人对抗，一人投篮，都可以，参与者自然就广泛得多。

卢：说到篮球成本，我们有过调研。如果在中国普及 8400 平方米的标准足球场或者田径场，恐怕 50 年到 100 年都难以做到，谁不知道中国从来就是人地关系十分紧张的国家？如果在我们的中小学、居民社区和自然村落普及游泳池，还要认真打理，同样困难重重。而普及新标准的 420 平方米的普通篮球场，耗资两三万元，则在 10 年之内全国可以办到，管理起来要容易得多。这个成本均摊到众多参与者头上，就更低廉，一块球场，可以提供给多少人常年训练啊。

赵：您从传统文化的深处着眼，诠释了我们中国人接受和认同篮球运动的几个内在原因。尤其是“和而不同”这个契合点，更符合中国文化的形态。东莞有那么多来自全国各地的“新莞人”，他们与老莞人之间，他们自身相互之间，正是和而不同呀。篮球运动把大家集合在同一块土地上，使人们以饱满的精神状态，共同推进了这场经济大潮，携手为建设一座新兴城市而奋发图强。这个契合点总结得非常准确。另外，在传统文化底蕴之外，青少年对篮球还有一种现代生活方式的认同感。这是否可以看做时尚流行文化的认同呢？

卢：当然。在多元文化时代，文化的种类繁杂多样，层次更趋复杂，流行的速度也越来越快，时尚的寿命则越来越短。而篮球活动却具备了功能多样、形式多变的社会文化特征，它既可以步入高雅文化的殿堂，也可以踏入世俗文化的街头巷尾。它进入了全社会观赏文化的主体人群。篮球可以造就大明星，充满了英雄主义色彩，使年青一代的偶像崇拜需要得到了满足。这种社会榜样的作用，也是体育社会学不可忽视的研究内容。青少年对国内外篮球明星的追捧，比歌星影星更扎实、更崇拜、更贴近自身，因而也更有力量；每一项篮球大赛，每一个主客场，都具备了很高的媒介价值，进而演变成为青少年积极增进社交关系的特定场合。刚才不是讲篮球活动中说话多吗？这种高级游戏促进了人们没完没了的语言交流，夹杂着大量的相互戏谑和调笑，常常是男女混合参与其间，帮助青少年实现了一种轻松愉悦、互不设防的社交渴望。大男大女看球赛、谈篮球，要比直接谈情说爱容易得多，也顺畅得多；尤其是篮球运动所衍生带动的时尚文化特征十分鲜明，其外部形象很漂亮很潇洒。美国青年从嬉皮士时代至今，都保持了对篮球T恤的偏爱。冰雪运动的服装与装备，虽然也很鲜艳，但不潇洒，它们很厚重，要把身材和脸庞裹严实才行。再看水上项目，装束又过于简单暴露。两个极端，都不容易时尚流行。篮球装备不仅轻松好看，还近于实用，一双新式球鞋那么贵，年轻人也愿意买，一点儿都不影响他出入各种场合；当篮球运动衍生为一种街头文化或者广场文化的时候，它能够迅即转变为一种杂耍、特技和球戏——我上次说过，人类喜欢圆形皮球，玩起来花样百出，可以充分展示一个人的特殊才艺。个头儿不高的人同样会有令人惊异的表现。这就是时尚流行文化对篮球的认同。

赵：近年来推广的三人篮球赛和限高篮球赛，自发从网上报名的青少年真是极多。孩子们把体育运动和流行时尚一下子就结合在一起了。这种现象进一步说明，大部分中国人确实适合于篮球项目。

卢：这就说到了另一个分析角度。我们不妨从人类学范畴去考量中国人对篮球的认同。

赵：有意思。为什么多数中国人适合于篮球项目呢？

卢：有一种研究认为，人类是由非洲的南方古猿演变而成的，即人类起源于非洲说。我们黄种人最早离开非洲迁徙到亚洲来，所以黄种人距离原始人类相对远些。黄种人最早创造了文明，也得益于文明，其脑力得到了优先发展，但身体能力却发生了较大的退化，身材矮小，跑、跳、投的运动能力下降。而白种人在较晚的时候才离开非洲去了欧洲。所以，欧洲以及美洲的白人，加上非洲和美洲的黑人，相互之间保持了很近的遗传距离，他们更加接近于原始人类的生物特征，跑、跳、投的运动能力都比黄种人强，身材也比我们高大健硕。到了近现代体育运动崛起时代，奥林匹克的核心项目以欧美人的价值观为中心，或者说比赛一开始是为白人而设置的。后来，黑人登上竞技舞台，在核心项目上堪与白人分庭抗礼。黄种人当中的中国人于1936年进入奥运会，核心项目的成绩明显低落。当年表现最好的是一位中国篮球裁判，他出色地在大雨中执法奥运会篮球决赛，脑子极好。

赵：核心项目与边缘项目区别何在？

卢：核心项目，是以大肌肉群的力量与爆发力、内脏的巨大承受能力、强有力的能量与物质代谢的支持系统为极限的项目，充分表现了力量素质、耐力素质和速度素质的对抗，而边缘项目大多表现为灵敏性，其对抗主要以协调素质、智力和表演能力为特征。黄种人的运动才能也主要表现为后者。中国运动员夺金斩银，集中在这些后起的边缘项目上。

赵：边缘项目的含金量也低于核心项目，在各国实力分析的分值上差别很大。我们夺了那么多奥运金牌，一算分值，在总体格局上仍不能占优，不能与黑人白人持平。中国军团里像朱建华、王军霞、杨传广、纪政、刘翔这样的核心项目选手，还是太少太少。具体分析到篮球，情况又大不一样，这是为什么？

卢：中国人偏偏适应于打篮球。你看，凡是凶猛的哺乳动物，奋勇向前的杀伤力都比较强。这类野兽沿身体矢状轴向前扑杀的能力，远远超过了沿身体额状轴向左右两侧运动的能力。《水浒传》描写武松打虎，就谈到景阳冈上的老虎，左右回旋的能力不是特别快，最终毙命于武松拳下。哺乳动物四肢关节的形态，决定了它善于向前扑杀的本领。而黑人与白人也具有同样的生物特征。反观体型较小的黄种人，恰恰具备了调度身体向左右两侧转移的能力，往往表现出较强的灵活性。一个典型的例子是，中国武术的肢体动作复杂多样，马步动作是一大基础。而西方各项运动中，几乎没有这种马步横跨动作，却多有向前跨动的弓箭步动作，他们较少需要侧向运动的准备。那么，篮球运动在适合黑人白人先天条件的同时，又非常需要频繁的侧向运动，或摆脱防守，或伺机投篮，它的左突右冲正是其他球类运动少有的现象。这就给黄种人留下了展示其特长的空间和机会，为中国篮球“快速、灵活、多变”的风格作出了一个人类学佐证，给中国文化选择和认同篮球提供了另外一个依据。

赵：啊，怪不得中国人把乒乓球和羽毛球打得出神入化，左右开弓嘛！这两项运动中包含了大量的两侧跑动、两侧跳跃和左右滑步等快速动作，原来对黄种人是得天独厚的。在乒乓球和羽毛球的擂台上，韩国、日本、印尼常常成为我们的对手。

卢：还有，中国人千百年来使用筷子和毛笔，使小肌肉的活动能力相对优于西方人。而充分的小肌肉活动极大地提高了大脑的精细分辨能力，在完成动作时也将更加协调和准确。

赵：的确如此。中国篮球选手中，神投手层出不穷。尤其在防守不严的情况下，投篮更加协调准确。姚明的手感就非常好。姚明可能是世界高大中锋当中罚篮最准的选手。但他向前扑跃的能力就显得斯文多了。

卢：你看，我们从中国传统、社会文化和生物科学几个方面，探讨了篮球被中国民众选择认同的必然性。当然，谈得很粗略，我不知道说清楚没有。

赵：已经很清楚了，咱又不是写论文。

卢：你从事非虚构写作，最讲究言之有据。有些话题，我正在思考完善中，所以不好深入展开。

赵：什么话题？是关于篮球的吗？

卢：是啊。比如说，当证明中国人多方面接受了篮球运动的同时，尚且存在一个文化符号认同问题。

赵：文化符号认同？愿闻其详。

卢：任何一项体育活动，持久地在人类社会存在，总有它一定的文化符号价值。它表达着某种社会追求，逐渐形成了特定的游戏人群。

赵：问题复杂了。

卢：简单说吧。举例赛艇运动，它乘风破浪于广阔海域，表达了竞争、协作和领导三个基本概念。因此，这项运动往往被培养社会精英和高级管理者的大学认可。比赛总是在剑桥与牛津、哈佛与斯坦福、清华与北大之间展开。

再比如高尔夫球，这个项目表达了目标、效率和儒雅三个基本概念，于是，就成了社会上层和企业高级领导者展示才能的社交场合，为特殊人群所喜爱。

桥牌和围棋，文化符号的意义是谋略。前者搭桥合作，后者孤独进行，都是谋略。这两项活动多为思考型人群和社会上层人士所爱。他们热衷于为决策行为做出心理调节，很需要谋略方面的训练。普通工农兵大众则较少投入其间。

赵：麻将呢？全国人民几乎都会打麻将，不少人上瘾之后，长期乐此不疲，沉浸其间。麻将表达了什么符号？

卢：听说你也是一位麻将高手。麻将的文化品质是独立应变。面对沉闷少变的中国传统文化，麻将却满足了人们力求多变的心理需要。打麻将，每圈牌甚至每一把牌都不会相同不变，目前已经成为一些国家培养管理者应变能力的教具了。这种游戏以它精密的必然性和偶然性排布概率，使之适合于任何人群，包括文盲，具有天然的普及性。所谓“有臭棋没有臭麻将”，便是此理。为什么有人总是输，却还要去打？因为他认为局势会变的，局势该变了呀！凭什么就该我一直输？如果不赌博，如果休闲，麻将确实是消磨时间的一大方式。输赢多变，推倒重来，高手也会输给新人。

田径表达毅力与坚韧。

网球表达创新与激情。

橄榄球表达冲击与狂野。

足球表达团队与明星。

所有这些，都是人类社会有意无意的文化追求。

赵：就要说到篮球了。

卢：对。篮球的社会文化符号是什么呢？我以为篮球表达了自信、协作、忠诚度和领导力四个符号。篮球运动在极其有限的时间和空间里，追求最大实效的攻防对抗。从时间上看，篮球采用倒计时，处处锱铢必较、分秒必争，直至把时间用光。从空间上看，篮球是非隔网对抗项目中场上人口密度最大的运动，参赛者几乎没有自由度，每个球员时刻存在着来自对手的障碍与封闭，参赛者的心理高度紧张。由于不自信，新选手上阵之初，事先说好的技战术全都忘光，仿佛不会打球似的。这项运动，要求每一位自信的个体具有高度的独立作战和抗击打能力。一旦失去了顽强的个体自信，这球根本打不成；同时，比赛又要求每个团队具备训练有素的战术默契配合，以期达到浑然一体的协作；再者，任何超级球员都必须正确处理个人与集体的关系，忠诚于集体才是最终取胜的关键。你看，唯独在篮球运动中才会认真统计“助攻”次数，并将“助攻”能力看得与个人得分同等重要；篮球运动体现领导力尤为突出，场外有教练，场上有核心，战术一经制定，全队必须执行。失去领导力的球队，几乎无法比赛。指挥者、组织者、执行者三位一体，即使在瞬息万变之中也要全力完成既定方针。这种要求远远高于其他运动项目。因而在篮球世界里，领导者与被领导者的关系十分突出。许多篮球运动员在退役后走上了行政领导岗位，尤其是担任后卫的队员出任领导者更多。

赵：我记录一下你的概括：自信、协作、忠诚度加领导力，是篮球运动的社会文化符号。不同阶层的中国民众都认同了这四点。青少年则可以在篮球活动中受到潜移默化的文化教益。

卢：我也在这里小结一下篮球与文化的关系吧。篮球的本质是游戏，但文化可以让它进入英雄主义的殿堂；篮球不过是一项体育活动，但文化可以使它的价值功能多样化；篮球运动是很功利的，但篮球文化却启动了它非功利的成分，使它变得很绅士；篮球运动是属于现实主义的，但篮球文化却让它浪漫起来，充满动人的故事，涂抹斑斓的色彩；篮球运动属于今天，但文化为它增添了厚重的历史感；篮球有精英和大众两大板块，但篮球文化可以把两者融为一体；篮球属于球场上的每一位个体，但篮球文化可以把无数个体联结成一个整体。总之，篮球文化是一面高高飘扬的旗帜，人们麇集在这面旗帜下，同甘共苦，和而不同。

谈话告一段落。聆听授析，清光大来，是为通慧。有卢元镇这样一位好老师，我真的很幸运。

谈话越深入，我越是感觉到，半个多世纪以来，中国体育高层并没有真正重视篮球在我国的发展，眼睛始终盯在竞技体育的金牌上面。客观上削弱了广大青少年热爱篮球的热忱，减少了他们参加篮球运动的机会。说难听点，就是剥夺了孩子们的合法权益。不是这样吗？陈旧落后的体育机制算是指望不上了！我多么希望，全国各地重视篮球文化建设的组织者，包括重视篮球运动的高校和俱乐部，多请体育文化学者前去讲学布道。

中国篮球在神州热土上生了根。

可喜的是，中国篮球人也开始重视篮球文化建设工作了。2008 年 6 月 13 日，篮协正式颁布了《中国篮球文化建设纲要》，用全新的视角对现代篮球进行了诠释，提出了“篮球即生活，球场即社会”等等先进的篮球文化口号。而鲍明晓、张雄汇等课题组与续川、卢元镇等一批专家教授，应当是我国最早倡导篮球文化建设的带头人。前篮协主帅李元伟先生则是组织推动《纲要》问世的指挥者。欧美篮球发达国家的先进理念和中国广东东莞等地以人为本的篮球社会化实践，有力地支撑了这份《纲要》的精神内涵。我们必须承认，“体制内”还是大有贤人在，《纲要》把关心人、尊重人、解放人、发展人作为中国篮球事业的总目标，反对将篮球异化为逐利工具、拜金“圣坛”，更不允许把篮球活动变成漠视人、束缚人、扭曲人、摧残人的手段而走向篮球文化价值的反面。在我看来，所有这些思想和提法，都是中国体育几十年来罕见的重大突破，具有深远的历史意义，彰显着中国百年来追求现代化道路上，民族精英们前赴后继矢志不移的科学民主精神。

篮球文化建设的倡导与讨论，引发了国内一大批专家学者的积极回应，尤其在多所体育高校研究界反响强烈。苏州大学体育学院院长王家会教授，主动要求与《体育文化导刊》合作，积极承办《中国篮球文化论坛》，很快得到上百所高校和社会各界的热烈响应。在两届论坛举办前后，总共收到了100多位专家学者提交的论文上百篇，编辑成册，全国交流，产生影响。不久，第一家“中国篮球文化研究中心”在苏大体育学院成立，一个专门研究篮球文化的基地已经建立起来了。

一片球场，就是一个有力的媒介，把呆板的生活变得生动鲜活。

一颗篮球，就是一条活跃的鲇鱼，把船舱里呈现静态的傻鱼们，全部搅为动态。

在拟定写作这本书的计划时，我一直想去苏大一趟，到王家会等教授主持的“中国篮球文化研究中心”转一转，还能讨几本关于篮球文化的新著。可惜杂务多多，时间迫促，到现在也没有去成。十分遗憾。

CBA冠军奖杯为何以牟作云命名？

中国CBA联赛在经过8年探索之后，终于走上了一条职业化道路。2004至2005赛季，面貌一新，赛制全改。到2005年4月23日，改制后的首届总决赛在南京打响，并且首次推出了以大块昂贵翠玉打造的“至尊”宝鼎，以奖励联赛冠军队，这只宝鼎还有一个特殊的名字，叫做“牟作云杯”。2010年夏季，我有幸在广东宏远俱乐部的荣誉室里见到了这只巨杯。

为什么要叫做这个名字？牟作云又是谁呢？

中老年篮球爱好者们并不认为这是一个问题，牟作云先生，打篮球的人都应该知道他。年轻人当中，大多数不知道，或者不了解这位中国的篮球先驱。

在回答这个问题之前，我们先欣赏一下这只宝鼎。

当时，以李元伟先生为首的中国篮球协会花大力气，要把CBA联赛推向职业化的轨道，这就需要一只流动性的联赛总冠军杯。奖杯的推出，也是一种体育文化内涵的外延与彰显。这时，有骏业珠宝有限公司表示愿意无偿提供合作与支持。这家公司的总裁是何文先生，所经销的名牌产品是“戴梦得”珠宝系列。何文先生在大学读书时曾经担任过学生会体育部的部长，他看中了中国玉文化与体育文化这个难得的契合点，热情地敦促其公司向中国篮协提交了具有王者风范的奖杯设计方案，遂被采纳并投入制作。我联想到，北京奥运会的奖牌也镶了中国玉，很有特色，不知与这家公司有没有关系？

这只奖杯呈现出中国古代青铜双耳方鼎形状，用料极其昂贵。它从重达3.8吨的优质缅甸翡翠中切割出一块完整的宝石，然后由国宝级工艺美术大师蔚长海先生亲自操刀，手工雕琢而成。这位蔚长海大师就是北京奥运会的标志性产品“中国印”的制作者。这只宝鼎晶莹华贵，重达10公斤，其价值很难估算，观者无不交口赞叹，纷纷称其为“至尊宝鼎”。这一叫法源于戴梦得品牌一句凝练的广告词——“打造至尊辉煌，镶嵌冠军梦想”。而中国篮协则把这只奖杯正式命名为“牟作云杯”，“以纪念为中国篮球事业奋斗一生的篮坛泰斗牟作云先生”。

CBA总冠军至尊宝鼎——牟作云杯

这就回到了前头的问题：牟作云先生是怎样一个人呢？

牟作云于1913年出生于天津

武清，那时节中华民国刚刚宣布成立。牟先生于青少年时期来到北京读书，他酷爱体育运动，天赋超群。1932 年，不满 20 岁的牟作云独获华北运动会跳远、三级跳、标枪三项冠军，身高 1.80 米的牟作云创造了新的中国标枪纪录。1934 年，高中时代的牟作云即入选了第一代中国国家篮球队。1936 年他在北平师范大学体育系毕业时，已经名满京华。先后代表国家出战了第十届远东运动会和第十一届柏林奥运会，为核心主力队员。牟先生为人豪爽，意志坚强，生平故事很多。而最应该为后人永志不忘的，是他们代表中国第一次参加奥运会的经历。

1936 年，国民政府体育组织经过区域选拔，组建了参加柏林奥运会的男子篮球队。这是篮球运动第一次成为奥运会比赛项目，各国均非常重视。很可惜，由于著名的“津门五虎将”远在南洋访问，未能参加选拔，因而不在队中，造成中国篮球运动史上一个巨大遗憾。当然，加盟这支代表队的中国篮球运动员在当时也很著名，他们是：牟作云、王鸿斌、李绍唐、沈聿恭、刘宝成、徐兆熊、王玉增、王士选、王南珍、尹贵仁、刘云章、于敬孝、冯念华、蔡演雄等，主教练还是来自天津的董守义。至为艰难的是，因为经费紧张，代表团无力乘坐飞往柏林的航班，于是全体球员只好跟东莞“美人鱼”杨秀琼等中国运动员一道，乘坐海船前往德国参赛。这下

1936 年篮球第一次进入奥运会大家庭，在柏林举行的冠军决赛中执哨者是中国裁判员舒鸿。

子可就惨了，牟作云他们在海上整整颠簸漂流了 17 个昼夜，个个呕吐得一塌糊涂，大伙儿的身体状况急剧下降，两条腿软绵绵的，站起身来人人打晃。更不幸的是，男篮主教练董守义身染重病，到达柏林已是卧床不起，更无法临场指挥战斗。下船之后，赛程已在眼前，全体队员根本来不及做出休整，便立即披挂上阵。小组赛第一场，迎战日本队。搁平时，日本男篮并非我国对手，我队曾在远东运动会等赛事中多次赢取日本队，并夺得远东运动会篮球冠军。这阵子，日本军队已经占领了我国东北三省，国内抗日浪潮风起云涌，牟作云等人更是同仇敌忾，遇见日本队分外眼红。但是，日本队为了参赛奥运，早早就到了柏林，适应气候与场地，在持续训练中把自身调整到高峰状态，可谓养精蓄锐，志在必夺。结果，中国男篮在缺失教练指挥情况下，群龙无首，且以病弱之躯迎战日方，技战术均不到位，心有余而力不足，最终输掉了这场比赛。赛后，中国男篮队员们悲痛而泣！经过几天调整，队员们的竞技状态有所恢复，牟作云率队迎战法国强队，一举获得大胜，开创了中国篮球征战奥运赢得 4 场胜利的战史纪录。这次出征，尽管我队未能继续战至决赛，但是仍然取得了排名第 15 至 21 之间的不俗成绩。中国篮球首次亮相奥运舞台，艰苦备尝，获得这一排名实属不易了。

中国篮球运动员在奥运赛场上的第一个得分球，就是由牟作云投进去的，这是一次首开历史纪录的投篮。值得铭记的是，在本届奥运会上，第一次出现了中国篮球裁判的身影，他就是来自浙江的舒鸿先生。这位舒鸿先生肩负重任，一举出任了本届奥运篮球决赛的主裁判，并在大雨中出色地完成了这项任务，为中国篮球人在奥运史上写下了光辉的一笔。

篮球前辈牟作云

更值得后人敬重的是，牟作云先生从

柏林辗转回国后，北平很快被日寇占领。这时，日伪政权找到他，威逼利诱牟先生代表日伪华北政权去日本东京参加“大东亚共荣圈运动会”，当即遭到牟先生严词拒绝！

此后，牟作云致力于中国篮球事业，先是离开北平，前往大后方昆明，坚持声援抗日斗争，后远赴美国春田大学体育系深造，1947 年以篮球专业研究生毕业，带着优异成绩回到祖国。初任清华大学副教授，复任北平师范大学教授，主攻篮球，为中国培养了一大批新型人才。1950 年以后，牟作云放弃了大学校园中安定的生活，走上中国篮球第一线，亲自执教国家男篮包括八一队。率领临时组建的中国队出征匈牙利，参加第二届世界青年联欢节和第十届大学生运动会的男篮比赛。结果，这支队伍在青年联欢节上一举夺得了第 6 名，向全世界展现了中国篮球运动员的风采。1952 年，他以国家队教练身份，又一次出现在第十五届赫尔辛基奥运会的会场……到 1959 年，率领日趋强悍的国家队与来访的东欧强队比赛，先胜欧洲冠军匈牙利，又赢捷克队，再赢保加利亚，同时战胜了苏联冠军红星队，使国际舆论大哗。谁说中国人打篮球不行呢！这一连串的胜利，把当年主管体育的贺龙元帅高兴得连庆贺带表彰，为牟作云举杯敬酒：我们的篮球不仅要赢东方，也要赢西方啊！到了 20 世纪 60 年代中期，由牟作云领导的中国篮球得到了长足进步，女篮已经达到了世界第 3 名、男篮达到第 8 名。

几十年间，牟作云先生率领中国篮球队出访过 40 多个国家，先后受到过日本首相田中角荣、菲律宾总统马科斯和美国总统卡特母亲的热情接见。1980 年，国际奥委会要求中国提出 3 名国际奥委会候选人，牟作云即是其中一位。顺便说一句，早在国民政府时期，国际奥委会的中国委员为董守义，而董先生也是一位中国篮球运动的开拓者。

牟作云先生历任第五届、第六届全国政协委员，中国篮协主席，国家体委球类司副司长，亚洲篮联荣誉主席，国际篮联技术委员会委员、终身荣誉委员。牟作云先生于 2007 年 3 月 17 日在北京逝世，享年 94 岁。他为中国篮球事业贡献了壮美的一生。

面对这样的一位先驱，热爱中国篮球事业的后来人将永远纪念他。还应该补充一句，牟作云先生担任国际篮联技术委员会委员长达 44 年，国际篮联为此授予他“终身荣誉委员”称号。全世界仅有 8 人享有这一殊荣，而整个亚洲仅此一人。如今，把中国男子篮球联赛的至尊奖杯命名为“牟作云杯”，意义的确是很深远的。

何文老总的珠宝公司为全国联赛打造了这只宝鼎，还为联赛总冠军的队员们准备了精美的钻石戒指。这一做法应该是受到了美国NBA职业篮球联赛的启发吧。在 2005 年年初，戴梦得珠宝商为了纪念中国CBA联赛以往的 10 年历程，还推出了一款“CBA10 年战神钻戒”，以奖励 10 年联赛中“最有价值球员”。元月 19 日，中国篮协在宁波举行隆重的颁奖仪式。只见八一队老将刘玉栋在欢呼声中登上舞台中央，接受了戴梦得总裁何文先生为他颁发的钻戒证书，由篮协常务副主席李元伟先生亲自动手，为刘玉栋戴上了这枚熠熠生辉的战神钻戒，全场欢声雷动，球迷激动不已。刘玉栋绕场一周向观众频频致谢，亲吻钻戒，十分动情。当时，我和伙伴们收看了电视转播，我的感想是：中国篮球事业进步了，我们终于迈出了“以球员为本”的第一步。这种崭新的现代理念在过去半个多世纪的中国体坛上，竟是残缺的，甚至是被扭曲被屈辱被践踏的。

从刘玉栋接受战神钻戒那一刻起，这种联赛钻戒便成了职业篮球选手们一个美丽的梦想，它是至尊荣誉的一个象征。这一精神文化层面的含义，是无法用金钱衡量的。据说，女篮苗立杰和宋晓云等人都表示过，她们 2009 年之所以选择转会，一个重要原因就是为了实现拥戴总冠军戒指的梦想。可见那尊“牟作云杯”和冠军钻戒的激励作用确实很大。

可惜的是，中国的许多好事情，都很难“可持续”地坚持发展下去。且看年初，刘玉栋刚刚戴上钻戒，到 2009 年年底，不幸的消息便传遍了四方。唯叹戴梦得珠宝商与中国篮协的 5 年合作，何文总裁无意继续，他选择了退出。球场内外纷纷传言：这件事，与篮协李元伟先生到届离任有没有关联呢？在中国，因为人事变更而中止合作的事情是屡见不鲜的。李元伟先生同样对此表示了极大遗憾。也就是说，戴梦得不再续约，那么，原先的总冠军戒指则不宜沿用，除非有新的商家替代，或者由中国篮协自我打造，重新颁发，把断了线头的好事情续接下去。这可咋办？苗立杰等一大批优秀选手的钻戒之梦，很难圆得成。

对这件事，李元伟先生在他的新著《篮坛风云路》当中做了一点分析，很值得我们深思。我在想，李先生离退了，新的篮协领导人怎么样？李元伟在忧虑中写道：

> 据说，戴梦得退出的原因在于联赛理念和价值观上的分歧，作为合作的双方，拥有共同的理念、价值观及追求是最重要的。这正是运动项目与社会各界携手共进的基础。我所了解的何总，在追求品牌、价值理念方面是一个十分执著的人，以球员为本和追求完美是他不能妥协的原则，如果在这方面不能达成共识的话，分手也许就成为不可避免的事情了。从这一点来说，我为戴梦得和CBA联赛的合作不能延续而感到深深的惋惜！

是啊，篮球赛场不应该形同官场，体育之门不应该成为衙门。这话说了几十年，为什么还是老样子呢？看看我们曾经兴旺的足球产业运作，不就是这样急速衰败下来的吗？从这个意义上看，戴梦得何文等人的抉择就是正确的。我实在应该采访何文先生，相信他们的感受一定是非常深刻的。

如今，精彩的“牟作云杯”仍然静静地鼎立在广东宏远俱乐部的陈列室里。它最终会被人抱到哪里去呢？不得而知。国际上有惯例，连夺三次冠军后，某奖杯便留给这一家俱乐部而不再传递了。事已至此，就让这个见证了中国篮球最初变革的宝鼎，永久地留在夺取了六届总冠军的宏远队中吧，这里便是它最好的归宿……

篮球人到底有没有出路？

社会上常常把搞体育的人看做“四肢发达，头脑简单”，这实在是一种偏见。按照已故学者也是我的老友李力研先生的观点——他从正面思考问题，认为倘对衰弱古远的中国士大夫文化发动冲击，体育的“四肢发达”恰恰是一种利器。力研认为，精神进化过头之后，身体反而退化。对付这种病态，需要一点“野蛮的兽性”，体育锻炼的人类学价值就是要“使那些干瘪的肢体再度隆起”，中国需要来点野性。对力研的这一观点，我也是认同的，认同这道理中的深刻意义。我的浅显解释是：至少从事球类运动的人，头脑就很不简单。大球有篮、足、排等，小球种类繁多，数不胜数。不论是哪一种球赛，内中之技战术都异常复杂多变，头脑简单的人根本干不成。毛泽东称赞徐寅生的讲话充满了辩证法，还让搞哲学的人要认真学习研究，我读过徐文之后，感到确有很深的道理。中国乒乓球长盛不衰，除了体制保障以外，还有一整套不断推陈出新的好方法，否则绝难常胜；东莞后起之秀丁俊晖，成为世界台球顶尖高手，首先要精于计算，心理素质极佳；至于东莞前辈杨官璘出神入化的象棋杀法，更需要极端缜密的头脑和精深的文化理论基础。在长达半个多世纪的岁月中，杨官璘先生曾经获得过香港冠军、华东华南联赛冠军。从1956年到1982年，杨先生总共获得了4次全国个人冠军、3次亚军、3次季军，同时作为广东队主力蝉联三届全国团体冠军。他担任著名《象棋》杂志主编长达十几年，有多部经典著述流传于世，主持撰写《中国大百科全书》之《中国象棋》部分，晚年出版评注古谱《橘中秘》和《中国象棋谱》等新著，功力深湛。倘若头脑简单，则万万不能有此成就。

中国篮球界，由运动员和篮球专业研究生出身的李元伟先生，在主持中国篮协工作岗位上退隐后，撰写《篮坛风云路》一书，挥洒自如，剖析准确，文字精良，寄语遥深，广受读者好评，也绝非头脑简单者可为。

青少年时代搞过系统体育训练，后来成为名作家的人也不少。冯骥才先生在天津干过篮球，邓贤写了《中国知青梦》等名著，少年时在成都打乒乓球，李玲修年轻时为速滑运动员，已故学者李力研干了多年乒乓球，写出《老井》的郑义曾是清华附中的铅球冠军，还有陈建功、雷达、杨匡满、鲁光、尹汉胤等多位作家，大半辈子都没有放弃乒乓球锻炼。我自己吃了体育大锅饭多年，这不嘛，最后也走上了专业写作道路，自认此头脑也不是太笨。诸如此类的作家、艺术家还有很多，未做专门统计，只是信手拈来。

还是东莞，爱体育、干体育，为体育呕心沥血贡献极大的宏远老总陈林、新世纪俱乐部老总梁志斌、柏林俱乐部老总孙启开、日之泉老总林志伟，他们一面抓住体育不放，一面经年搏战商场，积亿万资产而从容不迫，哪个不是人中俊杰？他们敢为人先，勤于探索，胆大心细，勇于开拓，创造了如此辉煌的业绩，庸常之流又如何望其项背？应知体育锻炼与精密事业恰恰密不可分。

倘说这样一批干过体育的成功者“头脑简单”的话，那么，说这话的人，头脑一定极愚笨，或者很可能是受过伤的。

那么，为什么会出现“四肢发达、头脑简单”这类说法呢？

我是这样分析的：第一，半个多世纪以来，中国青少年一旦进入体育行业之后，则不能兼学别样，知识结构日趋单一。封闭式的训练把人搞成了运动机器，基本上甚或完全地脱离了社会环境。小集体成员重复演进日日夜夜，为达到超常目标，连续多年春节不得返乡回家，从而使人变为非人。偶尔出门后，说话办事即与常人有异，很容易被误解。

第二，青少年在围墙内苦练三秋，看看成绩无望，需要无情离队。这时，我们的体育体制又消化不了这批人，安排不了这批人。勉强进入另一行业，却无任何技能，更谈不上在该行业力争上游。那个行业的专业大学生、研究生还排不上队呢。于是，业内人士便将这批退役运动员另眼看待，认为他除了四肢较常人强健，其余均差。他不懂专业，说不得内行话，想必头脑简单？

第三，单一吃体育饭而后走向社会，性格脾气、生活习惯与常人处处不同。跟人打交道难以狡猾融入，或曰不善于应对社会事务，不是办错事，就是吃明亏，显示出一种经年盲目训练之后的单纯来，想让人说他心机深险，也难。

第四，社会体育、学校体育、全民体育不发达，民间体育机构严重缺失，大多数特种体育项目本来就少有社会基础，造成退役运动员的某项专长无处发挥，是一种最令人痛心的浪费。这类退役队员理应是一种珍稀财富。当他一回到专业时，便精神抖擞，生龙活虎，当他远离专业时，便二目无光，无所适从，因而备受头脑复杂的聪明人小视乃至歧视。

大家都知道，中国退役运动员一旦出国融入体育发达国家的民间体育组织或在某社区发挥其特长，都干得蛮好，生活得有滋有味，如果留在国内就只剩下无奈怅叹了。

这段时间，央视体育频道播放了一组退役运动员后来很有出息的专题片，我看了觉得少盐寡水。这几位老运动员，除了花样游泳陶红做演员前程尚佳，其余几位大都没敢改行。我有些郁闷。央视体育台明知我国体育运动员的出路是一大困境，是急需改革的，运动员出路普遍不好，这是生活中的真实情况，为何不拍摄取自真实、反映真实的专题片系列片，却偏去寻找极少数很难说明问题的运动员范例而强势反映之，这不是瞒和骗吗？这类片子距离中国体育变革的需求实在太远，你拍了播了，广大退役运动员也不会喜欢，因为他们无法效仿，很难跟上趟。正所谓幸福的家庭总是相似的，不幸的家庭各有各的不幸。每一位退役队员都在各自吞咽苦涩的果子。我们再去想一想，为什么人们总是质疑邓亚萍的新工作呢？如果该行业该部门正常提拔一位业内青年才俊，为什么人们就不去质疑呢？就是这个道理。

拿着大批青少年宝贵青春去无情损耗，去搞试验，去换得几块金牌银牌，这人道吗？

读者们会发问：咱们这本书不是说篮球吗？怎么说到退役运动员的出路了？出路堪忧的现实早就人人皆知，老赵你还想说什么呢？

问得很到位。我在东莞调研篮球事，最大的一桩喜悦，还不是宏远连年夺冠，而是东莞人为安置千百名退役球员作出了有益的探索，对中国悲喜交织的体育现状作出了特殊的贡献，东莞人就是推动中国体育体制改革的实践派。

换一个刁钻的角度看问题：你僵死的计划经济无活力，有死结，那么，生动的个体经济、市场经济才会得空隙，出生机。同理，你僵死的体育体制解决不了千千万万退役运动员的出路问题，东莞等地的民间体育组织和蓬勃开展的社区体育才能得人才、得空当、得机会、得胜利。经过了将近20年的探索，东莞，成为中国篮球高手们心之向往的好地方。

成批成批的中国篮球人，先是服务于东莞，而后落户于东莞，受益于东莞，最终联起手来，用大家的聪明才智报答东莞，打造出一座雄伟的中国篮球城。

我为此而无限欣喜。许多好故事定会接踵而来。

中学生篮球队志在何方?

张冠豪这位本土球王的诞生与崛起，是东莞全体中学生苦练篮球而成功的一个缩影。他是一个代表，也是一个榜样。而绝大多数初中和高中的小队员们，却不把最终目标锁定在争当职业球员这一点上。“大家的身高很普通，但我们爱篮球”——这就够了，也就对了。张冠豪在进入理工学院之前，新世纪职业篮球俱乐部曾经向他抛来橄榄枝，他也曾一度前往这家飙升中的俱乐部参赛训练。当他经过了这段职业化生活之后，经过激烈的思想斗争，包括他爷爷的种种训导犹在耳畔，最终，他还是决定到理工学院读书。在圆满完成大学学业之后，他欣然走上了为体育服务，做一名普通职工的人生道路。他说：“打职业联赛，只是极少数顶尖球员的选择，而我们打球主要是参与。篮球让我们在青春期全力弘扬个性，我们可以终生保持对这项运动的爱好。篮球教会了我们面对实际，作出正确的判断。你看，我的同学们身高都很一般，如果一定要争当职业球员，困难必然会大得多，也不一定干得好。强身健体，珍存梦想，完成学业，服务社会，应该是我们更恰当的选择。”

篮球，激情四射，还让人学会了思考。我注意到，凡是常打篮球比赛的人，的确也是智商较高乃至保持理性较好的人。

在东莞，有两个CBA大赛的主场，万万千千的青少年观赏职业联赛，十分便利。他们在对比中在实践中在讨论中在抉择中，掌握着梦想与生活之间的正确位置。许多中学生队员会说：“我酷爱篮球，但我并不具备职业球员的条件和素质，我可以上大学，选择更适合我的专业。”有的队员说：“我将来特别想当一名体育教师，我的同学都在设计自己未来的专业，形形色色，什么样的职业都会有人去做。”一位担任队长的高中生则对我说，他的女朋友，最希望他做一名出色的粤菜厨师，现在他的大书包里，有高档篮球战靴，也有一本菜谱。

更多的同学会说：国内拍摄体育题材的电影和电视剧太少啦，我们愿意去当一当这样的演员，但是没有任何机会。

我说：“的确是这样啊，但你们可以在平时的比赛中努力作出真实的表演，喜欢你们的女孩儿可多呢。”

同学们大叫：“太多太多啦！”

一连串的化学反应，一个充满了活力的青春人群。

据粗略统计，东莞城乡拥有至少200支中学生球队。在一年一度的全市青少年篮球比赛中，必有为数一半的球队敢于报名参战。起初，钟自新老师向我介绍情况，我半信半疑。我以为这项大赛往往由市教育局主办，钟老师不一定掌握详情。及至见到教育局思政科的明晖老师，他拿出了确凿的历年材料，我始认为真。旧日的比赛秩序册和赛程表足以说明问题。翻检这些材料，着实让我吃了一惊。

我们试以2009年作个案例：这一年，各个中学正式报名参赛的甲乙两级篮球队计有97支，分别在5个赛区进行了372场激烈比赛。从10月17

日开战，一直打到11月8日完成总决赛，战火持续了整整23天。参赛的正式队员达到1000多名学生，助阵比赛的男女拉拉队突破4万人次，真不得了！

广东人有个与内地人相反的特点，就是干得多，说得少，讲求实效。你看一个地级市的中学生篮球赛，打到这般红火的地步，他们却连一份完整的炫耀材料都不去整理，还要我一一查表格、翻报纸才能得到一个小结。明晖老师笑道："总结是必要的，但实在忙不过来啦，在这次篮球比赛之前，我们刚刚结束了全市中学生足球赛，篮球赛打到11月上旬结束，马不停蹄就开始了全市中学生田径赛。一年当中，各项比赛几无间断，还必须组织参加广东全省的中学生联赛，越到年底越乱。即使总结也很简短，上下都很忙，又要安排明年的计划，那么长的总结，那么多虚话，谁有工夫去看呀！把实际工作干好才是最重要的。"

我想了想，在许多发达国家，各项工作照计划进行，强化制度管理，的确没有中国式的长篇汇报材料。一项工作完成了，可以作出严谨的行业论文，却无须以"总结"之名向上头的"家长"炫耀。论文的作用和目的，是要对下一步工作难点拿出对策，或相应作出政策上的调整，最终推动一项事业按照科学轨道发展下去。

我们之所以过分看重"写材料"，无非是为了"总结政绩"罢了，而过分积极地总结政绩，又无非是为了有利于升迁罢了。因为我们的干部体制不改革，升迁都是上头说了算，买官卖官跑官取悦于长官，早已积重难返。你干得好，不如说得好，不如关系好，不如浮夸政绩好，不如善于总结好，反正实的不如虚的好。这材料非写出花儿来不可。

闲篇休扯。方才提到了政策调整一说。读者会问：中学生打篮球还要调整政策吗？是的，这里头学问可大了。

就东莞而言，外来人口之多，是当地人口的五倍以上。许多外来人口的子女们，也会随父母在当地入学。那么，这些青少年是否全都持有东莞户口呢？当然未必。比如香港人、台湾人或外国人的孩子，哪里会有中国内地的户口？更多的国内外省人，也就是“新莞人”，他们自身以及子女都不一定取得过东莞正式户籍。

东莞篮球少年

还有东莞的多所民办中学，条件极好，也吸引了一大批外省父母送来的孩子们，这些孩子同样没有户口。但是大家都爱打篮球、踢足球，都爱参加各项比赛活动。当他们或经过组织或自发成立各种体育、文艺社团的时候，孩子们并不会想到以户口为限制。这种文体社团在东莞的校园里星罗棋布，数不胜数。你说，他们该不该共同参加比赛呢？大家的权利是不是应该平等呢？如果，在同一个社团中，有户口的可以参赛，无户口的只能旁观，这公平吗？这民主吗？当然不公平、不民主。

谁说打篮球不需要与时俱进调整政策呢？在以往的中学生正式比赛中，组织者为了防止少数中学锦标至上，防止一些代表队临时借雇东莞以外的“灌篮高手”前来参战，曾经参照成人比赛资格审查规则，对参赛队员用过户籍限制的办法。当时，在外来入学孩子尚少或者这些孩子尚未长大的情况下，户口限制的办法对公平竞赛起过正面作用，且简便易行。后来呢，改革开放已经30多年，这些只有学籍没有户籍的孩子不仅越来越多，而且很快成长起来了。同时，中国的户口制度早已因为它的不公道、不人道而处在改革之中。你看，问题产生了，弊端出现了，青少年参赛资格的政策问题成为阻碍东莞夯实篮球基础的阻力了，成为瓶颈了，成为落后因素了，小的公平原则转变为大的不公平原则了。

必须把所有孩子的权利全部解放出来。

要实现中国教育现代化，户口首先就是一个坏东西。户口，就是小橡果在长成大橡树过程中的一把斧头。

经过反复研讨之后，东莞教育部门在2009年出台的新政策非常简单实用，那就是：凡是具备本市各类中学正式学籍的学生，不论其户籍地在哪里，一律有资格参赛！研讨是复杂的，对策是简单的，把户口本一扔就是了。

2009年东莞中学生篮球赛，成为全市13万在校中学生的盛大节日。比赛的决赛区设在具有优良篮球传统的常平中学，在这里，最醒目的一条大标语谓："参与篮球运动，尽显青春激情。"编得很好。

11月8日，星期天，冠亚军决赛打响。有《东莞日报》体育部主任何杰陪同我前往观看。何杰从陕西来莞已有多年，指挥和参与了报道十几年这座城市的重大篮球赛事，对当代东莞篮球变革的全部历程了若指掌。他和他的团队长年不懈的助推报道，成为整个东莞篮球事业的组成部分，甚至成了数千万东莞人实际生活内容的一部分。上下左右的篮球人，没有一个他不熟悉的。我一到东莞，一说要研考这里的篮球事，他马上实施对我协助。这时，他向我介绍情况，说中学生比赛当中，最激烈的是高中组的男篮较量，含金量最高的就是今天的冠亚军决赛，要不干吗领你来呢！

晋陕一家。山西和陕西几无隔膜，说话办事，思维方式一个样。同来的教育局明晖老师，以为我们是同一个省的。

常平中学为了办好决赛区，一次斥资300万，修整了12块室外球场。到处可见众多志愿者服务的身影。该校刚刚获得了初中组比赛的亚军。今日高中组决赛，则在第四中学和光明中学之间展开，决赛地点移至堂皇规范的常平体育馆。就是大家常说的：全国乡镇第一座完备的体育馆。

馆内馆外，人声鼎沸，车流滚滚。

何杰说东莞青少年篮球开展得红火，组织得好，这话我已经不怀疑了，但是实际竞技水平有多高，还是一个问号。

何杰便说："什么问号！你老兄这辈子真是问号多。我只说一点，剩下的你一会儿亲自看。就说四中这支队伍，代表东莞单独出战全省中学生锦

东莞小学生篮球操

标赛，最强的对手是惠州代表队，惠州为什么强？它把专业体校的运动员给搞上去啦，夺魁呼声最高。结果，四中的孩子战胜了这支以体校队员为主的强队，夺了全省冠军。可以说，东莞好几所中学的队伍，单独拉出来都不怵任何一个地区的专业体校。”

“照这么说，今天上阵的四中便是当然的冠军啦？”

“那可不一定，像常平、东华、光明，几所中学水平都差不多，要看临场发挥。”

正说间，四中和光明中学两支队伍先后到达。光明队员入场，引来一片欢呼。解说员特别介绍：光明高中学生孙宇驰，身高 1.98 米；光明高中学生金广祝，身高 2.01 米，是目前我市中学生篮球队员当中两位最高的选手。如此高大的中学生，难怪要引来欢呼阵阵！相比之下，全省中学生冠军四中代表队，却只有一名队员杨鹤为 1.97 米的大个子，整体身高相对偏低，但他们一个个生龙活虎，在练习中竞相扣篮。

比赛开始后，双方你来我往，比分交替上升。两队执行战术的能力和素养都非常强。四中队员速度飞快，拼抢积极，在防守时有一套对付高大对手的办法，使光明队难以拉开比分。但在四中进攻时，光明队两位高大中锋形成巨幅屏障，并且强控篮板，也使得四中难以取得先机。

女生拉拉队两大阵营，锣鼓喧动，披头散发，尖音四响，场上激烈拼杀，场外也要拼出个高低来。

打到第三节，两队仍未拉开距离。小伙子们真是玩了命地战斗。比赛节奏还是相当快。整个赛场热烈得让人喘不过气来。暂停时，我对何杰说："这种比赛真好看，比看NBA和CBA还过瘾。"何杰说："这跟NCAA在美国特别火爆是一个道理。"

第四节打了一半，光明中学竟有两名队员先后抽筋倒地。裁判长张明，也来自陕西，只好短暂叫停实施救护。负伤队员已经难以站立，直接被队友抬出场外。如是情景两番出现于赛场，使光明拉拉队的女生备感悲壮，呐喊变得嘶哑起来，满脸红彤彤的都是水，难分汗与泪。

双方苦战到最后时刻，还是平局。这时，两队教练已经用完了全部暂停。读秒之间，光明中学以 75∶73 领先 2 分，四中底线发球快速推进到前场，制造出三分球机会，并在最后 1 秒钟远投出手，志在绝杀，可叹未进，时间到！四中惜败于光明。

只见光明女生嘶喊着拥下场去，热烈拥抱战将，长发与泪水一起跳动。几个大个子队员更成为女生们竞相合影的对象。

我抓紧向明晖老师了解了一下："这几名高大队员都具有该校正式学籍，1.97 米的杨鹤祖籍湖北，他和 2.01 米的金广祝都是从小在东莞长大。1.98 米的孙宇驰祖籍辽宁，随父母来东莞已有数年。"明晖老师特别介绍说，"小孙出身于篮球世家，他的爷爷和哥哥都曾经是专业队员，姑姑孙英为前国家女篮名将，和郑海霞是同一拨儿的。现在小孙的父母都在东莞效力，得到了很好的安排。"

何杰便提醒明晖老师："你们教育局不是有个学生增长身高的调查吗？我记不准了，你给老赵讲讲。"

明晖老师就说："这十几年间，全市学生身高明显提升了。我们每年都做中小学生体质状况情况调查，局教研室的李兵老师都有正式报告。拿 7

岁到18岁的男生与2002年的同龄调查结果一比，都比原先高不少。我只记得几个数据，比如12岁这个年龄段的平均值，2002年为1.50米多点，到2008年为1.54米多点，差不多增长了4公分，10岁的孩子增长了3公分多，其他数据记不准了。随后给你一份李兵老师的调研报告吧，那上面都有。男生增长幅度要大于女生，这与我们大力开展校园体育活动有关，特别是与普及篮球运动有关。这在调查中有显示了，喜爱篮球项目的男生达到了82.2%，促进了身体的发育。”

何杰趁机幽默一把：“光靠篮球锻炼也不行吧？改革开放30年，东莞来了多少北方男子汉？这是杂交优势，你们教育局为啥不算进去？”

我表示认同：“当然有这个因素。”

明晖就笑：“这是一个大课题，我们教育局可完不成。”

何杰继续：“要不让老赵包个广东二奶试试？”

我说：“你们设立科研课题，谁不愿意奉陪！”

众笑。

书归正传。我复向明晖老师了解打篮球与学功课之间有矛盾如何处理这个老话题，这在中国实在是一大难题。

东莞中学生扣篮球大赛

明晖老师说：“许多家长一味担忧学分问题，这是个误区，十分多余。实践证明，爱打篮球的孩子，智商和情商都会提高。东莞的中学生球员，学习成绩普遍好。这也是调研过的。每天一小时锻炼，集中精力再学习，效果更佳。八小时学习时间，减掉一小时用于锻炼身体，记忆力和理解力反而提高了。这个公式叫做 $8-1>8$，是正确的健康理念。$8+1$ 或者

+2+3去学习，效果反而小于8嘛！我们厚街中学的吴惠安、王志荣老师，实验中学的张朝阳老师都作出过专题调研报告。锻炼与学习，根本不是一对矛盾。另一方面，我们安排全市范围的大中型比赛，也尽量放在寒暑假期间，尽量保持各个学校的学习秩序，许多难题也就解决好了。当前，我们研究的问题是啥呢，就是怎样把学校篮球和社区活动更紧密地结合到一块儿，最终把体育、社区、家庭、学校几个方面的篮球力量拧成一股绳，营造篮球大环境，推进篮球城市发展。”

只听何杰高声说：“谁阻挠青少年打篮球，谁就愚蠢。”

我进而激愤补充：“谁损坏了青少年的健康，谁就是民族的罪人。”

继今天冠军决赛之后，我又一次激动起来。

中国篮球会不会重蹈足球覆辙?

在中国篮球职业化道路上，其困境显然比足球好一些。说足球，干脆让它烂透了，推倒重新来。足球界问题之严重，已经超出了体育领域，进入了犯罪领域，举国震惊，人神共怒。多有书商和出版社找过我，希望我写一部关于当代足球的新著，条件颇优惠，我说我写不成。为什么？只因为过度的愤怒，失却了理性，不可著书。面对中国足球，我已经傻眼了。

体制改革不彻底，行政命令与商业运营搅在一口锅里，公不公来私不私。双轨运行，权钱交易，衍生腐败，实为必然。党政官员如此，足球何尝不如此？球场亦非真空净土。

常有读者问：凭什么篮球界会比足球界好一些呢？

我试着回答一下：篮球决定胜负的因素，比足球更趋复杂。篮球的赛制以多场胜负乃至高比分显现，足球则往往以单场或一球定胜负。一旦腐败起来，篮球的制约因素相对多，足球的制约因素相对少。

球场监督也是一个方面。篮球比赛，场上场下距离很近，观众对裁判员实施监督更紧一些，更直接一些。足球则相反，小监督稀少，一出事就是大的。

篮球与足球的差异还有很多方面。然而，这都不是导致腐败的最主要因素。从目前已经揭露出的事实看，足球界的腐败令人震惊，已经超出了人们的想象，主要的因素究竟在哪里呢?

从二十年前始，中国足球赛事所经营的暴利盘子就越来越大。体育当局对足球的年投资，也远远超过篮球。据说，国家体育总局对足协的每年拨款达到2000万元以上，对篮协则不过600万，此其一。足球虚火烧旺以来，各大企业对其赞助动辄百万千万，尽管老板们叫苦连天，足球人仍不满足，构成巨大的利益集团，此其二。其三是足球每逢赛事，一场胜负的利益差别极大，奖金亦大，加上赌球这个恶魔，彻底改变了体育比赛原本的性质。赢得比赛得大钱，让一让比赛也能得小钱。大家为钱而踢球，腐败雪球越滚越大，最终破碎化作污水。

前头说，公不公来私不私，管办不分，管足球的权贵和搞经营的人马混在一起；权力部门和金钱交易抱作一团；执法者和违法者竟是同一伙人，谁和谁都分离不开，不出问题才怪。所谓双轨运营，实际上变作了无轨乱营，一条道走到黑，是足球腐败的根本原因。

在失却了监督机制的“有利”条件下，经济盘子越大，诱惑越大，人的胃口越大，胆子越大，赌徒心理越膨胀。没有保廉利器，只有腐败环境，足协不腐败也难；裁判员一哨值万金，不腐败也难；教练员一言值万金，不腐败也难；运动员一脚值万金，不腐败也难。具体行贿过程，媒体多有揭露，不过冰山一角。

盘中金钱越堆越高，有效监督几乎没有，是中国足球走向腐败深渊的直接原因。

据宏远三队教练郝焕新先生回忆，当足球开始火爆之际，1993年，河北省男篮只拉到了两万元赞助，还是全国冠军队哩。

注意：中国篮球在市场化“实体化”大潮中的“崛起”，比足球晚了多年，两者之间出现了一个时间差。对篮球人来说，也许这是一种“幸运”。不能说篮球人不爱金钱，谁跟钱有仇？而是只有这么丁点儿钱，想腐败都缺少资本。

宽厚一点看待足球人和篮球人，内中还是好人多。换言之，大家都是同时代干体育的，谁比谁的思想境界高许多呢？谁又比谁傻多少呢？说到底，是一种坏机制坏风气，致使好人向坏人转化。上了贼船下不来，一落水就是一船人，害苦了中国足球界！大伙儿应该超越道德层面，探寻问题实质，对事不对人。

足球也好，篮球也罢，职业化绝不是坏事，而是潮流所向，金钱多更不是坏事，而是发展所需。重要的是，必须在体育走向市场之际，同时建立健全法律法规。体育界不能搞特权，在法制面前，体育健儿不能赦免。职业化、市场化，都不能脱离法制化。长官必须受监督，运营必须有规范，违纪必须受惩罚，权力必须有制约。

我过去写了，“金牌的摇篮也是腐败的摇篮，甚至是犯罪的摇篮”。当时很难被人认识和接受，更有人批驳，指责此言危言耸听。现在人们信了，体育界犯罪现象确实严重，与各行各业并无区别。其实，这话有什么先见之明呢？只是看到现象，说了点实话，忠言逆耳罢了。体育界游离于法制之外，管办一家，当然会出问题。皇帝没有穿新衣，有人说穿了，小孩儿说没穿，如此而已。

宏远队杜锋活跃在赛场上

至今我依然忧心忡忡。面对中国足球界屡屡犯罪的沉痛教训，篮球人能不能遵纪守法，引以为戒？原先盘子里金钱少，后来慢慢多了怎么办？越来越多怎么办？我们只能坚持改革，健全机制，良性发展，真正走出一条职业化、市场化、法制化的中国篮球之路。这条路走通了，腐败堕落的概率也就减少了。

中国篮球正在升温，足球却已严重降温。两者在发展顺序上出现的时间差，对篮球事业很显然不是坏事。前车之鉴，对后来者有好处。

好了，把道理说清楚，始能进入疑难问题研讨阶段。

什么是篮球的疑难问题？说白了，就是球迷们常常表示怀疑，却又说不清楚的一些问题。例如，足球界通过巨额行贿屡打假球，即一方把机会交易给另一方，也叫“让球”，以致观众人人都能看得出来。那么篮球大赛有没有这种假球现象？再如赌球，也是指球队的主要成员参与球场之外的赃钱勾当，然后影响了或者左右了比赛的公正进行；再如逃税，直接相关大牌球员能否履行公民职责，能否遵守国家法律的大问题。总之，疑难种种，迷雾重重，广大球迷乱纷纷一通猜忌，是为疑难。

而今社会，诸事迭猜，假做真时真亦假，怪不得球迷们疑心多虑。球场亦非净土真空。人们有权喝问：篮球界，以上问题处理得好不好？还有哪些病瘤需要抓紧医治？

我在各地和东莞的考察中，同样听到了以上质疑：假球、赌球、逃税！带着一种忐忑不安的紧张心情，我做了一些调研。之所以紧张不安，是因为我热爱中国篮球，拥护和支持职业化改革，我生怕有人重蹈足球坠落的覆辙。我们对篮球充满希望，生怕这希望同足球一样，一朝破灭。

先说假球问题。俗称放水，针对的是高层次顶级篮球大赛，像CBA联赛等。平常地方赛事、友谊比赛，你放水就放水，不在讨论范围。

在北京、山西、东莞等地跑了一大圈儿，我又向卢元镇、钟自新老师包括何杰等媒体内行等多位专家认真请教，得出一个粗浅认识：在中国CBA赛场上，不管哪一家俱乐部，要想通过行贿受贿去实现假球，难度相当大，因为赛制和积分办法决定着人们的动态。对比足球，不论哪一级比赛，打小组出线时，往往只有三四场球，就是打顶级的世界杯本洲出线，也不过六七场球，可以说每场都极关键，赢一场3分，输一场0分，平一场1分，分差太大。一支球队连输两三场，几乎再也追不上来，区区几次积累分数的场次和机会，把人压迫得透不过气来。要想翻身取胜，除非邪门歪道。反观中国职业篮球赛制，参考美国NBA的精华移植舶来，CBA参赛俱乐部派出球队16支到18支，在出线以前的常规赛当中，平分为南北两个赛区。各队之间，如果是同一赛区者，要在主客场交替进行4场交锋，谓之“四循环”，如果是南北异区的队伍，也要在主客场进行2场交锋，谓之“双循环”。这样算下来，每支队伍每年需在常规赛阶段完成将近50场比赛。尽管比赛场次曾经一度压缩，但仍有30多场比赛，要以最后积分排定，前8位进入季后1／4决赛。这个积分规则为：胜一场得2分，负一场得1分，没有平局，累积计算。输赢得分不像足球那么悬殊，一支球队想方设法诱使对手让球，也不过1分之差。破费资金去争取1分，并不解决多少问题，要买通所有17支队伍，恐怕办不到。

试举2007至2008赛季为例：常规赛第五名东莞新世纪马可波罗队，胜18场负12场，积48分；第16名山西中宇，胜5场负25场，积35分。假设中宇要追上新世纪，如采用非法手段，理论上要在中间的10支队伍里行贿至少20场球！这可能吗？这10支队伍干不干？这10支队伍依次是：八一富邦、福建浔兴、浙江广厦、北京首钢、浙江万马、新疆广汇、云南红河、上海西洋、吉林森工、陕西东盛。大家都在努力积分，你要花多少钱人家才买咱的账？不用说精明的山西队，恐怕任何一家俱乐部都不会去办这个傻事。从实战中讲，此乃最终排定的名次，当初比赛时还排不出来，那么，这意味着你将去行贿所有的球队包括宏远、八一、山东、辽宁等，就是说，这事儿干脆做不成。

我这里要重点强调：积分制正是篮球职业化的一个主要特征，从根本上区别于竞技体育的胜负价值观。CBA俱乐部联盟，实质上是要把每一家盟友联结起来，形成一个市场共同体，进而发展到股份制。因而在大的利益上是一致的。职业联赛正是对金牌至上观念的消解与革命。而我国篮球在 2005 年之前，多年间采用甲乙两级升降级赛制，各种弄虚作假的弊端也曾经呈现出来，甚至有紧步足球后尘之势。当初，我本人有过糊涂认识，单纯认为升降级赛制可以鼓励竞争，力争上游，却没有注意到，以升降级为核心的年度联赛，弊多利少，是一种非职业化的、为竞技篮球而生存的旧赛制。

篮球职业化之变革，把升降级变成了准入制。一家俱乐部要想进入职业联赛，成为新的联盟成员，并不是光赢几场球就可以办到，而是由 CBA 联赛最高权力机构即联赛委员会全面考核之后，通过集体评议和民主投票选举，这家新的俱乐部才能迈进职业联盟的门槛。更重要的是，这个过程不仅对一家新俱乐部的准入是个全面考验，同时对每个老俱乐部也要进行一年一度的综合评估，成为推动各俱乐部职业化建设的一种共同手段。时间越长，收效越明显。在考核及评议之后，所谓准入，并非篮协一家说了算，准入权力共同掌握在联赛委员会 29 位委员手中。目前，这 29 名委员的构成是：代表 18 家俱乐部的老总 18 人，来自中国篮协的官员 6 人，来自法律、媒体、产业研究和篮球技术专业的专家 4 人，合作企业 1 人，合为 29 人。职业联赛办公室，为常设办事机构。

几十年来，我们呼唤改革，支持改革，推动改革，具体到中国篮球，这就是一场制度改革。前中国篮协领导人李元伟先生是这场改革的主帅。他对中国篮球的贡献，集中表现在推进篮球职业化方面。改革的目的，在于真正实现“管办分离，政事分开，简政放权”，改变以往多年间全国联赛由篮协一家独断的局面，从专制到民主。

朱芳雨勇战八一队

革命革到自己头上，排除阻力，重建制度，历经痛苦，然后新生。

这场改革历经两年，2004年在东莞，李元伟先生进行发动，2005年在北京，正式出台章程，开始了CBA职业联赛。

你看，篮球职业化，准入制成为与竞技篮球之间的分水岭。

针对早先的甲乙升降级赛制，李元伟先生在发动改革的东莞会议上有过沉重论述。时间是2004年4月5日，地点是宏远酒店大会议室，参加人员有来自25个男女篮球俱乐部的总经理和主教练，还有各大赛区的负责人和裁判员代表、赞助商和新闻媒体，总计超过200人，基本上代表了中国篮球界的精英层面。对这次会议，我在后面还将详议。李元伟讲话的标题叫做《关于中国篮球界的思想解放问题》，他没有回避旧有赛制的危机，而是直指要害。七年过去，这篇讲话至今令人长思。他说："过去，我们的赛制是以升降级为核心展开的，我们对篮球的认识就局限在一场比赛上，胜负是最重要的，比赛万万不能输。运动队和俱乐部，把主要精力都用在确保球队不掉级上，无暇顾及其他。于是，从其他球队挖人，做裁判工作，收买对方球员等消极的、腐败的行为都出现了；赛场秩序、观众情绪无法控制等情况层出不穷，不一而足，花样翻新，搞得竞赛组织者、参与者疲于奔命，防不胜防！"

李元伟先生这么一讲，我想起一个人。这位先生十分能干，平生热爱体育，是我们山西一位著名企业家，前些年鼎力支持过篮球和足球。他的名言是：我搞过几万人的大钢厂，还搞不好一支小小的球队吗？可叹时运不济，在层出不穷的球坛弊端面前，他"疲于奔命，防不胜防"，最终败下阵来。他仰天长啸：阴沟翻船，不服不行啊！

赵本山先生参与足球，也是这么撤下来的。

是啊，一切为了保级争胜，恶魔当头，篮球的审美变成了审丑。一切为了金牌，体育的实质就变成了利益争夺。最终，一个活生生的大市场必将断送。如今的中国足球，只好从零做起。

美国NBA联赛与世界篮球锦标赛的区别也在这里。NBA的无穷魅力，经受了多少年的考验啊。

我们把最关键的赛制和积分问题说清了，也就粗浅地回答了“假球”这个问题。此外，尚需从另外几个角度，对操作“假篮球”之难度补充几点。

一是从职业球员收入这个角度看问题。据我的初步了解，俱乐部对球员的薪酬，采取基本工资与比赛奖励相结合的办法，而且十分具体。常规赛及季后赛都有标准，表现好与表现差更有差异，甚至每场球的补薪标准也不一样。一个赛季，几十场球打下来，全队胜多负少，球员的收入明显提高。总积分如果趋前乃至打了总冠军，来自社会和俱乐部的奖金更加可观。至少宏远俱乐部和东莞新世纪俱乐部都是这样操作的。假如你想收买他们打假球，你必须拿出比这更高的价钱来，等于你养着他。你看怎么办呢？

二是职业篮球对球员的技术统计十分周密完备，由此体现出一名球员的荣誉和价值。这些数据，全是球员们一场一场拼出来的。简单说，共有8项数据之王：得分王、篮板王、助攻王、抢断王、盖帽王、三分王和扣篮王，外加总冠军球队中一位ＭＶＰ“最有价值球员”，不仅有钻戒，还有小金鞋。职业球员们将这些称号看做至高无上的荣誉，不少球员一生都很难得到。也许你能收买他，但你给得了他这些荣誉吗？

三是俱乐部老板在每个赛季之后给予球员的潜在资助也很可观。一支球队就像一个家族，大家齐心合力为幸福生活而奋斗，球员因此而看到了人生的光明。你想让他当一名家族叛徒，实难得逞。各个俱乐部之间，只能在公开、公正的条件下，办理一年一度的球员转会交易，合法渠道始终是开放的。与其买叛徒，不如增实力。

说来说去，还是改革好。要不为啥球迷都会坚决支持职业化呢。

所有这些因素，共同限制了篮坛假球。

中国足球的教训，真的太沉痛了。

本节之末，我简单回应一下关于篮坛赌球的传闻。

我为此采访了宏远俱乐部副总经理胡志强先生。胡先生尽管年轻，回答问题却有理有据，十分成熟，表现出一种职业篮球人特有的素质。他温和的解释，至少让我接受了七八分。

胡志强先生说："体坛风气不好，社会风气不好，让人产生了联想，并不奇怪。人家议论和猜疑我们宏远的人是否参与赌球，本身就是监督，多数人出于爱护宏远的愿望，希望我们健康发展。不过，大家对职业俱乐部的了解，也是刚刚开始。职业俱乐部，不是普通运动队，我们必须考虑企业的全面效益。要说赌球，幕后的盘子并不大，不过几百万吧，我们把球打好了，幕前的效益更高，因小失大，哪里犯得上？"

我说："宏远打好了总冠军，光是政府和各界的奖金也将近2000万吧？"

胡先生说："差不多吧。有人怀疑赌球，先怀疑比分，说能赢20分，为何只赢18分？这个思路也许源自足球。而篮球的规律是，赢多赢少在一支球队来说都是一样的。不是经常出现只赢1分的结果吗？108 ∶ 107，你要赌球，怎样预测出来？球队一周三赛，教练组必须考虑到主力队员下面的比赛场次，还要考虑到队员的老伤，更怕受到新伤，所以不能场场猛拼，没有必要能赢多少赢多少，赢得少了不罢休。再者，新队员必须经常上场，在比赛中得到历练和提高，为他们留出上场的时间，也是非常重要的。"

我说："职业篮球的特点就是比赛场次密集。韩国职业联盟只有10支队伍，每个赛季要打60多场比赛，场场硬拼也就打不下去了。"

胡先生最后说："一支职业球队要想开拓市场，要想得到更多球迷的承认和拥戴，必须兢兢业业，连续多年去努力奋斗。时间一长，我相信大家就能更好地认识我们。在打了六届CBA总冠军之后，猜疑我们赌球的，说得越来越少啦。"

我笑了，胡先生也笑了。

最后看一下高收入球员可能逃税的问题。

回答这个问题颇简单：各大俱乐部为了防止球员因赛务和训练的繁忙而疏忽误事，也为了杜绝文体两界逃税丑闻的重演，普遍采取了给球员税后付薪的办法，以遵守国家法律法规。如此一来，球员省了心，广大读者也就省心了。宏远篮球俱乐部就是这样做的，有纳税单据可查。

职业化篮球管理，理应包含本项内容。后来我才知道，俱乐部代理球员纳税是CBA联盟的一项明确规定，各家必须遵守。到时候要审计税单的。

如此说来，中国篮球走上职业化道路之后是不是一劳永逸，就没有后顾之忧了呢？是不是已经出色地完成了向发达国家学习和转型的使命了呢？中国CBA和美国NBA等先进管理模式，还有哪些差距与不足呢？

中国的改革，急不得也慢不得。我们只能说，中国篮球幸而没有重蹈中国足球的覆辙，但存在的问题和忧患依然很多。

中国篮球职业化距离NBA还有多远？

人无远虑，必有近忧。李元伟先生主持篮协并领导一个革命性团队，把中国篮球推向了职业化航道，历史翻开了新的篇章，已是大大的不容易了。几番风雨，几度春秋，CBA联赛总算有了新气象。但是，只要中国体育大格局少有改观，篮球界所存在的新老问题就不会一挥而去。

首先，中国篮球再度呈现青黄不接状态。几辈子出了一个姚明，姚明也确实不惜力气，他处处为事业着想，各方面贡献很大。还有一位王治郅，本来说2008年奥运会以后要退役，他坚持到2010年的亚运会，之后又说要退役，结果再次出现在八一队阵容里，拼了老伤去打本赛季的CBA联赛。这两位大将，显然不能继续支撑在球场上。寄希望他们在球场以外发挥作用吧。

可以替代姚明和大郅的悍将，左看右看往后看，恐怕只有易建联一株好苗。

各大职业俱乐部，求贤若渴，跑遍全国到处挖人找人，叹资源稀薄几近枯竭。无奈之下，东莞宏远和新世纪两家俱乐部只好更加重视自己的三级梯队，以保障后备力量。东莞这座篮球城市，以一个地级市的力量，再度向中国篮协抛出橄榄枝，经过积极争取，自己投放巨资，开办了一所面向全国的青少年篮球学校，真可谓想尽了办法，拼尽了力气。

这仅仅只能解决一点局部问题。宏远男篮主队、青年队、少年队三个梯队，全部加起来也不过 70 多名运动员。更多的好苗子在哪里呢？

在宏远俱乐部，我见到了来自山西太原的一对双胞胎。两兄弟出生在 1990 年，祖籍山西吕梁。哥哥任骏威，身高 2.03 米，体重 96 公斤，弟弟任骏飞，身高体重与哥哥一模一样。两兄弟曾经同为太原六中的学生。山西那边，人们极端热爱篮球，却罕有更好的青少年训练条件。为了成才，兄弟俩在 17 岁那年，从太原双双南下，投奔宏远青年队，时在 2007 年。那天，我去观摩宏远训练，发现身边一位满面沧桑的中年人，也在目不转

易建联加盟 NBA 雄鹿队

睛地盯着任骏飞。一聊天，这位老兄一口山西话，方知他正是兄弟俩的父亲老任。老任得知我是山西作家，便亲热得不行。他感叹道：“孩子们上了六中以后，酷爱篮球，在学校打了一个不错的基础。我和他们的妈妈未必一定让孩子干篮球，只是眼看着孩子越长越高，不干篮球可惜了，才下决心进行系统训练。如果太原也有宏远这样健全的训练条件，谁愿意远离家乡呢？”

我说：“是啊，全国都缺乏青少年篮球基础建设。”

老任便说：“咱那边娃娃们尽是大个头，没有好的基础训练条件，眼看着半途而废了。”

我祝贺老任，说他们家很幸运。先是弟弟任骏飞在2009年升到宏远一队，隔了一年，哥哥任骏威也升了上来，哥俩双双完成了向职业球员的转型。两人都没有辜负家长的期望。我祝愿兄弟俩真正打出一片天地来。

老任就乐哈哈地说：“还要感谢宏远俱乐部的培养。”

我心中暗想，谁说山西没有篮球人才？这不，一出篮坛就是俩！山西中宇——现在冠名汾酒了，花那么多钱请外援，那位马布里先生还不好伺候，真不如好好培养下一代。可是，培养更多的下一代也难，全社会没有动起来，小学中学大学与外部竞赛不接轨，我们能光指望俱乐部吗？

整个中国，浪费了多少未来的篮球明星。

美国NBA联盟，每年选秀，人才层出不穷。因为在NBA的外围，还有一个第二联盟，简称NCAA，其规模更加浩大，向下衔接大专院校乃至高中，向上为NBA输送职业选手。NCAA联盟，每年举办正规联赛，何愁人气不旺！高端选手都是从这里的联赛拼杀出来的。一旦杀不出来，也一点儿不影响选手的学业前程。

这是我们与篮球先进国家最大的一项差别。不改变这种小范围培养人才的现象，很难追赶上去。而国家体育高官稳坐衙门之内，抱残守缺，他们哪里会有什么危机感呢？

再说俱乐部自身的处境，更是难上加难。

推进篮球职业化，诞生了第一批“改变江山颜色”的民营俱乐部。新的资本，新的成分，给中国体育界注入了一片生机。东莞宏远就是第一家。但是，以计划经济为主体的官办体育环境未曾变革，民营俱乐部必然举步维艰。十多年过去，真正能够赢利的职业篮球俱乐部，恐怕仅有宏远等少数两三家甚至仅有一两家。

我经过仔细考察，认为宏远的成功，直接原因是以梯队形式抓住了全国一批优秀人才。宏远的胜利，就是人才竞争的胜利。而支撑人才宝库的背后，又主要是经济实力。以陈林先生为首的宏远集团，在连续十多年的拼搏中，竭力保持了维护俱乐部的财政基础。但是，一个职业篮球俱乐部，每年总支出至少需要 2000 万元，各家俱乐部又从哪里收入这笔钱呢？光靠冠名，也不过得来几百万，勉强支撑一两年，还是远远不够。

在原有计划经济为主体的体制下和体育官办的落后条件下，市场不发达，产业推不开，俱乐部家家等米下锅，户户寅吃卯粮。

宏远队员王仕鹏在国际赛场上

我粗粗地为宏远俱乐部算了一笔账。别忘了，这已经是全国经营最好的一家俱乐部了：

先说主队球员的工薪支出，每个赛季至少需要 500 万至 600 万。还不敢算上两名金额莫测的外援。

一个赛季，全队要在主场与客场之间往复飞行，以应付 50 场左右的常规赛，每次至少出动 20 人，光是飞机票也要 200 万。各俱乐部都不敢为多数球员安排头等舱。2 米高的大个子，硬着头皮挤在经济舱窄小的座位上。运气好时，机场售票处给予有限照顾，也许还能捞着几个稍宽一些的安全出口。我在飞机上碰到一次山西汾酒队的多数队员，碰到一次东莞新世纪的名将张凯等队友，都在经济舱里挤着，埋头把玩游戏机。

下了飞机，肯定要住宾馆、要吃东西，每次驻扎两天左右，人员仍是20位。住四星以上宾馆至少三星，一算账吓死人，一年又是200万。

宏远青年队，一年开销300万元。

宏远少年队，一年开销200万元。

宏远俱乐部几十位在职人员，一年付薪也近200万元。

场馆、车辆、营地的经营、维修与折旧，需要200万元。

医疗费用也不低。宏远球员受伤后，一般在香港治疗，那边开出的价格是：医治10分钟1500元。一年总计需要100万元。

俱乐部为得奖和月收入较高的球员纳税，全年需要400万至500万元。

大量的装备，我们暂不计算在内，因为有时可以征得厂家赞助。

仅仅以上必不可少的开销，累计至少需要2300万元。其他各项零星消费尚不计算。

算完支出算收入：最大一块儿，还是来自冠名引资。山西汾酒队我不知道能够吸收多少，大概数百万吧，宏远冠名东莞银行，每赛季可得998万元。

宏远优于其他俱乐部的地方，是打了6次CBA总冠军，市、区两级政府和相关机构逐年给予了奖励。后三年金额比较高，但是，这笔钱大部分奖励给优秀球员了。用陈林先生的话讲，就是要“反哺”运动员，奖金并不归属于企业，俱乐部只留三分之一的风险金。陈林先生对我回忆说：“2003至2004赛季，宏远击败老对手八一队，夺得总冠军，当时的市委书记佟星很高兴，说市里奖励20万，袁李松先生帮忙敲边鼓，说20万太少，佟老板既然这么高兴，干脆奖50万吧，这是第一次；第二年又打了总冠军，新来的刘志庚书记同样很高兴，把奖金提到了100万；第三年又打了总冠军，奖金升到200万；第四年打了亚军，没奖，空了一年；第五年又打了总冠军，这回奖金翻番，奖了400万。这是2009年的5月吧，中央政治局委员、省委书记汪洋差一点就来看决赛了，汪书记过去在安徽时，搞过省体委主任，对体育是内行，说明年再打总冠军，奖金翻到800万。当时，省长副省长都来看决赛了，高兴地说奖千万元也不贵。我当时表态，说500万封顶吧，谢谢大家了！”

在市委市政府奖励之外，宏远所在地东莞南城政府也以几百万数额奖励了球队，东莞银行第一年奖了200万，第二年也奖了200万；“同城兄弟”CBA盟友东莞新世纪俱乐部，老总梁志斌为深表祝贺，也奖励了50万。省市体育总局均有可观的奖励。朱芳雨等一班球员诚然是最高兴的。总的来说，形势大好，不是小好。

但是，每个赛季的总冠军只有一个，其他十几家俱乐部谁来发奖？宏远一朝打不到总冠军，同样也得不着奖金。

除了冠名费和三分之一的奖金留给俱乐部以外，宏远的其他收入就很微薄了。球市较旺的城市，还有一笔主场门票收入，但不算多，难顶大用。东莞球市旺到顶点，也收不到多少钱。各个俱乐部还是入不敷出。

NBA 扣篮大赛

问题出来了。大家都认为篮球火爆，俱乐部理应挣到大钱，实际上却入不敷出，很难赢利，毛病究竟出在哪里呢？全国多家职业俱乐部共同的烦恼是什么？

根据我的考察，毛病还是出在大环境上面。这正是我们远远跟不上美国NBA的地方。首先是市场开发、产业开发基本不成型，市场化程度十分低下。比如宏远“华南虎”这个品牌，由于中国篮协对品牌开发的硬性规定多多，情同办奥运会控制品牌似的，篮协自己开发不了，也不允许俱乐部去闯去干，于是，这个产业资源就半死不活，基本上被浪费掉了。NBA这方面做得最好。

球票市场也是这样。太贵了怕不行，太便宜了不值钱，各方权贵习惯性地一味索要“送票”。一座体育馆，好座位并没有多少。NBA在这方面又做得相当好，没有无代价的白票。

最关键也是最有重量的一大损失，就是垄断化的大牌媒体——中央电视台包括地方台，转播CBA联赛从来不向俱乐部谈钱！众所周知，NBA联盟最大一块收入就是电视转播权的买卖合约，各联盟成员都能受益。奥组委依托奥运会，也将这一块收入看做大头。央视可好，基本白播。他们甚至认为，我转播了你的比赛，已经很照顾啦！如果你问他，人家NBA就不能白播呀，他便毫不迟疑地提醒你：那是美国，这儿是中国！一句话噎得你再没脾气。巨额的广告收入大头儿都是电视台的。剩下的一点儿归篮协。请看2009年6月25日《中国体育报》在《数字CBA》一文中的报道：

> 中央电视台、青海卫视等20家地方电视台参与了联赛直播和录播，电视总播放量达到4190小时30分钟，其中，直播场次达到1040场。与上赛季的2028小时相比，电视总播放量增加了2162小时，增幅为106.7%；电视媒体价值达到了72.3亿元。

这则报道第一说明中国篮球的确有市场，第二说明各家俱乐部真是亏大发了。

事实上，中国电视台转播美国NBA赛事，一分钱也不能少给人家。美国人在中国的代理商同样会告诉他，这是规矩，我们已经很照顾啦！

真乃一物降一物，中国特色加美国特色，中国篮协虽然也在年年争取更多的回报，但在总体上却无法为大伙儿做主。

而中国篮协却可以在篮坛内部悍然做主。你看篮协与广告商谈生意，直接代替俱乐部和著名球星签约并不需要与谁商量，然后，调动球星来拍广告片，没啥报酬，你还不能不来。你是篮协注册球员，就必须服从篮协管理嘛！仍然是老运动队那一套。俱乐部得不到什么回报，于是俱乐部经营者一见自己的球星在广告片中露面，就马上换频道，心里老大不痛快。本来，这笔收入应该是由俱乐部和球星分享，在篮球发达国家是联盟成员很重要的一笔收入，NBA不是这样吗？

据我所知，球星们对这类广告都没有积极性，是很不情愿的。这一点，我原先误会了，想来也出乎广大球迷和观众的意料。

我们替中国职业篮球俱乐部想一想，几大块收入都让别人拿跑了，还有什么路子来钱？

各个俱乐部在本地举办青少年篮球夏令营，安排自己的球星与小球迷见面，辅导辅导，也顶多得一点零花钱。因为这类活动近乎公益事业，是应该出力的。

举步维艰，这个成语很精妙。不知翻译成英语该怎么说。

美国NBA篮球宝贝选秀

遥看美国，NBA联盟每年的收入已经超过了40亿美元。有体育社会学专家鲍明晓先生在其报告中指出，“仅达拉斯小牛队一家俱乐部的开发收入，就是我国整个CBA联赛收入的20倍，差距之大令人咋舌”。中国的篮球人口众多，比美国还多，我们为什么就不能打造出“第二个NBA”呢？40亿美元，差不多260多亿人民币呢……

我绝不是说，中国篮球要事事效仿美国，中国篮球更不应该照搬NBA。中国有自己的国情，我们只能闯出一条符合中国实际的现代化之路。但是西方好的东西，我们必须学习和吸收。世界篮球与中国篮球同样发展了一百年，我们为什么不如人家？NBA积累了许多成功经验，至少在今天，还不到我们批评人家的时候。我们只能兼收并蓄，完成学业。唯叹我们距离现代化的科学管理，仍极遥远。行政官方与民营诸方极不和谐，痛苦的事情，又何止发生在篮球界呢？

说到底，中国必须坚持推进全面改革，尤其是政治体制改革。一驾老马车，光改了一只轮子，还是不能远行。

篮球改革为什么上冷下热？

既然篮球在中国是一项有根系、有生命力、有文化认同感的强大运动，就理应上下协力，共同推动这项事业发展前进。而实际情况却不是这样。篮球在中国呈现出一种奇奇怪怪的上冷下热现象，或曰剃头挑子一头热。体育高层对亿万群众的高涨热忱置若罔闻。甚至在执政党强调文化兴国，专家学者和篮球热爱者频频呼吁篮球文化建设的今天，国家体育高层诸君还是冷若冰霜，无动于衷。真是几十年一贯制，要改也难。

在中国，篮球本是奥运战略的“弃儿”，但在用得着这个“弃儿”时，上头又要吆喝一把。

2004至2005年，中国篮球步入职业化联赛，吸引着大批新老观众重新回到了篮球场边，球迷热度持续升温，篮球市场正在复苏。未料，好景

中国男子篮球职业联赛标志

不长，突然间发生了“中国式”变故：CBA职业联赛必须为即将举行的北京2008年奥运会让路。国家体育高层不顾球迷强烈反弹，坚持要求CBA联赛大幅度压缩比赛场次，硬将全年常规赛50轮骤减为30轮。这就全盘打乱了职业篮球的市场化运行计划，粗暴端锅，把CBA联赛搞成了一盆子夹生饭。长期依赖行政命令办事的体育公权机构，不顾职业体育经济规律，昏昏然瞎指挥。联赛比赛场次事关篮球市场化的客观需求，是联赛赢利的基本保证和必要条件。据专家鲍明晓先生考研，美国NBA有关机构做过精确计算，如果常规赛打不到80轮以上，整个联盟就无法赢利。于是，我们看到的NBA常规赛每年都打82轮，是稳定不变的。否则NBA联盟不能实现赢利目标，各家俱乐部只能散伙，谁也负不起这个责任。而我们呢，高喊几句“一切为了奥运”，让你压缩你就压缩，说改就改。如此一来，从2007至2008年，接连两个赛季，中国CBA被迫减掉了许多赛程，连南北分区也被迫取消了。这不仅严重挫伤了广大球迷的积极性，也引发了赞助商和投资人的深切不满。谁受了损失谁心疼啊。对此，力推篮球职业化进程的篮协李元伟先生身陷两难，照样没有什么好办法。因为他人在体制内，身不由己，面对上峰主管，面对政治色彩浓郁的奥运大局，他成了弱势孤人。他只有等待，只有屈从。

我们弄不明白，好端端一个奥运会，为什么一到中国就与市场化诉求形成了重重矛盾呢？官办集权老一套，处处与改革方向背道而驰。

请看李元伟先生关于这段“上命难违”的痛切回忆：

篮球正在大热起来。2006年4月19日晚，广东宏远以4∶1的优势再次战胜了八一队，第三次获得CBA联赛总冠军。宏远新星易建联获得2005至2006赛季总冠军ＭＶＰ称号。整个赛季的经济状况也开始回暖，有8家俱乐部的门票收入高于上年，有6家俱乐部的总收入大于总支出。电视转播由13家增至19家，吸引观众人次累计达到2.14亿人，加上现场球迷，有将近3亿观众人次欣赏了我们的比赛；在历时5个月的赛期之内，15支球队打满了44轮308场常规赛和19场季后赛加上5场总决赛，总共进行了332场比赛，外加一场全明星赛。我们总结认为，这次联赛健康正面，积极进取，明年更应加快改革，以职业化带动社会化，篮球大有希望。

想不到，8月7日这一天，我在广州机场突然接到了体育总局一位领导的电话。他明确地对我讲：为了备战2008年奥运会，你们要压缩联赛，给国家队的备战训练留出更多的时间来。在他的印象里，CBA联赛不算高水平比赛，不如增加国家队的集训时间。

接到这个电话，我的心情很复杂，也很忧虑。领导同志亲自打电话的时候不多，我知道他也是下了决心了。我们中心的同志们都感到很意外。"盈方中国"总经理王应权反应很强烈。当时他正和一批大的企业客户商谈下一赛季的广告及赞助，这个消息放出来，谈判当然要受很大影响。

我从全局角度想得更多。压缩赛程意味着倒退，每年将大幅度减少112场比赛，这对俱乐部、球员、教练员、投资商包括媒体，势必带来连锁反应，对联赛的负面影响是全方位的。赛事减少意味着联赛经济价值缩水，势必给各方面带来直接损失。再者，改革初动，朝令夕改，更会引起社会各界对改革的质疑，丧失信心。

我理解领导的意思，篮球在中国群众基础深，社会关注度高，影响大，尽管并非奥运夺金项目，但是老百姓喜闻乐见，社会各界还是对男篮抱有很高的期望。打不好如何交代？

我的忧虑来自我对篮球备战的不同认识。从国外球员成才的规律看，一名运动员每年必须打够80场以上的高水平比赛，才能积累大赛经验，提高作战能力，才能迅速成长。这是欧美篮球强国多年经验的总结。更何况，各国职业联赛并不会因为北京奥运会而改变自身日程，人家从当年10月底到次年6月，还在照常比赛之中，我们反将国家队提前集中起来，又去哪里寻找高水平国际比赛的机会呢？人家照打不误，我们单独集训，不仅对提高全队水平作用有限，而且还将增加伤病风险，削弱战斗激情。

要想增强国家队的实力，只能以联赛为本。与其打不着高水平国际比赛，不如通过CBA的密集联赛提高水平。CBA职业联赛的改革，实质就是推动我国篮球国际化进程。我们的联赛增加了外籍球员的上场次数，提高了对抗水准，裁判执法尺度也会接近国际大赛的要求。职业联赛的水平提上去了，国家队的实力也就增强了。

鉴于这样的认识，我在向总局领导的汇报中，还是坚持提出了以“联赛为本”的观点，却当即受到领导同志的批驳。他说：“这个提法是错误的！起码是值得商榷的。历来都是国家队为俱乐部培养人，哪有俱乐部为国家队培养人的？”出于多年的老经验，这位领导同志还列举了体操、乒乓球等例子来证明他的观点。而在我看来，这并不是一回事。项目不同，遵循的规律也不相同。针对篮球、足球这样的集体运动项目，国际上早已高度职业化了，怎能照搬个人项目的经验呢？

为了争取领导的理解和支持，我们真是想了不少办法，做了很多努力，力图说明一个道理，就是压缩联赛既不能解决国家队的实力问题，又会给新生事物带来负面影响，可惜都未能改变领导们的决策。最终我们只好按照组织原则办事。篮协不得不尽可能地做通各家俱乐部的思想工作，不得不想方设法在CBA最高权力机构即联赛委员会上，通过压缩决定！为了弥补这一决定给“盈方中国”带来的不利损失，我们又无奈地同意，盈方在新的赛季里，削减70万美元的保证金，也就是说，560万人民币不能收归到篮协和联赛中了。最后的结果是，我们面对各界的批评谴责，当年压缩取消了长达28天的112场比赛。到了第二年继续压缩……

这是李元伟先生终生难忘的一段记忆。热爱篮球的读者都还记得这个潮起潮落的过程。只是我们早已见怪不怪，心生麻木。在中国，任何新生事物诞生之后，都将面临强大的旧势力和官僚衙府的揉搓与考验。只要这种新生事物与主流体制有一丁点儿碰撞，就无法继续下去。何况此番碰撞时逢“一切为了奥运”的重大关口，话语霸权，堂而皇之，就更不可能让你新生下去。

理解的要执行，不理解的也要执行。李元伟先生呕心沥血的人生壮举，

赵瑜在《东莞日报》采访球迷

中国篮球改革在亿万球迷心中的深重构架，对旧体制的强权们来说，不过是一场脆弱的儿戏罢了。正如我们在城镇建设过程中司空见惯的强行拆迁那样，农民们和居民们把自己赖以遮风避雨的新家舍看得万般珍重，而在官府指挥下的推土机面前，什么新家舍？不就是小孩儿过家家似的几间小房房吗？挥手之间，废墟已现，谁家想死你去死好了，我们也是为了国家建设嘛！

直到拼死抵抗的激烈冲突越来越多时，政府才过晚地出台了关于征地拆迁要给予补偿的法律法规。

而中国篮球向职业化和市场化推进中，饱含着无数改革者的心血和投资人的金银，新的联赛体制就是大家无比珍惜的新家舍，长官意志和权力机关照例说推就推，同样没有什么法律法则来保护你的命运。

再说几句。城乡政府的强行拆迁和体育当局的“组织原则”，其背后深层，一半是为了建设发展和奥运大计，另一半呢？无非是为了突显政绩，为了哗上取功，为了保全和扩张官员自身利益而已。你以为他真的听不懂你反复宣讲的改革道理吗？如今，官员群体的个人素质普遍提升，他哪里是真的听不懂呢？人家什么都明白，却不会照着你说得办。因为他同样身为体制中人，只能行走在轨道内，同样上命难违。

当时，执教中国男篮的外国主帅尤纳斯对总局的决策就更难理解了：“我真不明白，要想提高中国队的水平，必须对CBA作出更大的改革。俱乐部强大了，联赛强大了，国家队才能强大呀，为什么是相反呢？”洋教头不解中国事。

年轻的姚明，受到欧风美雨的沐浴，也站在强烈质疑此事的媒体一边，对压缩联赛公开反对。姚说：“联赛压缩之后，国家队也许会在短期内得到一些帮助，但这是以牺牲中国篮球发展的基础为代价的。联赛水平决定着国家队水平。联赛的信誉损失了，球员技战术的经验损失了，球迷对改革的信心和赞助商对联赛的信心都会降低，球员和教练的收入更会减少，教练员和裁判员的经验也会减少。CBA赛制哪里可以朝令夕改啊！”

看结果，中国男篮在奥运会上的成绩，仍旧不过第八而已。

这是中国篮球上冷下热之一例。

我们还能看到类似的更多悲哀。

篮球在中国根基深厚。除了人们熟知的十几家职业俱乐部以外，几十年来，还有数不清的业余篮球社团组织。想一想，体育当局连专业篮球还绝情地往门外推呢，哪有余情关怀民众的业余篮球？一直到了2004年年底，在北京南城玉蜓桥边的一家小饭馆里，有李元伟和新华社体育部记者徐济成，还有体育理论专家鲍明晓教授等人聚在一起吃个加班饭，力主篮球改革的徐济成先生提出：如果举办全国性的业余篮球俱乐部公开赛，该有多么好啊！当时，这批“改革派”正在为篮协调研拟订“北极星计划”，重返篮协主持工作的李元伟也在琢磨着如何整合社会资源，促推群众篮球活动的开展。徐济成这么一提，当下得到了大伙儿响应，便七嘴八舌加以补充。李元伟先生吸纳了这个创意，责成篮管中心社会发展部主任许闽峰抓紧跟进此议，终在一年后赛事成型，面向全国正式出台公布，简称CBO。

你看，“中国业余篮球俱乐部公开赛”这一创举，当然好极，却是在一次改革同人的“偶然聚会”中才得以诞生，而且时光已经到了2005年才变成了现实，怎能不让人感到辛酸？这么多年过去，体育当局为何置亿万群众的迫切要求于不顾呢？花钱如流水，光办金牌事，热了庙堂，冷了胸膛。

这项赛事，以人为本，得了民心，很快得到了北京篮协主席尹光环先生的积极合作。尹光环先生身兼巴斯格伯体育有限公司董事长，在公开应聘后取得CBO赛事推广权，成为CBO合作伙伴。他们与贺龙基金会联手，为赛事冠名“贺龙杯”。而后几经波折，又联袂沃天集团董事长郭杰先生，三家公司精诚合力，倾心打造全国业余篮球公开赛。在运作过程中，沃天集团居然请到了前国际奥委会主席萨马兰奇这位重量级人物，隆重出任CBO组委会名誉顾问，令人刮目相看，推动了这项大赛的轰动与升温。你看，中国加外国：李元伟、徐济成、鲍明晓、许闽峰、尹光环、贺龙基金、沃天郭杰、萨马兰奇，多少英华才俊，重整大好河山。

李元伟在 2005 年

终于，中国业余篮球俱乐部公开赛，真实地诞生于 2005 年 12 月 24 日。在北京八中举行的揭幕仪式，庄严而又隆重，受到社会各界热烈欢迎，得到了全国球迷的积极响应，赛事迅速崛起于中华大地。

截至 2007 年，赛事在全国 25 个省市和 165 个地市先后推开，竟有 3000 多支球队和数万名篮球爱好者投身于 4 万多场比赛，观众人次达到数百万之众。每年相逢总决赛，南北各地总是竞相承办，热力逐年飙升。

人们不禁要问，后来呢？现在呢？中国体育高层是否积极助推呢？业余公开赛这个新生事物能否经得起风险与考验呢？

一遇到这类问题，李元伟先生的回应只能忧喜参半。他在新近出版的著作《篮坛风云路》当中写道："从这几年推广业余公开赛的总体情况看，由于仍是培育市场的初创时期，这三家公司尽管矢志不移，却还是付出的多，得到的少，常年处在无利或微利的情况下，坚持推进，令人敬佩！"

可喜可悲复可叹。体育高层和其指导下的各省市体育局关心支持这项群众大赛，显然很少，力度很小，一盘好菜怕要凉了，一台好戏怕要散了，一件好事怕要黄了。

这又是中国篮球上冷下热之一例。

全国业余篮球俱乐部公开赛，很少有高端电视转播，对大赛的发展制约很大。与之相比，中国大学生联赛可就热闹多了。这项赛事诞生于 1998 年，简称CUBA，已经发展成CBA联赛之外全国第二大篮球赛事。发起人一是中国人民大学的教授龚培山先生，一是民营企业家张宇飞先生。龚先生身为资深国际裁判，张宇飞曾是浙大男篮队长。龚、张两先生一老一少，珠联璧合，共同携手开创了CUBA。这位张宇飞不仅为赛事提供资金，而且极富远见，从一开始就拒绝任何商业冠名，专心注重CUBA的品牌建造，倾心于大学独有的文化优势。在我看来，这两位人杰利我国民的突出贡献，绝不亚于任何中华英豪。其重大历史功绩在于有效地扩大了中国体育人口，升华了千千万万青少年的人生境界。现在，每年都有来自全国34个省份总计700多所高等院校的1000多支大学生代表队，生机勃勃地参与了这项大赛，会聚了中国大学生当中最优秀的篮球人才，参赛者远超万人以上，吸引了巨大的观众人群，为展示大学校园文化提供了良好平台。中央电视台这回表现非常好，破例为一部分赛区和八强赛进行直播，历时十载，观众过亿，人气烈旺。

在中国，送孩子上大学对亿万家长而言，悠悠万事，唯此为大。而在CUBA带动下，高校向篮球特长生网开一面，毫不掩饰自家的招生优惠政策，一下子就激活了中小学篮球基础人口增长。如果单说打好篮球进专业队，家长可能无动于衷，你说打好篮球上大学，得，你再不用多说第二句话，家长首先就激动起来！再看龚教授和张老板为CUBA拟就的口号，简直太厉害了，一句说“我要打篮球，我要上大学”，将篮球与升学直接对等，另一句稍稍啰嗦一点，说“打篮球是我的梦想，上大学是我的梦想，CUBA是我圆梦的地方”，有些近乎歌词，却也深入人心。东莞理工学院就获得过广东全省高校的甲组冠军，以致声名鹊起。

CBA 最有价值球员钻戒

如果，这孩子真想效仿美国NBA球星“狼王”加内特或者科比、詹姆斯，要从校园进而打入职业篮球阵营的话，那么，CUBA的渠道同样是通畅的。由于上大学的意义远远大于直接入选体育团队，因而使许多篮球天才首先选择了升学。这样一来，CUBA赛场也就人才荟萃，转而变成了各个职业俱乐部倾心选秀的地方。果然，目前已有近20位优秀大学生球员像NBA球星一样进入了CBA职业联赛，为俱乐部注入了新鲜血液。我们山西就有一个。可以预见，今后仍将有更多的选手入选。一方面是学生们打出来，另一方面是专业教练员走进去，东莞理工学院的马永忠就是从宏远走进校园执教的。此类情况在全国大学的球队里已经频频出现，将来会不会逐步形成美国NCAA式的第二联盟，也大有可能。

李元伟感叹道："应该承认，我之所以有底气喊出篮球是中国第一大运动这样的话，是因为大学生篮球活动的兴旺给我增添了不小的勇气。"

太好了！CUBA的巨大意义在于，它构成了符合教育规律和体育规律的篮球人才培育体系，填补了中国老旧体育机制的巨大空白。说句过头话：CUBA干了国家体育总局和国家教委该干的事，而且比体育官僚们干得好。

我们不禁要问，对如此利国利民的热点大赛，各级体育领导机构干了点儿啥？恐怕啥也没干吧？

这又是中国篮球上冷下热的典型一例。

此外，关于"上冷下热"这一话题，还可以放谈业已兴盛的"全国青少年三人篮球冠军挑战赛"和成人限高篮球赛。都是通过网络报名即可参加的大规模群众性活动。

全国青少年三人赛，从2004年开始举办，至今延续了7年，仍在上升中。这项活动是篮协与肯德基中国公司的一个合作项目。刚开办时，即有全国172个城市报名参加，一下子冒出来9000多支队伍，共计4.8万多名选手参赛，大大出乎中国篮协的意料。及至2009年统计，这项赛事居然覆盖了全国438个城市，参赛队伍达到26380支，参赛选手骤升到了15.4万名，闻者无不咋舌。可以说，凡是有肯德基分公司和店铺的地方，就有三人篮球赛！每逢总决赛，肯德基大中华区总裁苏敬轼先生都将亲自出席。这位台湾老总定会偷着乐，中国酷爱篮球的孩子们，关照了他们多少生意啊，光是正式选手就达到16万人啦。

三人篮球赛制一旦成形，很快就显示出旺盛的生命力。2010年11月，我去东莞理工学院寻访马永忠，但见此地篮球飞舞，热闹非凡。一问方知，由东莞理工学院、城市学院和东莞职业技术学院共同参加，这里正在举办“东莞高校男子三人篮球联赛”，报名参赛的大学生自组球队风起云涌，煌煌然达到了240支队伍。就算每队只有5人吧，参赛选手也超过了1200人。马永忠老师说，庞大的比赛得到了东莞移动公司牵头支持，最终打出总冠军，要耗时一个多月。战火热烈，孩子们就像过节一样，可高兴坏了！

我在广东宏远俱乐部，见到了球队当家后卫刘晓宇。谁能想到，这位全国职业篮球冠军队的实力派后卫、国家队队员，15岁那年正是三人篮球赛千千万万个孩子们中间的一位。那是2004年，晓宇代表长春市第十一中学，夺取了首届三人赛总冠军，从此登上篮坛，后来奔向东莞，是为名将。

无独有偶，更让人震惊的是，国家篮坛栋梁易建联，竟然也是在深圳街头的三人球赛中被发掘出来的。当时，深圳一位篮球教练名叫戴亿新，他发现易建联之后，推荐给广东青年队主教练张镇民加以培养，最终使易建联落脚宏远，几年后入选NBA。

东莞本土球王张冠豪，也是全国限高篮球赛夺冠队伍的征战者。这项独具创意的赛事，简称DBL，由于非常符合中国国情而得以迅猛发展。咱们中国人当中，大个头还是缺少，限高比赛显示了某种公平性。赛事名称也很好叫，叫做“梦想篮球联盟”，2004年由浙江宁波甬瑞体育经济有限公司独家发起，规则规定参赛者身高不得超过1.88米，年龄不限。在筹办了一年多之后，2006年，首届DBL梦想篮球公开赛，在浙江工业大学开幕，以后逐年在全国得到响应和推广。我在东莞时，多次观看比赛的分区战斗。到总决赛时，广东电视台大搞现场直播，球场内外如火如荼，热评如潮。

在DBL的宣传海报上，我看到了像诗歌一样排列的句式，内容有趣，值得一录：

这是一个新的平台，
会聚了最广泛的篮球爱好者。
这是一个新的联赛，
让普通球队的比赛更加专业。
这是一项新的规则，
为一米八八以下球员搭建舞台。
这是一种新的体验，
让篮球回归精彩本真。
这是新时代的篮球运动，
为了每一支球队，每一位参与者。
这是DBL，
为你而来！

很明显，以上多项由民间组织和商家主办的篮球赛事，同样不可能得到官办体育部门实际的支持，你们觉得好玩，那你们就玩去。反过来说，赛事组织者们，打一开始就没敢指望各级体育公权机构的青睐，而是“会聚最广泛的篮球爱好者”，放弃金牌锦标价值观，“回归精彩本真”，为你而来！

上冷下热啊。

我们稍稍整理一下：CBA职业联赛正在扬帆改革，体育当局偏要限制压缩；全国业余俱乐部公开赛即CBO，也难以得到各级官方体育部门的助推，只好由尹光环、郭杰等少数民间人士在“无利或微利”的条件下坚守；CUBA大学生联赛，自立自强，独家开创历史；青少年三人赛幸有肯德基餐饮做主；群众性限高赛，只能大伙儿自己看着办了。

所有这些火热的基层群众篮球活动，都烧不到各级官方体育机构的院子里。这些活动再热闹、再精彩，反正你也打不着一块金牌，与“奥运战略”没啥关系，人家怎么会为你助燃呢？

我又一次深切感到，国家体育总局以及省市系统，已经不是一个调整思路改变职能的问题了。这个职能转变难上难。建议国务院和全国人大等国家决策机构，全盘考虑官办体育体制的合并、撤销、转制等重大改革之提案议案，调整中国体育上层建筑和生产关系，加大体制改革力度，还权于民。

这是全民族强国大业的需要，是亿万人民的时代呼声。

我们期待着，加以足够的耐心。

（原载《中国作家·纪实》2011年第4期，中国青年出版社2011年4月首次出版）

附录 为三亿孩子呐喊

张健

报告文学《篮球的秘密》的确是为孩子写作的一本书。

中国有三亿在校的孩子。他们叫“明天的中国”。

前年秋，赵瑜对我说要去广东东莞，写写篮球。那就是写CBA成绩最好的宏远队了。他是以宏观和思辨见长的，如今去写一支局部的球队？聚会，人多，我没有把疑问说出来。如今拿到《篮球的秘密》一书，我笑了，这个鬼东西，我上了他的“当”!

我深深地感动。我无法不想起来一个细节：北京奥运会的时候，一天，我在电梯上遇到一对爷孙。老爷子有意思：肩上背着孙子沉甸甸的大书包（背包带儿深陷进肩上的肉里，不时一耸一耸减压），左手还抱着个西瓜，右手拿着份晚报。而10岁的戴着眼镜的孙子，用掌中宝专注地打游戏。老人认识我，扬了扬手中的晚报说："看看，又是 3 块！这金牌多得都能熬着吃了，就是看不见孩子们都成了胖豆芽儿！"

翻开这本说是写篮球的书，扑面而来的却是对孩子们殷殷的关怀和沉甸甸的忧虑。我好像看到，当他写下第一笔的时候，面前站着的是祖国的三亿孩子。他简直就是在为三亿孩子的健康和成长而请命和呐喊。这呐喊是悄声的，胸有成竹的，温润细雨，娓娓道来：说为什么写这本书，为什么来东莞考察，然后谈起了篮球在中国的历史和历程，再写 80 年代篮球的窘境，而为何唯独东莞借机"突围"，成就了新时期广东篮球的崛起。他在回顾，在调查，在思考，在学习和更新，在交朋友，在探究东莞现象背后的秘密。这一切，才构成了"篮球的秘密"。秘密是什么？是一种无奈之下，而又借机绿意葱茏而新生的自旧体制下的"破茧行动"。全书洋洋洒洒，凿凿实实，构筑成的依旧是一次悲壮的思辨和对青少年的启蒙。

人说世界第一运动是足球，赵瑜偏说中国第一运动是篮球。想一想，他说得对。就群众最喜爱、又最能亲身参与的运动，从孩子到耄耋老人，独有篮球。"耄耋"？对。平均 75 岁，还要每周打两次篮球，不是耄耋之队吗？上世纪 90 年代，在上海八运会上采访，我的任务是每天写篇散文。上海作协的朋友为我推荐了这支上影厂老年篮球队。十几个老头啊，滚在一起打了近 70 年！其中有舒适（饰演过光绪、张灵甫等）、岑范（导演过越剧《红楼梦》）等一干人。（打着打着，甲走了，乙故去了……）在我的孩童时代，在北大荒的风雪中，那里的农村社员、兵团战士、冬天也只穿光板儿棉袄的孩子，于贫瘠的生活中，老少爷们儿能够欢笑着玩一玩的，也唯有篮球。篮球真的像上苍赐给每个孩子的圆圆的梦，做上了，就会美丽地伴随你的一生。但它的命运，在改革后的中国，又如难弟足球，"姥姥不疼、舅舅不爱"！就因为它不会夺金牌做脸……

赵瑜在两年内九下东莞，对这座奇迹般的"中国篮球之城"做了周密的考察。想一想，一个小小的地级市，有着近万支篮球队伍，有着上万个篮球场，有着四家职业篮球俱乐部，实在让人惊喜。体育极大地社会化、民间化，足足地接着“地气”，真正完成了从普及到提高的过程。正因为有了如此雄厚的基础，宏远队在CBA职业联赛中8年荣获7次冠军！搞体育最难的若干“瓶颈”，在这片土地上却顺帆畅行，独花奇绽。若干的企业家、领导干部、篮球高手、体育教师、青少年才俊，为篮球的复活和再生，付出了智慧和汗水，收获到今天的果实。他们是如何在陈旧体育体制下“破茧”的，本书描述详尽不赘，我想到的是另一个重要的问题，那就是在这样优秀的体育环境内，对东莞孩子们所产生的巨大影响，使他们对体育、对篮球的认识和参与，如鱼得水、得天独厚。无数孩子爱上篮球，篮球回报他们的是优异的体能和心智的开发。学习成绩提高，并培养了他们“坚毅勇敢、吃苦耐劳和团结协作精神”（温家宝总理谈教育改革发展战略时对体育功能的强调）。一个东莞，给全中国的体育教育和实践，亮出了一面哗啦啦飘扬的旗帜。

从某种意义上来说，体育首先是属于青少年的。而我们面对的现状令人堪忧。从教育上，应试第一，让无数孩子远离球场，身体和心智发育不全；从体育上，金牌第一，让无数孩子只能成为观赏者，而参与其中的尖子们成为“拿金牌的机器”，退役后生存技能低下。而农村和牧区的孩子，就更不用说了——甘肃牧区的一些喜欢踢球的孩子，因为无钱乘车去参赛，聚在一起痛哭。他们感动了一批喇嘛，喇嘛自己搭台唱了三天戏，化了点钱，送孩子们欢天喜地踏上征途。这样辛酸的事，在边远和经济落后地区太多了。我们的经济在起飞，但我们的体能和心智，尤其是孩子们的，日益下滑。报界也在屡屡报道有的大学生、博士生竟然堕落成杀人凶手。赵瑜在此书中，以无可辩驳的事实和分析，清晰说明了“罪恶来自不良教育以及不健全的身体”（柏拉图语），“打篮球可以提高智商和情商”。那，又是谁剥夺了孩子们的权利？他说：“我又一次想起了鲁迅先生的话：救救孩子！”

“书生常系家国事，冰心化雪唤白头”，以《强国梦》《兵败汉城》《马家军调查》三部曲托出对祖国体育事业一片赤子之心的作家赵瑜，这次的

《篮球的秘密》不仅完成了对自己创作的突破，更在成熟思考之后，提出了“改革良方”——那就是呼唤国家的体育和教育合为一体。这对于现行的国家体育体制、教育体制，都是一次巨大的冲决和挑战，而学校体育，终于也会不再名存实亡地走到前台。如此，不仅解决了长期困扰我们的体育师资问题，更把体能和心智还给了三亿孩子。体育后备力量将源源不断涌现，尖子人才也会更多地脱颖而出。建议有关方面就这一问题做专题调研。当然，改革自然会掀动旧有体制的围墙以及触痛若干人的既得利益。旧围墙上的一块风化了的砖，动一动都难。这也算是中国的最大难事之一吧？

对三亿孩子，赵瑜说：“好孩子，你还等什么？快去拿球来！”

篮球是圆圆的，这圆，多像明天破雾而升的太阳。

兵败汉城

衙门化的体育管理办法和一条腿的体制，最终导致了中国奥运军团在汉城大赛中的失败。例如，大家一致认识到的中国运动员心理素质低、精神状态差的问题，除了文化水平太低之外（这一点也是畸形的体育体制造成的），就与衙门化的管理有密切关系，而队伍老化、青黄不接的问题，则更是一条腿的官办体育体制所产生的必然结果。

我不能沉默

九十月间在太原驻扎，做一名忠诚的体育观众。时逢中国奥运军团在汉城输得让人难以置信，三晋哗然，举国哗然。

细细看罢装有升降机的高塔式豪华型奥运火炬终于熄灭，我关掉电视。面对疲惫的荧屏沉默了两天，推出一批空酒瓶。

赛事果然残酷——

本次即 24 届汉城奥运大赛中，中国体育代表团除在游泳、赛艇等项上有所进取，在跳水上尚有优势外，其余期望值甚高的项目均纷纷败北——

世界冠军队中国女排，享有“五连冠”殊荣，国人深寄厚望，但在输给秘鲁之后，又以0比3的悬殊比分惨败于苏联，并在第一局创造了0比15的最低纪录，第二局得9分，第三局仅得2分，可谓彻底失败；“体操王子”李宁，上届奥运会轻取3面金牌，本次竟排在50名之外，失误连连，惨不忍睹；曾在上届为中国人实现“零的突破”的神枪手许海峰，这次只争得了第28名的座次；神箭马湘君，在世界锦标赛上获得冠军，而在汉城却名列第21；上届冠军女剑客栾菊杰，本次亦被摒于决赛之外；前不久曾破世界纪录的大力士何灼强，更愧对江东父老，败走“麦城”；朱建华在本届奥运中连初赛都没有通过；全球第一乒乓强国派遣的三员大将江加良、陈龙灿和许增才，在单打预赛中即被扫地出门，连半决赛的边儿也未沾，为新中国乒乓球史上20年来从未有过的惨败……

绝大多数国人所希冀的10块左右金牌成为泡影，仅获5枚，距上届15块金牌数相去甚远。所幸本次大赛天赐良机，乒乓球被列入正式项目，中国尚得男双女单2块金牌，否则，中国奥运军团只有3块而已。

奖牌座次由上届第4位跌至第11位。

报纸来了，人们使用了这样的标题《想起了〈强国梦〉》《奥运会后重温〈强国梦〉》，并有南方北方的报纸开始重新连载。此事与我有关，看得较细。发现大家同时使用了“不幸而言中”、“把《强国梦》从废纸篓里捡回来”这类的话。我知道这都是冲着国家体委去的。山西作家又笑谈应该向健力宝集团建议，把剩下的那么多无用的黄金易拉罐，奖给赵瑜1个，22个减去5，尚余17，留着干吗?

我沉默着，天知道该说些什么。

不少读者朋友力劝我一不做二不休，再去采写一番汉城翻船的风云故事，又有刊物急电相邀。

我沉默着，心中苦辣酸甜。

圈内的朋友则劝我不可再写，做续篇从来没有讨好的，沉住气，理儿全是咱的。

我沉默着。

我忽然发现，更多的同胞也沉默着，原先积极评说者也渐渐沉默了。

中国人太容易健忘，好了疮疤忘了痛，“反右派”、“大跃进”、“文化大革命”，到现在不曾好好反思。我们一次又一次放弃反思的机会，我们绝少在理性的旗帜下一边反思一边奋起。老人家教导了那么多年，大伙到底也没有学会运用“批评与自我批评”这个武器。乃至落到连“球籍”都出现危机的地步。“事情都过去啦，一切向前看吧！”

谁不熟悉这样的语言？

鲁迅却说，费厄泼赖要缓行。

早晨，我登上列车开赴北京。回首三晋大地，苍茫一片，污染着实严重。

遥想去年炎夏，也是这样心境，一个人开始调查，将悲怆寂苦从这里带走，再注入天坛之下那体育一条街的砖缝里。

“风萧萧兮易水寒，壮士一去兮不复还！”没这份决心，甭想打开体育界针水不入的大门。

汽笛长鸣，载我北上。沉默良久，扑哧又笑，心说这两年算是跟体育界干上了。

那笑里自有许多苦涩的成分，看咱干的这文学，眼看着快成了社会学、公路学、矿业学、体育学，实在悲哀得可以。

中国的文人，都跟扛大件似的，肩膀上头太沉，太沉。

怨声载道

一路上，旅人们凡提起奥运会上中国人的表现，或怨骂不断，或唉声叹气，什么阶层的人都有，名副其实的“怨声载道”。我想起小说家张石山几天前发表的一篇题为《我们有权参与》的文章，他是这样说的：

> 炎黄子孙谁个不渴盼民族的振兴，哪怕仅仅是在全民输血重

点保障的体育战线上的大获全胜？……10亿人口大国，区区5枚金牌！人民有权参与，人人都有疑问的权利、议论的权利。不许公开议论，转入地下议论；不许地下议论，心中也要思索发问。我们的奥运战略是以全民体育的极度落后作为惨重代价的，人民牺牲了健康、付出了血汗，人民有权关注、有权质问、有权参与。街谈巷议汇作一声喝问：你们怎么搞的！

列车轰然前行，冲出娘子关，奔驰在河北省的大平原上，望着收割之后秋天的原野，再回头看一看车厢里的各色人等，我感动了。他们，哪个不是国家的纳税人？中国每年用于体育的投资高达10亿人民币，有多少返还到他们身上用于群众体育活动的开展呢？据国家体委群体司透露，1987年，中国用于群众体育的经费，连1000万都不到。而奥运会4年一个周期，每年耗资10亿，4年就是40个亿，我们用40个亿搞回了5块金牌，1块金牌8个亿！

我们的祖国还很落后，我们尚有那么多兄弟姐妹生活在贫困线以下，我们更有无数的企业家等着钱给危机中的工厂以拯救，40个亿，能办多少事情啊！

纳税人！纳税人！这仨字震响在我的耳畔，盖过了呼啸的风声，压过了轰鸣的列车声。

一个高级知识分子模样的旅客正在拍打着报纸大发议论。我接过来一看，发现是法新社10月2日发自汉城的奥运述评。述评说：中国每年投入2.6亿美元用于体育计划的实现，而韩国政府为迎战奥运会每年在运动员身上的投资为1.1亿美元，日本人用于体育的预算每年仅仅1000万美元，他们获得了4块金牌。韩国的金牌数已是众所周知——12块，雄踞世界体育强国苏联、民主德国和美国之后排在第4位，震动了国际体坛。法新社认为，“韩国人的钱花得值”，我更认为日本人的效益高。咱们的效益在全世界是不是最低的？唔，我不知道，我不知道，我不知道。

同版，又有路透社的消息说，身为印度体育官员的库马尔认为：“当前在第三世界，各国政府的主要任务应是让穷人吃饱饭，而不是建立一个产生世界冠军的机制，印度就是这方面的一个极好例证，我们这个世界上第二个人口大国本次奥运会没有获得一块奖牌。”

我分不清库马尔是为他们未得奖牌寻找借口呢，还是真的具有实事求是精神。但是这位国际奥委会委员的话的确使我怦然心动。如果他的话代表着印度政府的真实意见，那么，我们每一个中国人就会想到：我们可比印度富到哪儿去啦？舍得花 40 个亿去争 5 块牌牌？那位旅客还在大发宏论，看样子比我激进许多，仿佛他企图发动一场大规模的群众性的全国范围的抵制金牌运动。平原的阳光穿过车窗斜射在他那眼镜片上，熠熠生辉。他的反问式讲话在我耳畔久久不能散去：“中国体育到底是为谁服务的？你们说……”

在餐车口，拥挤着十多个少先队员，听口音他们是石家庄一带的小学生。尽管他们绝不是张乐平先生笔下的三毛，但我依然还是看不出有什么“茁壮成长”的迹象。这使我想起了那位旅客提出的体育服务对象问题。对于这个问题我虽然曾在《强国梦》中做了较详尽的阐述，而在这届奥运会之后，在这群孩子面前，依然促使我反复地思索。

1987 年间，国家教委、国家民委、国家体委、国家科委以及卫生部和财政部，对中国青少年的体质状况做了一次周密细致的联合调查，其中有 12 岁那一组的结果我记得很清。我记得中国男孩和女孩在 12 岁的时候，其身高比日本同龄孩子分别低 7.2 厘米和 5.75 厘米；胸围比人家分别小 5.62 厘米和 6.89 厘米，这两组数字是令人震惊的。而更可怕的是体重，中国男孩比日本男孩的体重轻几乎 9 公斤，女孩也是这样。试想想，12 岁的孩子，人家比咱平均要重近 20 斤肉啊！

我们是比日本人在奥运会上多了 1 块金牌，可这块牌子重呢，还是每一个中国儿童长 20 斤肉重？

再说日本孩子也绝不是胖得跑不动。这项调查还告诉我们，中国 10 岁到 22 岁的小男子汉，与日本同龄人相比，50 米跑的速度，平均比人家慢 0.45 秒，女孩子比人家慢 0.62 秒。

这只是联合调查当中比较容易记忆的几个数字。调查报告最后郑重指出，本次调查的结果表明，中国青少年的健康状况比起 1979 年那次联合调查的结果，更有恶化的趋势！

我不禁要问，孩子们如此瘦弱，你把钱集中花在奥运战略上，不惜血本闹回金牌来，给谁看？

我还想问，国家体委的职能，到底是领导全民族扎扎实实开展好强身健体的体育活动呢，还是单搞竞技运动水平的提高？

我必须问，既然国家体委参加了那次联合调查，是知道调查结果的，那么又拿出了哪些改革的方案和措施？落实情况如何？

复苏中的体育新闻

随着滚滚的人流，我走过漫长的通道，走过出站口，驻步在灯火阑珊的北京街头。

北京，还那样儿。

头件事儿就是买报纸，各种报纸全拿来。我发现一则小而又小的短讯，却极有意义，说的是由《中国体育报》和美国柯达公司联合举办的“奥运金牌夺多少”竞猜活动，在京揭晓。在这次活动中共收回了约 20 万张选票，可惜其中的有效票即填写 5 块以下者，只有 1536 张，这个数字在 20 万张选票中那是太少太少了，竟有 99.9%以上的投票人失误！这个数字说明了一时说不清的很多含义。

失误不就是失望吗？厚望后的失望不就是失落吗？失望并失落的人高达 99.9%以上，算不算失去人心？

这算读报的一点儿收获。另外注意到奥运会期间中国各报的记者在紧锣密鼓的连续报道中，还是有插空反思的上佳表现。例如《中国青年报》

毕熙东、中国新闻社苏祥新、《光明日报》夏浩然、《科技日报》韩虹等。《人民日报》《解放军报》《文汇报》《新民晚报》《解放日报》《天津日报》《今晚报》《广州日报》《羊城晚报》《南方日报》等中国著名报纸，都在公正报道的同时不断闪烁出思考的火花，与过去多年来把体育竞赛抬高至病态的情况相比，与过去几年间将运动员教练员加以神化的盲目相比，无疑发生了本质的变化。也说不定从第24届奥运会的报道往后，中国的体育新闻在不知不觉中，将踏上一条忠于新闻本质的新生的道路。

例如《科技日报》记者韩虹从汉城发回来的专电这样写道：

昨天晚上，曾获五连冠的中国女排以0比3输给了苏联队，给自己世界冠军的历史画上了一个大大的句号。它告诉一向狂热崇拜女排，树女排为英模的人们：中国女排已从“世界”走回了“亚洲”……（因为我并不曾置身汉城，所以我们正可借助此类报道回顾一下赛场景象）——昨天的整场比赛不到一小时便速战速决了。特地从台湾、香港赶来助阵的同胞拉拉队，为了给中国女排加油使尽了全身解数，把全场观众都动员起来了。然而结果真令他们失望。赛后，有位华侨对记者说：“今天奥运会有两大新闻，一个是约翰逊被没收金牌，一个是曾获五连冠的中国女排失常。如果说约翰逊是吃了兴奋剂，那中国女排就是吃了安眠药！”

中国女排自开赛以来就一反过去自信心足、拼劲足的常态，从第一场起就感到她们身上仿佛有着很大的压力。让她们谈谈压力从何而来吧，她们又讲不明确。有的说想保住冠军怕别人冲击，有的又讲是因为心里没底，那么，真正的压力在哪里？

对不起，该讲点真话了。

自从女排三连冠之后，女排就不再是一支排球队，而变成了全国人民学习的英模。奥林匹克“摒弃一切政治因素”的精神被她们超越了，“女排精神”挂在嘴上，成了“鼓舞亿万人民进行四化建设”的政治口号。因此女排成了政治工具。这些天真无邪的姑娘，几乎在一夜之间，成了中国大地上最圣洁的天使，成了祖国的骄傲，民族兴旺的标志。

韩虹继续写道：

这些，对于没有多少文化修养的女排队员来说，心理上是无法承受的。如果说压力来自心理上，那么，真正的心理压力就在这里。

就在女排声望盛极之时，李耀先上台接了这个队。

摆在教练李耀先面前的和摆在女排队员面前的东西不是一样的。女排姑娘们几乎个个都是世界冠军，而李耀先则什么都不是。几年来，队员们常将李耀先和当年的袁伟民做对比——李耀先“无能”。“无能”的李耀先也无奈，只好凑合着练，凑合着管。今天有人说我这疼那疼练不了，李耀先便准许她们休息。明天又来个什么痛痒，李耀先也极为随和。为了避免矛盾、减少矛盾，李耀先不敢要求队员，不敢正视女排由于训练出勤率低而正在走下坡路的现实，因为谁也担不起毁掉一面旗帜的责任。就在各界对“女排精神”大加赞赏之中，真正的“女排，精神”已在一点一点地消失……

大多数记者在文章中都触及了中国奥运军团发生问题的社会性，其实也是我们这个民族的劣根性在运动场上的集中反映，虽然尚未作更深入研究，但十分可喜可贵。体育新闻正在走向事实。我不明白那些体育官员为何时时不断地要发出指责的声音？统览全国大小报纸，把各种见解集中起来，尤其是把批评型的报道集中起来，然后编印成册认真研读，正是体育界人士为开始改革所应该做的。我特别翻读了一遍《中国青年报》在奥运会前后的系列报道，形式多样，活泼生动，思考深入，在读者中反响最佳，于各报间颇有竞争力量。看来我这次采访有必要专程和该报的汉城特使毕熙东侃一回大山。

相比之下，最不潇洒的恰恰是《中国体育报》，或者说最温和吧，每每打开，实在没多大看头。堪称半死不活，鲜有新论。可据我的了解，他们报社里不乏有真知灼见之士，记者当中能干的人很多，何以“萎”到这般地步？显然是有形无形的行政干预过多所致。他们是国家体委的直属喉舌机构，报是人家的报，人受人家管，有话也给你憋回去了。过去的评论栏上，有署名“如寄”之评，尚能新人耳目，说些真话，后来再也不见。大概是让什么人反将他“寄存”起来了。终于，我又踏上了天坛脚下、龙潭湖畔的中国体育一条街，它的正确称呼是体育馆路。这里汇聚了成千上万名在中国最有声望的体育工作者。中国奥运军团正是从这里出发征战汉城的。所谓体育改革，其成败全指望这条街了。

去年夏季，我曾经在这里采访、思索。

今年夏季，《强国梦》也是在这条街上最为毁誉不一。

这座位于大街中段的灰色办公楼，外表看起来很不显眼。它正是中华人民共和国体育运动委员会、中华全国体育总会、中国奥林匹克委员会的总部。在它的东西两侧和马路对过，全部都是直属于这栋大楼的体育机构，训练局、科研所、体育馆、体育报社、家属区、单身楼等。尽管本次奥运惨败刚刚过去不久，但从人们那一张张黄皮肤的脸上并看不出有什么异样的神色，仿佛这里什么都不曾发生过。

这栋楼的入口处只是两扇加起来不到两米宽的窄门。甚至同一个偏远地区的县政府比起来都狭小许多，谈不上什么排场。平日里这两扇门时时只开半边，不足一米，一次只容一人出入，穆铁柱进出须小心翼翼。这与体育行业外向张扬的特点极不相称。与其说它是扇门，不如说它是个洞。

在二楼值班室，我报上姓名，人们立即投来奇特的目光，看来《强国梦》在此确已“深入人心”。在他们的热忱帮助下，我得以同高级体育官员张彩珍女士会见。

她振振有词

张彩珍是国家体委领导一正四副当中唯一的女性，在李梦华同志领导下主管意识形态，向以体育界一支豪笔著称。一个女性在中国官至副部级，其人生道路之坎坷艰辛当不难想见，或可写成一部波澜壮阔的长篇小说。不过我现在关心的是奥运会。

这时她正要出门去主持一个在体育战线狠抓科研工作的会议，见秘书说我来了，临时改主意表示愿意和我谈一会儿。

我们握手，我调侃一句："我给你们添乱啦！"她精神饱满地站在地毯上挥挥手算做"别提啦"的意思，透着几分男子的豪爽。

"这次奥运会各界议论很多，"我开始冷静提问，"总的认为不理想，反响是比较强烈的，不知张主任对此怎么看法？"我坐在沙发上摸出记录本。

她始终站着谈，看上去顷刻比她本来的中等身材高了一些，按说她该有50岁上下，可她给人以40来岁的感觉。眼镜戴得很牢固，说话干脆利落，一派女强人气概，连她那位衣着朴素的女秘书也显得气质很好。

她打着手势："总的来看确实金牌少，更重要的是输了气势，输了斗志。当然大家不满意啦。"她移动着脚步，"这次金牌被东欧冲了不少，不冲的话，还是可以拿到18块左右。从金牌来看，韩国是超过了我们，其实韩国的团体总分还是没有我们高嘛，是吧？现在下面的埋怨声很多，我看无非三个层次，一是怨运动员教练员；二是怨我们，说改革没搞好；三是怨这个国家没有领导好，不正常嘛。"

我说："我觉得我们的体育体制存在不少问题。"

她摆摆手："我不赞成一说就是体制有问题。不要一输了什么都否定！梦华同志也讲，是有体制上的原因，但是有些环节确有问题嘛。不能千条万条，体制唯一一条，都归到体制这上头。比如'文革'期间我们都挨整，好说千条万条毛泽东思想伟大红旗举得不高是最根本的一条，"她不禁一笑，“当然这是笑话啦。我是说除了远虑，还有近忧呀，现在看来不该用李宁，但是当时大家都考虑到印象分呀，是不是？再比如说我们的临场指挥有没有问题？好比说射击，外面的报纸都报了，说我们的运动员临到决赛啦，到处扛着枪找不着教练，可是枪证还在教练员身上呀，当时我就搞不清这是怎么回事。直到后来射击队汇报时才知道，预赛时张秋薄打得不错，和其他 5 名外国选手并列首位，可是咱们的教练呢，当然他也是好意，他出场看成绩去啦，看完成绩，里边决赛开始。他想进也进不来了，枪证还在他身上！运动员就要入场打决赛，没有枪证你就不能打嘛，幸亏入场时人家只查了身份证，这才进来，那能打好吗？你看看，这怨谁？说明我们的人对大型比赛的复杂性估计不足，这就不能说是体制的问题吧？再比如说科研，水平不可能一下子提高嘛。”

我只是想听取她的意见，并不想正面展开讨论。故我接着问：“李铁映同志提出的体育工作要抓好两个战略（即全民健身战略和奥运战略，过去几年间唯后者一个战略），不知你们有什么新方案？”

她略作思忖：“这个嘛，还没有什么新方案，主要是两个战略要协调好吧。我们要改的东西确实很多，比如人才渠道不畅通啦，场地设施太少啦，科研上不去啦等。群众体育呢，确实搞得不够好，但跳水、游泳怎么上去啦？科研很重要嘛！群众体育我们也着急呀，长期以来我们把全运会放到省里去搞，就是想通过全运会推动当地的体育建设，推动群众体育嘛。本来第 7 届全运会要在四川搞，但是中央纠正了我们，说我们搞得有点儿过了，地方上吃不消，不要到下边去搞。其实我们是想推动基层的体育工作，第 6 届全运会在广东，我们还是给了它 2000 万嘛。有人在香港《争鸣》上讲，说我们搞的是畸形体育，说体育经费太多了，同教育经费比是 6 比 1，我查了一下，不准嘛，教育经费怎么是 1 呢？”

我最后提了一个问题：“冒昧问一句，有体育爱好者这样认为，中国体育要想搞上去，只有‘两改’，一要改革，二要改组。请问您怎样看？”

她犹豫答道：“改革当然要搞，当前我们讲两个战略的协调。至于改组嘛，”显然她选择了一下措辞，“这个我们就不知道啦，上边没有谈过。”她很勉强地笑了。

我忽然觉得有一丝悔意，在一位渴望成功的女性面前，这个问题怕是提得有些残酷。她承担得已经太多。

双方都有该结束的意思，我站起身来带着几分歉意，“我做了记录。”她又笑笑，说：“可以吧，没啥关系。你的《强国梦》我还是不能同意其中的一些观点，比如你把金牌数按人口来平均，上届奥运会我们 15 块，你说我们 6700 多万人才轮到一块，按这样平均，美国也跑到第 6 位啦，按你的算法，我们要达到美国的水平，那奥运会设置的金牌就不够嘛，是吧。”她的思路能拐到这个弯上，好脑子。

由于尚不熟悉，我没有吱声，她不知道，那算法并非我的发明，恰恰是从美国人出版的社会学杂志上拿来的。什么都可以按人口推算，为什么不能用于金牌？无非是这种算法得出的结论一下就把我们的座次推后了十几位。这一回，两亿多人才合一块金牌，你不算，人家也知道。中国人正是从这个意义上承认了失败和落后，从而渴望着体育界改革的，不然大伙儿还认识不了呢。

临出门，我偶然发现，她办公室的书柜顶上高高地插着一根孔雀的羽毛。于是我想到女性都是爱美的，即使是做官，在官场上。

从她的一席谈话中，我很难发现正视现实立志改革的新思路。也许，人一旦作为一个既得利益者，就不会破而后立。在如此僵死的体育体制面前，她并不感到窒息。她可以举出更多的实例，更充分的理由，去说明这次奥运失败绝非一种必然。

她匆匆赶赴会场而去。

电话采访李梦华

想找袁伟民谈谈，遗憾的是他到山东济南全国城市运动会上去了，只好作罢。

又到了李梦华先生的办公室，秘书是个周密而又礼貌的年轻人。可惜，李梦华先生不在，并说明日早晨也要到城运会上去。看来第一轮的高层采访似乎到此为止了。

我在几个司走了走，总的印象是空气沉闷，处处透露着一种部委一级的上层机关所特有的官府气。人们闲散而又拘谨。大部分人保养得很好。在那里随时可以见到有些人身穿国际名牌的运动服装和鞋子，像阿瑞娜、彪马、耐克等。人们对于我的到来表现出由衷而又压抑的欢迎，直抒胸臆者很少，只是简略的言辞伴以紧紧的握手。当我面对一个想说什么但又止住且将语气压得很低的情景时，我就感到背后寒风飕飕。

几乎所有的人都对奥运军团的败绩表现出幸灾乐祸的情绪，而这种情绪越掩饰就显得越强烈。好比他会这样问你："嗳，好几次关键项目输了的时候，这条街上就有人放鞭炮，你知道吗？"他很神秘的样子。

我茫然地摇摇头。

"放了。"声音里含着复杂的兴奋。

另一个人会接上来告诉你："没听说吗？北大的学生看球，女排输一分鼓一回掌！"

天哪，怎么尽这号消息？

晚上，9点左右。我给家住王府井八面槽的李梦华先生打了一个电话。意思是做一个简略的电话采访。

"您身体还好吧？"我问。

"很好，挺好的。"他很随意地回答。

"听说您明天要到济南去？"

"是啊，刚才我正在收拾东西，明天一早到济南城运会去。"从声音上判断他心情还可以，年纪也不很苍老。

"请教您一个问题可以吗？"

"可以的，你说吧。"

“对于这次奥运会……不知您怎么看？”

他在电话里迟疑片刻，然后这样回答我：

“对于这个问题，从汉城回来以后我们专门进行了研究，宣传司长吾如仪同志，你知道吗？他也参加了，你可以找他谈谈，我们一起研究过的。你看……”

“好的，可以的，我记下来。”

“他会告诉你我们的意见。对……欢迎你来啊！”

又寒暄几句，采访结束了，看来我只有去找宣传司。放下电话，我想了很多。干吗不作正面回答？

李梦华先生是一身兼任三项全国最高体育机构的领导人，即中华人民共和国体育运动委员会主任、中华全国体育总会主席、中国奥林匹克委员会主席。这说明此三个机构实际上是一回事，而前一项是正统的政府机关、权力机构，后两项则形同虚设，有名无实。我以为这种格局极大地限制了体育在中国的发展和普及，它只能强化体育为政治服务、为少数人服务的功能，削弱了体育运动的大众化和平民性，更不利于体育事业的开放搞活。中国体育的最大悲哀正在这里：衙门化。

就官办和民办两条腿而言，我们只有官办这一条腿。中国体育体制的形象表示方法可称为跛子体育，独腿，它是残缺的。放眼苏联等东欧各国，无不采用政府领导协调和依靠社会力量相结合的办法，即“国家—社会管理原则”。这个“社会管理”指的是发达的群众体育团体，如俱乐部、单项体育协会等，它们发动和组织大众化的体育活动，把体育真正变成了民众自己的事情。甚至有的东欧国家压根儿没有“体委”这一说，同西方发达国家一个样。体育经营都是“从群众中来，到群众中去”，设备也有了，人才基础也有了，民众的体质也上去了，国民体育意识也普及了，运动员的来源和出路也不成问题了，最后，高级尖子也出来了。由于人家实行这样的体制，所以国家的体育投资并不多，不像我们，每年投入 10 个亿，体育界嫌太少，人民则嫌太多，两不划算。苏联国家体委在戈尔巴乔夫力主改革之后的几年间，越来越走向实际生活，从 1987 年起，实行了经费自筹，自负盈亏。全年收入高达 10 亿多卢布。这样一来，体育改革促进了公开化、民主化进程，而公开化、民主化又加快了改革的速度。于是新闻媒介在宣传报道上有了明显的变化，它不仅赞扬苏联体育的成就，而且还就重大问题组织专题讨论，并公开揭露苏联体育的弊端，指名道姓批评高级体育官员的失职和错误。广大群众就体育制度、方针政策等问题完全可以公开表述自己的看法。其言论之尖锐，涉及的深度和广度为前所未见。如前世界举重冠军弗拉索就公开指出："儿童高水平竞技体育是一种犯罪，这是成人通过剥削儿童来实现个人的目的。"

衙门化的体育管理办法和一条腿的体制，最终导致了中国奥运军团在汉城大赛中的失败。例如，大家一致认识到的中国运动员心理素质低、精神状态差的问题，除了文化水平太低之外（这一点也是畸形的体育体制造成的），就与衙门化的管理有密切关系，而队伍老化、青黄不接的问题，则更是一条腿的官办体育体制所产生的必然结果。

参加奥运会这样国际大赛的国家代表队，绝大多数国家是在各个地区各大俱乐部之间的激烈竞争之后选拔产生的，再通过短期集训，最后组队，谁都有权利，也都有可能代表祖国参赛，我们呢？中国国家队的组成无非是通过少数人的眼睛，把运动员调上来，然后端起摔不烂的饭碗，作为理所当然的代表，出访参赛。各省的强队你想出国吗？没有你的份儿。所以各省的积极性无法真正调动起来。同胞们好说这样的话："就不信 10 亿人口大国，找不出几个像样的人来！" 真给说中了。为什么？那原因就须在我们的体制上找。

我们咋能不输呢？不输那才怪了。

一夜辗转反侧。

清晨一起来，就惦着遵照李梦华先生之嘱，给宣传司打电话，约吾如仪司长好好谈谈。

"宣传司吗？我想请吾如仪同志接一下电话。"

那边传来一个年轻人清晰的回答："找我们司长啊，他今儿不在啊，出差啦。"

"昨天下午他还在机关嘛。"我说。

"是啊，昨儿他在，今儿可不在。他和头儿们都上济南去啦，对，城运会！"

"咔嗒！"那边放了话筒。我这儿一时无语，好半天没有回过神来。看来，李梦华先生肯定是不知道他的一位司长也要到城运会去。如果他知道就不会让我去找的。

悲怆的人生

这不，宣传司是没戏了。训练局方面呢？我打听了一下，情况是这样：按照一般规律，各国的队伍在奥运会以后都要大换血，人事变动比较大，很多人不一定仍住营地了。中国队员在大赛之后按照常规，一般都放假20天到一个月，各奔故里。像李宁、许海峰这些人怕都不在。而女排，因接下来在香港有个"超霸杯"要打，所以队伍尚在，过两天也要走。于是我二话没说，直奔女排。

先找"内线"一问，"内线"说："跟李耀先聊？够呛！有新规定了，凡采访者必须经训练局党委办公室同意，特别是采访这次从奥运会回来的教练。你看怎么办？"

我想了想，说："怎么办？自己的事情自己办！我不能采访，我还不能跟人交朋友？"

"内线"称说有道理，同意我直接去找教练们聊。待我正要走，他又吆喝我回来，叮嘱我说："告你，李耀先现在是闭门思过，概不发言。前几天《解放日报》的记者缠他，让他给推出来了。你呀，见着他别说别的，就说你是《强国梦》的作者，怕能行。《强国梦》在我们局，背地儿里没有说不灵的。"我答应着，走了。

此前我曾在《辽宁青年》杂志上看到过一篇关于女排的分析文章，写得很好。里边讲 1987 年初李耀先作为主教练正式接管女排的时候，曾经提出过“大换血”的计划，但是一上会讨论，就被否了。长期以来协助女排搞科研的攻关组长李安格，为女排新设计了 13 种快攻战术，李耀先看后大加赞赏，可是拿到场上一练，却练不下去。有的队员嘀咕说，我们打世界冠军怎么练的你知道吗？丢了冠军谁负责？李耀先不敢喝问哪一个，因为他手中既没有权力，也没有师徒情谊，更没有三连冠的威严。长期以来，中国教练讲究的是一定要用自己的人，手中自主权越少，越得靠人情冷暖，就是相互都要对得起那一套，最是陈腐。

这种落后的体制，必然导致连体育竞赛这类事情也深深地陷入了“关系学”的泥潭。中国女排的过去已是现行体制下达到的最高境界，同时派生的“中国病”也就最重。不论谁当了主教练，你都无法轻举妄动，否则来自各个角落、方方面面的“关照”都会使你立即陷入自身难保的困境。李耀先，驾驶不了这艘满载着荣誉和重托的航船，我完全可以理解。因为这航船上同时满载着腐朽，满载着千百年来的老病沉疴。

我们必须理解他。“如果一棵树也写自传的话，它不会不像一个民族的历史。”这是纪伯伦的一句诗。李耀先的身后，中国女排的身后，正是我们封建文化的重负。

我们相对而饮，并不相劝，酒无人劝是一种高境界。

在这座住满了披金挂银的幸运儿的大楼里，也住着胸含血泪的失意人。李耀先就是其中一个。比起其他房间来，李耀先这个单身汉的宿舍要显得清冷得多。他已经 53 岁了。

他使用的是一只可盛一两多的大酒杯，脏兮兮的。每当夜深人静，陪伴他的唯此而已。以我观察社会的阅历来看，我深知惯用这种大杯子独自饮酒对人生来说意味着什么。

他没有家。妻子在两年前去世了。少年丧母，中年丧妻，老年丧子，为人生三大悲剧。眼下，在他的讲述中，依然饱含着对亡妻深沉的怀念和尊敬：

“她叫杨美茹，是1958年的田径运动员，和郑凤荣她们是一个队，都是跳高的。她的最好成绩在1米74，那时候列在世界前10名，相当于当年奥运会的第二名。唉，60年代初，条件差呀，可那时候的运动员是真拼命。全国二运会那阵儿，跳高还都是沙坑，她是剪式，练啊练啊，还不都是靠自觉？一下把腰脊椎给摔断啦，用四个螺丝钉固定起来，还要跳。结果腰椎又错位了！那真是惨啊……1965年以后她退下来，干少体校的跳高教练，我也从国家男排退下来。没多长时间，‘文化大革命’就来了，把我们下放到甘肃，一干就是八年半，对，在甘肃体工队当教练。她的病？唔，其实在北京时候就发现了，不是在甘肃，是脑血管异网症，她不当回事儿，其实是脑部的主血管堵塞，医生说这与跳高有关，特别是沙坑，防震差啊！

“在甘肃，我们生了两个孩子，老大是女孩儿，老二是男孩儿。她一天到晚还是念叨跳高跳高，对那病也没顾上好好治，孩子又小。……1980年吧，又落实政策了，说可以回北京，可北京也没地方安排，到处都是人。咱还想搞事业，丢不下排球，四处联系，有队伍带是第一条。我俩都是说啥也不愿意做闲人的。这样到了河北，我带男女排球，她在省体委科研所继续研究田径。病就越来越重了。唉，我天天在队里，也没顾上好好照顾她。总算是河北的排球上来了，（全国冠军队）还不错吧！”

“到了1985年，她的病越来越重，在河北治不了啦，这才离开岗位，到北京来治，五月份，”他长长地叹一口气，又深深地抽了一口烟，“人就……她辛苦了一辈子啊！”

酒，唯有酒，此刻才有参与的权利。我们长时间地沉默着。

“她去世了，可队伍还得带。我那老大，还好说，在省体校干篮球，可苦了我那老二，他那时刚六岁，我一边带孩子，一边训练，打比赛。一看见孩子想妈，我这心里就……可一天都没有忘记过排球！

“1986年年底，我来北京接了女排，就是这个队。上任时宣传得很厉害，谁也不想让女排掉下去。我深感责任重大。孩子呢，实在不能带在身边。在海淀区有他个三姨，大家都关心中国女排，就让他三姨带着。到了生地方，他不习惯，妈没了，就想爸爸。唉，他还小哇！你说，1978年生的孩子，刚七八岁，一个人从海淀区就跑到崇文区，倒好几次车，到了体育馆路，到处找爸爸！……找着我，孩子就是个哭啊，哭得小泪人儿似的。唉，我一想起来就睡不着觉。……我能说什么？我只能告诉他，谁让你跑这儿来？爸爸有任务，爸爸不能照顾你，要听三姨的话，要做个好孩子！我让他回，他不回。我跟他说，这是国家队，不是甘肃河北！……也不知道他听懂了没有，一个劲儿地点头……抹抹泪儿，回去了。唉，好孩子，后来跟他三姨处得挺好……

“带上女排，什么都放下不管喽。哪个教练不想出成绩？家里以前那点儿东西，全不要了，锁在石家庄，一楼比较潮湿，东西全霉烂了，烂就烂呗，只要女排能保住。……再过个把月，就两年啦！……我干了这些日子，成绩是不突出，但我是下功夫干啦……”

我并不想借此搞到什么秘闻，我什么都不想问，我只是想，我们应当理解他，理解人，理解一切人！

接下来，我谈到咱们过去把体育、把金牌、把女排看得太重，偏离了体育的本质，他极有感慨地说：

“是哟！过去把这些东西夸大到可怕的程度，人从那个高处一下子落不下来，女排完全成了英雄。有些中学生来了信，说她什么也不干，就是要当女排队员，跟家里大人又哭又闹，非要当女排队员不可。我心里头难受，一一回信，说现在你们还是要学习知识，女排队员都是选拔上来的，要通过漫长的训练，不跟她们解释一下，怕她们伤心。这次女排输了，也不知道她们接受得了接受不了……

“唉。你说这玩意儿也真叫没治，跟秘鲁那场球，你看啦？最后一局，就那一个球，是咱们愣追上来的，可就是没拿下来！有的来信责问我为什么不换人。你想，我们是从低比分追上来的，本来是打顺了，怎么要换人？

真是换也不对，不换也不对。唉，就那一分，几次得到发球权，就是拿不下来。一球之差，黑白颠倒哇！同秘鲁那一分拿下来的话，就在决赛中对日本而不是对苏联，结果就会大变样！一球之差，倒转乾坤啊！跟日本打，咱们能拿下来。

“当然，现在我什么也不能说，球输了。我只能说我是有责任的，我有责任。现在要去香港，还没有做总结。往后可能要换掉我，这没关系，只要女排能打上去，我早就说过我是过渡的。其实，赢了也不是我一个人的功劳，赢了也不会把功劳记在我的账上，我早就说了，过渡。输了是我的。”

我忽然想起有的报上讲，当女排惨败之后，记者当即采访袁伟民，袁说：“女排跟我没关系，找李耀先去！”于是我便说：“袁指导说这样的话，可见他心情也不好。”

“噢，当然他也着急生气。他是很关心女排的，战前做动员，做思想工作，一直都抓得很紧。他如果讲跟女排没关系，那恐怕也是气话。队员们训练质量不高，我要负主要责任，平时的松懈必然反映在赛场上。不过，说句老实话，队员们这次打比赛心态不够正常，各界的评论也是有道理的。这次赛完以后，老队员都要退役，都存在着一个出路和安排问题，所以，脑子不全在球儿上，我们的运动员出路问题早就是个大难题，也是可以理解的。可是这样一来，在场上的心态就不能净化，这边打比赛，心里早想到后事上去了！就像你作品里说的，的确有一个体制上的问题。”

我说：“其实平时练的时候，这个问题就反映出来了。”

“是啊！”他感叹道，“太难啦，太难啦，你碰不得啊！咱说句心里话，哪个教练不想实现自己的一套东西？难道我们就真的没有自己的想法？可你能实现得了吗？……不说啦，伙计，今儿是我从汉城回来头一回说这么多，你可别给我乱捅啊。反正现在我主要说一句话，女排输了，我是有责任的。”

瓶儿空了，我与他依依话别。最后环视一下这间屋子，床上凌乱不堪，脏了没洗的衣服这儿一件那儿一件，所有的东西都没有摆好摆齐，他发现我在观察着，便苦涩地笑道："凑合吧，凑合吧！"

我最后试探性地说道："李教练，这样下去也不是回事儿啊？"

他明白了，说："训练局也给了我一间半房子，朋友们给我介绍了一位，是个工人，也顾不上跟人家好好谈，还没最后定呢。"

"多保重，你。"我只能这样说。

在走廊昏暗的灯下，我一回头，他默默地向我扬扬手，然后极轻微地把门关上。我突然想到，多实在的一个人，活活给压抑坏了。

在正常情况下或者换个环境，没得说，他准是堂堂一条汉子。

无边的压抑

次日，我来到中国体操队的驻地，实际跟女排是同一栋楼。

李宁不在。这次中国男子体操队的团体赛六人之一国林显和一大帮运动员在宿舍里和我一顿海阔天空。屋子里有一头从汉城带回来的大狗熊，比我粗大，40美金一个，可爱之极。我纳闷儿：为什么我们中国就造不出来？

谈到这届奥运会的失败，国林显严肃起来，一旁的其他运动员也不吱声了。运动员们捧起大把大把的来信，挑着让我看，有的来信对他们的失败表示理解，有的则义正词严，毫不客气，还有少数来信就很不雅观了。有一封寄自辽宁锦西的观众来信在信封里装了一根挽好的塑料绳扣，只写了一句话："李宁小伙儿，你不愧是中国的——体操亡子！上吊吧！"看，"王"字变成了"亡"字。我想这是在过去变态的体育宣传下滋生的一批变态的观众所为。女排和足球等队只要有一次失败就时常收到这类的信件。甚至有时还能收到一发真正的子弹，一片行程万里的臭鞋垫等。这座大院里的人对这类恶作剧早已司空见惯。而今天，当我真实地面对这根上吊绳的时候，我还是格外气愤！

不假，中国体操队的哥儿们这次的确败得惨重，他们从世界亚军退居到汉城奥运会第4名，男子全能初赛积分最高分也仅列第15名，为80年代以来从未有过的大败绩。而李宁，此次奥运重大失误5次，占中国队11次大失误近半，由“王子”大踏步退至第50名。这已经是无法变更的事实。但是，这一切该怨谁呢？只有最不善思索的人，才会把责任推到运动员头上，或又简单地推到教练员头上。“李宁失误以后，是笑了，”国林显开始讲述，“国内的小报没少攻击他。可是你要是哭呢？他又会攻击你输不起，哭什么！他是笑了笑，他不能一输就沮丧就哭哭啼啼，那不是我们体操队的风格！那样人家老外更会耻笑我们，耻笑整个中国人！我们是输了，心里难过得不行，完了以后，教练到处找我们，李宁、楼云、许志强、王崇升、李春阳和我，我们躲到休息室，李宁头一句话就是：‘弟兄们，我对不起大家！’刚说完眼泪就涌出来了。我们再也忍不住，六个人关上门掉眼泪，痛哭一场……对于10亿人来说，丢了一块牌子有什么了不得？如果你真是一个体育强国，少一块牌又有什么了不起？但是对于李宁来说，还有杨锡兰这些老队员，失去的就不是一点半点儿。现在李宁自己找出路，没办法，他只能这样。到广西桂林市体委去当副主任？没法儿去，他不想做官，不管大官小官他都不想做，伤了心了……上届奥运会以后，李宁本来可以不干，他浑身是伤，也不想干到今天，各方面的呼声都让人家干下去，整个体操队需要他，他答应了，还不是为了这个国家？既然干，谁不想赢，哪儿有不拼命的？过去他为国家作了那么大的贡献，拿回那么多牌子，他是我们体操队的骄傲！我们应该为他感到骄傲！就输了这一回，人们就全忘了！骂的话要多难听有多难听，说：‘你这臭小子，你咋不去死！’”

丑陋的中国人，没错。

一旁的其他几个哥儿们纷纷大发牢骚：“根本就不尊重人，不尊重我们！人家别的国家的运动员，回国的时候又笑又唱，哗啦啦上了飞机，咱们呢？哼，严着呢，分得细着呢，金牌坐头等舱，银牌铜牌在二等，没牌的一律坐后头，我看见就憋气！”

国林显跟他打趣儿：“坐后头不是安全系数高嘛，飞机失事的时候，没准儿就你活了！”

“别逗！下了飞机，见有人接，咱心说还不赖。嗐，前三名的，进接见厅，第四名往后的，灰溜溜从旁边滚蛋吧。闹了半天，接见没咱的份儿！哼，你等着，以后我拿了金牌，想接见我？没门，要接见连其他哥们儿都拉上！”

我说：“你是哪个队的？”这小子有点儿批判精神。

“告你干吗？卖我啊？写《强国梦》的时候你怎么不采访采访咱？得，吃糖吧，反正我们这楼上都是这样想的！这点儿事儿算个什么，这都是老一套了，前些天在人民大会堂又搞接见，那规矩大啦，要排座次啊，头名二名三名，金牌银牌铜牌，前头请！四名五名六名，往后往后再往后！中央领导长什么样，全看不清楚，甭说握手啦。那饭吃的，那个难受，真不如回来啃个干馒头！”

我明白，此乃中国特产，从上到下。

国林显说：“有牌无牌差别太大。在这条街上，我们体会太深了。我觉得这时候，败了，我们才更需要关心和理解，胜的时候要你们干什么？不过，我们训练局和队领导还不错，跟我们想的一样。”

真令人寒心。难怪李宁沉痛地对大伙儿说：“我干了这么多年，大的错误只有这一个，就是当时脑子一热，答应再干一届。现在看来，犯傻了。弟兄们别忘了我这个教训，一定要学会自己掌握自己的命运啊！在中国，就得学会见好就收，急流勇退……”

是的。李宁、杨锡兰、许海峰、栾菊杰、朱建华，还有更多的老队员，他们为了国家的利益，多干了一届，多流了成桶成桶的汗水，得到的却是人生无边无尽的痛苦。上届退下来的女排队员，人人都找到了上佳的归宿啊！试想，上届奥运，李宁独取三面金牌，如果那时候退下来呢？你女排12个人不是才1块吗？

时间已经不早了，我怕影响他们的休息。但我还没有提过一个正经问题呢，于是我问了这样一个问题：

“喂，哥儿们，开幕式那一天，我从头看到尾，最突出的一个感受就是，中国队员入场时可真是太呆板，太木讷了！你看许多国家的运动员，他们的精神状态那么好，又笑又唱，扯着各式各样的大旗，有一面旗上这样写着：‘妈妈你好！我在这里！’他们满世界地抛洒飞吻，感染力可真是太强了。看你们，排着队，一二一，太不潇洒啦，全是僵的，怎么全那样儿啊？”

国林显和大伙儿又沉寂下来，过了一会儿才说：“是的，我们回来听人说了，都说形成了鲜明的对照。长期以来，一说出国，都有好多规矩，上边不让我们乱说乱动。大概这样就有助于树立中国的形象吧。”

又是那小子：“太神秘啦！我们这次去汉城，体委印发了统一的手册，那是人人都要好好读的，我给你拿一本，看看你就知道了。”

果然，巴掌大的一本小书，印于1988年9月，计81页。编者在前言中说，编写这本小册子，“主要是想为我国参加第24届奥运会的代表团提供一点参考资料”。封面上印有“参加第24届奥运会手册”字样。内中除了一些关于奥运会自身的常识性问题外，剩下的大都是规定性很强的东西，特地作为代表团成员应付外界时的思维准则，例如：

中国决定参加这次奥运会，会不会影响同朝鲜民主主义人民共和国的关系？

答曰：……

朝鲜和古巴决定不参加本届奥运会，你们有何看法？

答曰：……

中国为什么派队参加本届奥运会？

答曰：……

我们的口号是，以革命化为灵魂，以社会化、科学化为两翼，实现体育腾飞！——十足的八股语言。

还有像：“对实现海峡两岸体育交流的态度”、“中国政府对统一祖国的方针”、“社会主义初级阶段”、“建设有中国特色的社会主义”、“‘一国两制’及海峡两岸局势”、“我们的对外政策——中苏关系——中美关系——中日关系”、“今后五年的建设任务”等等等。

翻看着这本“手册”，我不禁哑然失笑，他们是运动员，而不是外交官；他们是去参加泛人类的和平聚会，而不是国与国之间的政治经济谈判或争战！

人人兜里揣一本这玩意儿，谈何潇洒？又怎么会有个性的张扬？体育，本来就是以发展人类的个性为主旨的，这可好，倒成了大包袱。中国运动员舒展得了吗？而奥运会的战争，说到底，是人格的竞争，超越社会制度，超越地域种族，容得下唐老鸭和小老虎，容得下一切纯真质朴，就是容不下政治说教。

记者营的斗争及毒药

进入10月以来，北京和各地连续召开以反思为主旨的奥运会研讨活动，仅我知道的就有好几家。《人民日报》辟出大版面，以《我看奥运会》为总题，发表多篇文章。《新民晚报》以连载方式，搞了《五块金牌如何看？请君再谈》的近百名群众漫谈会的发言摘要，这个漫谈会是该报与上海人民广播电台联合举办的；同时该报开辟《十日谈》专栏，一连10天发表赴汉城记者徐世平的专文。《瞭望》杂志和《新观察》杂志分别召集各界人士进行恳谈，发言精彩激烈。《北京青年报》除刊发一整版讨论文章外，又联合京城新崛起的祥云体育用品公司作为坚强后盾，发动中国第一次以民间为主体的《我看中国体育》大型征文活动，志在对中国体育理论之贫困和僵化陈腐发起冲击。可谓此起彼伏，波澜壮阔。《中国体育报》仍然能坐得住，或小骂大帮忙，或不骂尽帮忙，这里不去管它。今天，《科技日报》召集了第二次体育问题研讨会，开得有声有色，不无深度。

然而我主要是奔毕熙东去的。他作为《中国青年报》的代表，刚从汉城奥运会记者营归来不久，想必有些货色。

方才他在会上做了独特发言，现在我们开始侃谈，并有《科技日报》从汉城回来的韩虹女士在旁即兴补充。

我先是了解印证了一个规模波及全国的奥运参观团被卡掉的事儿。这次奥运会的组团过程，是一个充满了官僚主义腐败堕落的角逐过程。谁都想沾点儿汉城的光，而散布在各大专院校的运动心理学专家，尽管被国人认为迫切需要，却因“名额有限”，被留在国内，一名也去不了，并不给予用武的机会。与此相反，代表团中官员人数却一再超过编制人数。末了，竟先后两次组织了唯中国独有的编外参观团。只要能去了汉城，编外也成啊，反正都是社会主义的外汇，又不是个人掏腰包。这个编外观光团体主要由各省市体委主任、北京的亚运会筹备官员、没有功劳也有苦劳的老干部以及其他“有路子”的各色人等组成，不像上次亚运会，还有个公开的电话本。这就要靠自个儿了。头两天，甭提多逗了，中国队就是不拿牌，大伙儿各奔前程乱扑一气，就是扑不着东西，就乱了营了。家里不是都等着发稿嘛！读者这么长时间见不着牌子，你说叫我们干吗来啦？中国人就喜欢这个，中国体育也就为了这个。到后来，扑不着金的扑银的，扑不着银的扑铜的也成，末了连第8名都吃香了，逮着了吹吧，不是没东西嘛！”

韩虹咯咯咯地笑：“扑的命中率最高的是他，”她指一指毕熙东，“神了，一扑一个准儿。”

毕熙东玩笑道：“咱不是赛前准备得充分嘛！”

韩虹说：“奔射击去的，回来气得直骂街，说那个臭哇，我心想轻量级举重准灵，也空了。后来大伙儿一急，是什么就写什么呗，输了就写输了，你想替他吹都没个由头儿，那怨谁？这么一想吧，这中国记者才算醒过神儿来。”

小毕点上烟：“这不，两三天过去了，听说国内群众反响很强烈。这时候呢，李梦华和何振梁并不在汉城，说是应邀到釜山观光去了。张彩珍开完奥运会科学大会，参加了开幕式以后，也回国去了。汉城就留了袁伟民和徐寅生，大伙儿那个急啊，全发毛了。这当口代表团召开紧急会议，传达了中央领导的意见，第二天又由我们的体育宣传官员传达给中国记者，当时是传看了一遍，没抄录原件，记者们理解那意思是，调子变了，总的是说奥林匹克的精神重要的是参与，而不是获胜，对失败了的运动员不要责备，以免给他们增加压力，还说我们过去的体育宣传不大适当，记者们无形中给运动员没有创造好的心理环境，过分强调了奖牌，胜利了是民族英雄，失败了是千夫所指，成了民族的罪人。这样不好。这次就是只拿了一块金牌，党中央也热烈欢迎代表团归来。这位官员还说，希望《体育报》、《光明报》和《中青报》等各报就这个精神发一点言论。嗨，当时大伙儿一听，不错，这跟过去体育就是金牌，金牌就是体育那个宣传基调相比，无疑是进步了，是好事儿。记者们议论纷纷：说不定通过这样一来，就促进了体育界的改革，是吧，我们过去把金牌看得太重了，体育成了民族的强心剂，中央领导发现了这一点，在奥运会期间扭转这个东西，正是好事儿嘛！那位宣传官员是以中国代表团发言人的身份传达给我们的，他分管我们哪！说让中国记者们多写点‘精神’。

“这么着，我很振奋，觉得中国的体育事业将会越来越走向真实，这就有希望。我觉得应该尽快地让国内关心体育改革的人知道这个精神。一位老记者劝我甭写，说我太天真。我说这回是真输啦，恐怕跟过去不会一样。那老家伙就笑笑说，小毕呀，你快出事儿啦！我没听他的，还是赶写了一篇短稿，标题叫《中枢神经被撞击之后——窥视中国代表团大本营》，《中青报》发在9月20号的体育版上。你看到啦？是啊，我是真帮忙啊，我写了大本营指挥部连夜召开了会议，次日清早袁伟民等诸多领导分头下到队员当中话家常，创造一种轻松、平静的气氛，还写了何灼强来到汉城以后，代表团领导对他提出的任何要求都尽力满足，为了节省体力，特地为他买了全团唯一的一辆自行车。他提出喝人参鸡汤，团里立即为他买锅、买鸡，烧人参鸡汤。虽然他令人大失所望，但是呢，团领导也没有批评指责他，还是与他边进早餐边聊天，安慰他。我还写道，失利使我们的体育界领导们开始认识到自己的真实地位，开始降低了某些一厢情愿的热度，开始冷静地面向世界面向自己，我最后说如果将这些认识带到将来的工作中，进行改革调整，就是大好事情。怎么样，是真帮忙吧，写得多实在啊！

“没想到，过了一两天，前头说的那位新闻官员找上来了！大伙儿都劝我别见他，等他来找你再说。大伙儿的紧张不是没缘由的，在奥运会的第二天，《新民晚报》的徐世民就已经尝过了那主儿的滋味。当时他们报纸转载了法新社的一篇评论，题目好像是《中国尝到了奥运的悲哀》。过了一天，那位新闻官就在电话里责问小徐，说你们怎么去登这样的文章？把小徐吓了一跳，赶忙解释说，那不是我写的，是法新社的评论，我们只是转载而已。那新闻官就又责问，为什么要转载呢？现在登这种文章，不合时宜！接着，另一位官员还在记者通气会上再次点了这篇东西的名。你说这叫什么事儿？人家老外写了点东西，直跟我们中国记者过不去！所以大伙儿一听说那新闻官来找我，就劝我别见他，说犯不上。他们容不得一丁点儿不同的声音。可我想想，听听他说啥也好，再说我们也不能把关系搞僵，弄不好他宣布你是‘不受欢迎的人’，日后咱这饭碗别砸他手里。这么着，我 22 号见着他。你瞅他那份严肃，一脸的‘阶级斗争’，回头你见见就知道了。他问我，毕熙东，你是怎么搞的？我说什么怎么搞的？他就说那篇神经中枢震颤，不该那么写。我说您不是让我们多写点儿宽松的‘新精神’吗？他指出文章中的几句话不该这么说，就又责问我。我说，这不都是我常用的措辞嘛。他说何灼强吃人参鸡，骑唯一一辆自行车的事儿你怎么知道。我说有没有这事儿吧，记者营里谁不知道哇！几级保密啊，你？他吃就是吃了，骑就是骑了！什么大不了的事儿，我又没说他不该吃，不该骑对不？他又责问我，你又没见着袁伟民，你怎么知道他那天早晨看望运动员啦？你又没见着！这时候我气不打一处来，也不想跟他争辩其他，就说，我们见得着吗我们？我们想见就能见啊？连您这个新闻发言人我都见不着呢，袁伟民就更甭说了！他没得说了，就给我这么一句，你们怎么这么个干法！我也急了，冲他一句：我们怎么个干法？我干好干不好，只能由我们报社的总编和读者来评价，用不着你来评说！”

“这样一来，算谈崩了。你说咱们这干体育新闻的，多难哪!”毕熙东发出深深的哀叹。

韩虹接上来：“小毕从外头回来，跟大伙儿一学，记者们都特气愤，都来安慰小毕。说这还让我们怎么干?‘5·19’输了，赖记者话多，这次输了又赖记者话多，何灼强没举起来，就怨记者，说都是你们的舆论造成的压力，让运动员心里紧张！真是‘羌笛何须怨杨柳’！奥运会这面镜子多棒，就是不好好照照自个儿，老想让中国记者们一块儿帮他找个台阶下，自欺欺人！还老是训这个训那个，也没个正经头头来跟我们好好谈谈。对了，后来小毕那句‘见得着吗’，成了记者营的口头禅，只要你在文章里提到一位代表团的领导，大伙儿就逗，你见得着吗你！有时候自个儿写着写着，写到体委头儿的名字就乐，心说：我见得着吗我!”

毕熙东接着说：“这事儿发生后，记者们都感到太压抑，觉得没法儿干了，纷纷把这里的情况向家里作汇报，请示各报副总编以上的负责人，看今后该怎么往回报。《人民日报》、《光明日报》，还有军报、我们报、她们报，”他指一下小韩，“好儿家报都回电说，人民需要真实的报道，只要新闻事实没有出入，该怎么写就怎么写。这回报道奥运会，读者反响好，我们对你们前一段的工作表示嘉奖！但是还不够，还要为中国体育的振兴再说真话，再做贡献，你们要大胆工作，一切政治责任由我们来负！真鼓舞人。后来小韩报道安排，请示说是不是改用笔名，她们领导说没关系，不改笔名，出了什么事儿领导兜着！这样我们才接着干到最后。”

韩虹又来戏了：“这帮中国记者呀，全乐天派，不是还要提及那个‘精神’吗，大伙儿就说，小毕你就甭出动了，待家里写‘精神’吧，完了大伙儿一抄！在外头相遇，要是有一个问，咋没见小毕，别人就会告诉你，在家写‘精神’呢！大家就一阵儿地乐儿。这是中国记者的特点，遇上事儿就用嬉笑怒骂来对付。总不能一天到晚从官司里头出不来。”

小毕也笑着说：“这帮中国记者，也损着呢！逮着个反击的机会就不放过。”

“那个新闻官不是老批大伙儿说记者给运动员造成心理压力吗？好，正赶上那天上午，这主儿组织了一个记者招待会，是为游泳队召开的，几个游泳教练都来了，运动员有钱红、庄泳、黄晓敏、杨文，那位新闻发言人兴冲冲地主持这次发布会。没想到头一个记者提问，就来了个挑衅性的问题。这位广州哥儿们问：请运动员们说说心里话，一些运动员的心理压力导致了失败，是不是记者造成的？你猜黄晓敏怎么回答，她说，我认为记者的宣传对我们是一种鞭策，国家养着我们运动员，就是让你关键时刻来比赛的，还没被对手吓倒，就让宣传舆论给吓倒了，只能说明你没本事！她这么一说，大伙儿就表示赞许，刷刷直记，专门让那官儿看。庄泳接着回答说，我们是封闭式训练，根本就看不着报纸，有什么压力？运动员们不知道我们这边的情况，觉得这个问题很滑稽。那位呢，又气又没法儿制止，这帮记者一个个都装得挺严肃，想笑又全憋着，眼看着那主儿就坐不稳了，没想到这时候教练穆祥豪也发言啦，说特别感谢中国记者们对游泳的支持，他认为游泳获得好成绩，与记者们的宣传帮助是分不开的。他哪儿知道这问题是另有所指呀！回来把大伙儿乐的，一想起来就笑。这真是给逼的，你民主空气不是太稀薄吗，太不透明吗，还搞封建家长那一套，活活把大伙儿给憋坏了，只好这么干！”

我听着他讲，也径自笑个不停，中国人这种斗争方式真是千奇百怪，全球独有。

中国的记者们在磨难中以他们不懈的努力，推动了新闻的解放。但是，不尽如人意处尚且很多。就体育新闻而言，尚未达到社会新闻和改革事业中争相参与和监督的透明度。比如，兴奋剂正在中国体育界剧毒弥漫，本应在一切正义的新闻工作者奋起讨伐之列，这是他们神圣的职责。他们和作家以及所有的精英知识分子一样，面对这样丑恶的事情，都应争做社会良知的代表。但是，中国新闻界尚且想做而做不到。我特别感慨加拿大当局处理约翰逊事件以及保加利亚处理举重队事件的公正透明态度。面对兴奋剂对体育精神的污染和对运动员的摧残，全人类都在口诛笔伐，为什么我们、向以善良仁爱著称的中国人却能容忍坐视？

请看：

同在汉城。一年前的世界射击锦标赛。中国射击运动员李对红，因服用违禁药物被查出，国际射击联合会做出停赛两年的决定，成绩被取消。

紧随其后，即 1988 年 2 月，中国冬季奥运会代表团出国参赛并先期参加世界滑冰锦标赛。我速滑运动员叶乔波、王秀丽，又因服用甲基睾丸素等违禁药物，在锦标赛上被双双查出，国际速滑联合会当即取消其参加冬季奥运会资格，先期遣送回国。并对叶、王二人做出停止参加国际国内比赛一年零三个月的决定。

国家体委对于连续两次东窗事发，非但不能以此为戒公开批评，或从自身追寻责任汲取教训，反而视为秘密捂着盖着，不敢在国人和广大体育工作者面前申明大义，严令禁止，以致此类事件在中国运动员、教练员当中熟知不惊的情况下，不能引起真正警惕，又一次在国外制造丑闻——就在本届奥运会开场锣鼓敲响前夕，即 1988 年 8 月，中国现代五项代表队开赴波兰华沙，参加世界女子锦标赛。中国队获团体总分第 8 名。遗憾的是，中国运动员钟华在赛后的兴奋剂检查中，被确认服用了违禁药物。国际现代五项冬季两项联合会（简称现五冬二联盟）毫不客气，断然取消了中国队团体总分第 8 名的成绩和钟华的个人成绩，并对钟华做出了取消参加比赛资格两年的决定。

这是铁的事实。这是我在长达两个月的调查当中，从东北到北京，从八一队到体委科研所直至国家体委，最终印证的结果。在披露以上事实之际，我现在已将个人的一切得失置之度外。我只是在想，短短一年多的时间当中，中国队即有李对红、王秀丽、叶乔波、钟华四人三起，于国际大赛中被频频查出，并屡屡被施以停赛处分，海外哗然，我民族形象已受到严重损害，运动员和他们的亲属身心已受到无情的摧残和打击，中国的体育事业正在被兴奋剂这只罪恶的手侵害日深，而我们，我们的新闻，我们的体育官员，却做了些什么？又应该做些什么？

奔突的地火

国家体委系统有好几处单身宿舍楼。那里聚集着近十年来从大专院校毕业的大学生和研究生。这成百上千的青年知识分子，理当是中国体育界新生的希望。

我从他们的争相述说中，更多地了解到中国奥运军团失败的原因。

“我们这一拨儿来到体委，”他们在说，“有的已经5年，有的3年，还有更长的。当初一听说分到国家体委了，高兴坏了！家长们亲友们都为我们高兴，说体育是个有利于人才发展的行业。刚来的时候，工作劲头十足，热情高涨。没料到，我们太理想主义了，这条街上根本不是那么回事儿！不尊重知识，不尊重知识分子，更不尊重人。就说这次奥运会吧，你业务再精，工作再好，也轮不到你去，这得论资排辈。当然，也去了极少数的年轻人，那是靠什么去的？是凭业务吗？连到国外打比赛参加奥运会这样的事情，他也要搞任人唯亲，你想他输不输吧！”他扶了扶眼镜。

我直接打断他的牢骚——跟现代青年打交道可以少兜许多圈子：“你这样说，能举个例子吗？”

“这样的例子多得很，一点儿都不稀奇。随便给你说一件事，就是那边楼上的小包，他是国际司的。咱们国家恢复拳击和搞柔道比较晚，以前没有建立。恢复前后，司里把这项业务主要就交给他一个人啦。小包没得说，外语啊各方面都挺好，在这个项目上打开国际交往，那贡献大啦，什么章程啦国际动态啦，他最熟，和国际上这方面的交往，关系很稳定。不过啊，他可有个毛病，啥呢？”他期望着其他伙伴。

“不会巴结，不会拍马屁！”大伙儿不约而同，“领导干部们对我们的唯一标准就是要老实听话，他说东你甭往西，他说狗你甭撵鸡，不需要你有思想。你说，我们在大学里空气那么活跃，他们这一套谁受得了？”

我理解。那位戴眼镜的又说：“小包他别的毛病没有，就这个。这样呢，奥运会组团的时候，就什么也不解释，莫名其妙就给换下来了。小包还在那认真准备呢，琢磨着通过这次奥运会，怎么更快提高中国的拳击和柔道水平。”“那换上谁去啦?”我问。

“甭提啦，换上一个什么人呢？人品好赖咱不了解，甭管人家，就说他根本没有接触过业务！从讲师团刚回来个把月，一年多就不在业务部门儿，原先也没有干过这项工作，就让这么个人去了。”

“为什么?”我不明白。

“那还用问，还不是在讲师团的时候，经常向领导写思想汇报。”他把眼镜猛地向上一推。

明白了。

“不光是这个原因!”另一位白面书生作补充，“告你吧，关键是今年春天民主评议的时候人家没在!”他看我没听懂，就开始阐述，“今年上半年，中央组织部有个指示，布置中直机关处以上干部要做公开述职，接受群众的民主评议，述职完了以后，发给我们统一的表格，让群众根据他平时的工作，给领导打分，打完分，投到票箱里。开头大家都觉得没什么意思，又听人家在动员的时候说，为了把我们的体育事业搞上去，这次评议后，将根据群众的分数，对领导者作适当变动。大伙儿一听，严肃起来，心想这不是挺民主嘛，体委机关的年轻人谁不珍惜自己的民主权利啊，都挺认真的。从发表格到投入票箱，只有半小时时间。完事儿以后，大伙儿都等着公布结果。等啊等，早没影儿了。群众给司局长们的打分根本就不敢公开。到了奥运会前夕，这股风凉下来了。有的司长开始总结这次评议，说，嗯，下面有人串通起来攻击领导嘛！搞小宗派嘛！联合给领导打零分嘛！你说，从发表格到投入票箱，就一会儿工夫，大眼瞪着小眼，谁跟谁串通啦？怎么个联合法儿？还有的司长这样在会上讲，他说，你们这样搞领导，是错误的。要是领导当得不好，用不着你们打零分他就下去啦；要是领导当得好，你打零分也打不下他去！你听听，那还要我们打分干吗。直到现在也没公布那结果。整个一个愚弄我们的儿戏！这以后，就算恨上这帮年轻人儿了。其实，这些大学生并不是动不动给领导打零分的。据我们所知，填零分的大部分倒是中年一些的普通干部和体育工作者，他们心里头有气。可是人家就认为是这些年轻人干的，你想，今后有了好事儿能轮着年轻人？除非民主评议那阵儿你不在，或者多写几回思想汇报！”

“我们现在都不想在这儿干啦，没奔头儿。那栋楼上，13 平方米一间，挤仨大学生，一栋楼塞进一百多号，其中有一半人结了婚，孩子都多大了，不给房住，其实体委有的是房子，就是不给你，而司局长的楼全是超标准……”

体育衙门化，恶弊无穷，危害无穷……

我默默地漫步在这条绝非净土的大街上，长街空寂清冷，月落星稀。两侧昏黄灯火，夜半已见稀疏。我不知道在这一片沉寂背后，在那一幕幕杂色窗帘背后，充斥着多少矛盾，多少痛楚！

激情失落了么？理性沉眠了吗？却不尽然。

就在举国瞩目汉城奥运，国人面对惨败沉思之际，这条体育街上的青年理论工作者们崛起了。他们甚至不等到奥运圣火熄灭，就急急地抛出了自己的一颗滚烫的心。这是我连日来最感欣慰的一天。正是距离那座中国体育最高总部的东侧仅仅 40 米的地方，隶属国家体委的东楼，站出了一群热血青年。《体育文史》编辑部的优秀编辑、青年理论工作者王大平，作为前卫，奋然前行。他们于中国奥运军团兵败汉城的最紧要关头即 9 月 22 日，宣告了“青年体育理论沙龙”的成立。这些再也不能忍耐的青年理论家们，将自己首次沙龙活动的《启事》，一举贴到了国家体委主楼大厅的正中央。半小时以后，《启事》被机关党委某负责人粗暴地撕毁。他们不畏高压，又于隔日早晨一上班，将《启事》二次张贴出来。他们据理力争，使首次沙龙活动如期举办。

这件事情，震动了这座大楼，震动了整整一条街，也震动了远在汉城的中国奥运军营。今天，这条街上的年轻人们，把这件事称为“后院起火事件”。王大平和他的伙伴们，给这里多年来积累日重的压抑沉闷吹起了一阵劲风。我想，把这个《启事》公布于世，奉献给全国关心体育事业的读者们，无疑非常有益：

启 事

“一个独立的批判的声音，是社会最宝贵的财富。”

灰色大楼里的朋友们，在举国上下的改革大潮中，你们是否感到这里的空气有些沉闷？尽管我们占有了数以百计光彩夺目的金牌，却并没有改变我们的失落感。

原因很简单，这是因为这座大楼里的“逆子”太少，而自我陶醉的“权威”太多。为此，我们组织了一个纯学术性的理论沙龙。不仅是为了表示一下“逆子”们的存在，更重要的是与志同道合的朋友们，一起驾驭思辨之船，独立航行在中国乃至世界精神成果的海洋里。绝不去注释时髦的口号，更不去寻找奉迎指令的契合点，而牺牲掉自己创造性的真知灼见，而异化自己的思维。我们严肃甚至是焦灼地探寻中国体育界改革之命运，力求从不同角度揭示真理的不同侧面。目的是使灰色大楼里的人们深思、感悟，一改死水潭的沉闷。并希望我们的“异端邪说”能为决策人提供理论依据，改变以前“小圈子”决策的种种弊端。如果为此锐化了民众的意见，也应认为是日臻完善的民主化进程中的一个步骤……

本沙龙坚持无禁区、无偶像、无顶峰的学术民主，不管是“官学”还是“异教”，统统欢迎拿到理性的法庭面前检验，并在碰撞中决定自己的留存。

本沙龙第一次讨论题目如下：

1.体委的工作重心

2.体育改革的方向

3.金牌至上的非理性因素

4.体育界的文化素质

5. 体育官员与体育精神

6. 如何理解体育与政治的关系

7. 奖金的正负效应

8. 决策中的非理性因素

讨论地点：西楼大会议室

讨论时间：9 月 27 日下午两点

诚挚欢迎有志于研讨者踊跃参加！

1988 年 9 月 22 日

我不知道读者们从这份《启事》当中看到了什么，想到了什么。我看到了个性旗帜的高扬，理性精神的光辉。在中国，这两者无疑是最值得我们珍视的。

我见到了王大平，他把留存下来的唯一一份《启事》底稿送给了我。

为什么说这是仅存的一份呢？事情的经过究竟是怎样的呢？

王大平说："在此之前，奥运会还在筹备，我们《体育文史》围绕奥运会精神搞了不少活动，最后一次是奥林匹克史学术讨论会，主要意思是在研究史学的同时，对我们的所谓奥运战略提出新思考，这次讨论会是在四川召开的，北京的和四川的一些青年理论家参加了。四川这帮哥儿们很敏锐，都挺有深度的。有人劝我们，说这是政治问题，研讨宜慎。大伙儿说，体育就是体育，干吗愣要跟政治挂那么紧？甭管那一套，接着侃。这样，讨论会开得很活跃。一回到北京，再看看我们这几栋楼进进出出的人们那份难受劲儿，我这心里头真憋得慌。奥运会输了以后，这条街上又放鞭炮，又那么乱，人心思变，可是楼里没去汉城的那些官员还那么麻木！这帮年轻人就觉得太沉闷了，我们真到了反思的时候了。还有我们编辑室一位女同志，是位教育学硕士，也特有心思干点儿事儿。这么着，大伙一合计，就想搞个理论沙龙，好讨论问题。"

我仔细观察他，个头不算低，长着一张极生动的脸，有点像老演员方化年轻时的模样，很执着，甚至很顽固的样子。

他说："这样，就写了这个《启事》。9月22号下班前，贴到办公大楼一楼底下的大厅里了。是5点半钟的样子，我们回来又抄第二份，打算换个地方再贴一张，好让楼外面的一些人也能知道。那边儿来话儿了，说一位机关党委的领导在那儿撕《启事》哪！我心想，这不是找着闹对立吗？理论你不懂，这没关系，可你连政工干部在新时期该怎样做青年工作也不懂哇，能那么粗暴吗！这分明是侵犯我们的人权嘛！等我们过那边楼一看，早撕没了，人也不见了，贴出来不到几十分钟，完了！多可气。转天，我答应过参加《科技日报》的首次体育理论研讨会，去了，没顾上跟他们说理。到了第三天，就是24号，我们又把写好的第二份《启事》贴到这栋东楼了，心里想咱惹不起你还躲不起呀，你们那边儿高贵，不让贴，贴我们这边总行吧。谁知道一扭头，我刚回到编辑部，还是那个什么官，又跑到东楼来，给我们撕了个精光！你说这是逼着我们闹事儿不是？这该怎么办？我当时就想，咱们中国的知识分子，老是遇事儿绕着走，好像很超脱，其实是任凭自己的合法权益让人剥夺，这回我要再不保护我这点权益我就不是人了，不配是人了，我还没太阳痿呢！非正经跟他们练一回不可！当下我就用电话约律师。然后我直接把话甩过那边，告诉他们，今天下午3点整，必须前来王大平办公室，向我作出解释并赔礼道歉，否则我将于今日下午即正式向法院提出申诉，过期不候。我告诉他们，你们这帮法盲总是以权代法，已经触犯了法律！"

我问："3点他们来了没有？"

"谁不怕上法庭啊！下午3点整，那位机关党委负责人准时到达我的办公室。说老实话，搁平时，恐怕人家也不在乎咱玩横，大伙儿说准是奥运会输得太惨，尾巴夹起来了。到这儿，我就问他，你为什么撕我们的理论研讨《启事》？你猜他说啥，他说，我撕的是大字报！我说，字儿大就是大字报啊？大字报的本意是什么，你们这些人还不知道啊？能跟我们的《启事》比吗？那你说路边卖鱼的，贴一张减价商品一次性处理，招考业余裁缝的，也贴一张出来，你怎么不去撕啊？欢迎外国总统，那字不更大吗，你撕啊！你说我是大字报，你干脆说我是反革命得了。大半天儿，他又说一句，那沙龙是什么？我说沙龙是什么你不知道啊，咱可是干编辑的，咱这儿有《辞海》，怎么，给你查查？他就说，那得由组织出面。我说，你出面人家来吗？就冲你这上纲上线劲儿，人家谁吃饱了撑的？——我粗野了是吧，本来咱平时挺斯文的，可我这时候不能再斯文，斯文了他不理你那一套。后来他忍不住了，问我，你说我触犯了法律，我到底犯的什么法？我知道他心里发毛，就说，你想套我呀，回头儿到法庭上，我的律师会回答你！事情到了这一步，他就开始说什么会议室腾不出来啦，最好不要占用工作时间啦等。我们一看他实际上是让步了，也就不跟他再计较，能开成会就成。党政干部素质低，说到底，也怨不着他们，他也够可怜的。这样，总算争取到一点人的权利，经过协商，把会议时间改在了下午 6 点，算是把这研讨会弄成了。冲破这点儿阻力可真难。会开得怎么样？不行。来了 20 多个年轻人，心理上已经有了阴影，大伙儿一般性地聊了聊。你没想到吧，那位领导，人家也来了！坐旁边不言声儿，弄得大伙儿的心情都不好。但是，这个会开成了就是了。过几天我们放开了搞，不跟这条街上吵吵，搞一个泛北京的，吸引更多的人。”

一晃就是半月。我结束了密集采访，行将回到我那黄土高坡的老窝。北京依旧一到深秋便黄风骤起。李梦华先生还有另外几位体育界高级官员如宣传司司长吾如仪等人于城运会结束后，都在山东仍未归来。张彩珍女士在那座灰色的大楼里，仍然主持着一连数日的改革会议。中国女排在香港“超霸杯”上获得的名次依旧与奥运会名次相同。毕熙东他们仍在报社里辛劳忘我地工作。国家体委的单身汉们也仍然牢骚照旧。王大平他们与韩虹等人联盟，仍在继续着他们“泛北京”的探索事业。我也依旧在不尽的漂泊和鞍马劳顿之中，给自己以永久的折磨。

（原载《文汇月刊》1988 年第 12 期）

强国梦

长期以来，中国的宣传舆论为体育界抹上了一层神话般的色彩，使他们以民族的榜样出现。我以为打破这神话是很有意义的。革命领袖神一般的形象一旦返璞归真，中国就受益匪浅。要改革中国体育，神话亦急需破除。

畸形的体育迷

昨天，我接触了一位老军人，他 70 多岁了，身体状况不佳，患有多种慢性疾病。而他对体育却异常地热衷。虽然他未在体育界担任过什么职务，却每每随着中国体育代表团的战事沉浮或喜或悲。按说，他迷体育迷得出了奇，总该懂点行吧，不然，一概稀里糊涂。倘看排球，不知袁伟民为何人，除郎平外，其他运动员也尽数不识。或看足球，亦不知正在进行的是一项什么赛事，什么进军西班牙，进军洛杉矶，乃至最近的进军汉城之战，全然不晓。什么曾雪麟、高丰文、年维泗，什么容志行、古广明、贾秀全，他统统分不清。奇怪的是，他却时常因为赛场的胜负而严重地影响着一连数日的情绪。这不能不引起我的好奇：这算什么体育迷？

我稍做深入了解更加吃惊：凡国内比赛他绝不劳神儿观看，只看中外之战，而当他督战中国队时，却又只看图像，不要声音。倒不是因为人老耳聋不需要声音，而恰恰是怕声音，怕烦。无声的比赛在电视机的画面上进行，他仰靠沙发似睡非睡，以他独特的心情期待着比赛的结束。末了，儿孙们在一旁提个醒儿："完啦！"他便从沙发里撑起身子，指一指电视机，示意人们关掉。然后问：

"咋样？"原来他不重过程，只看结果。

儿孙们便禀报比分结果："赢啦。"

"噢，好好，不赖。"他嘟嘟囔囔地，面呈喜色，转身走向卧室，安然一觉东方白。

而有的时候，也许是更多的时候，中国队战败了。

"咋样？"他还是这老词儿。

儿孙们吞吞吐吐，拐弯抹角："今儿个雨太大，场地上全是水……球根本就弹不起来，咱们……咱们不大适应……"

老头儿登时气得直冲儿孙们瞪眼，粗暴地打断别人的话："饭桶！大草包！都他妈该撤换！"闹不清他这是冲谁。

原来，他关注的只是比赛的结果，准确地说，他需要的只是佳音——中国队必须胜利，不许失败。这成了他晚年生活的重要精神支柱。

使我久久不解的是，这样一位以反侵略战争为一生主要内容的老兵，置身今日的和平环境，体育同他究竟是一种什么关系？体育本是一种充满了享受和趣味，特殊的文化的高尚的和平的文明的产物，何以在他却竟成了意气的宣泄？我终于理解了这位老军人。当我上溯中国近代史——一部充满了中国人耻辱血泪的历史，一部中国人失败的记录的时候，当我考察了现代体育运动恰恰也是在这个时刻即19世纪末20世纪初才传入中国的时候，我的思路才渐渐地清晰起来。是的，中国体育运动同世界体育的沟通，不过百年历史，而最初的沟通，正是在全民族忍受着巨大的外来屈辱和多次战争失败的历史条件下，痛苦地与世界体育汇流的。体育在中国一开始就变了形。是的，鸦片战争之后，屈辱的民族心理，低落的民族情绪，羸弱的民族体质，以至丑陋的民族外观——小脚女人、长辫阿Q、遗老遗少等，在长达一个世纪的岁月中，像浓重的阴云笼罩着世界上最大的人群。正是这些，整个民族在对外活动中期待着任何一种形式的胜利，不能容忍中国运动员的任何一次失败。越是屈辱的便越是脆弱的。中国运动员这一职业从诞生那天起，就肩负着同胞们无法用语言表述的深切的期望。于是，现代竞技运动在这样极其强烈的民族色彩的背景下，一开始就谱写着充满民族气节令人荡气回肠的“正气歌”。体坛上的胜利，极大地震撼着亿万国民的心灵。这一切，不可能不给中国体育事业在以后近一个世纪的发展进程中留下深刻烙印。换句话说，我们对待体育运动的态度，在很大程度上是一种民族忧患意识的转移。受压抑的民族心理得到宣泄得到安慰的最便当的形式，莫过于在直接的公开的相对平等的体育大赛中取得胜利了。

那位老军人的情绪，便是这样一种民族情感的凝聚。

在这种情绪的浓重氛围笼罩下，中国当代体育的发展就显得格外斑驳陆离。它怪诞畸形，它利弊混淆。爱它恨它，嬉笑怒骂，最难说清。

我虽然不敢说那位老军人的情绪是大多数中国体育观众的缩影，但是我敢肯定，只问胜负其他概不操心的中国观众确是大有人在。问题还在于，如果有关的领导人，也只是看重金牌与胜负，把“升国旗奏国歌”当成中国体育的唯一主要目的，那么，我们的运动员奔赴国际赛场，伴随而去的总是浓烈的超体育色彩。

泼一回凉水

法国《队报画刊》杂志在1986年公布了世界各国竞技体育实力的评比

结果。他们采用了一种综合打分的新办法，使评比尽可能地接近真实。他们先从当代体育活动中选出 20 个具有代表性的项目，又根据这些项目的普及与影响程度，再划分成 4 个等级，对每一级赋予一个系数，然后把各国在这些项目中的得分乘以所属级别的系数，求总和，再以各国的总分数排出名次来。

一级运动项目有：田径、足球、篮球、排球和拳击。田径，我们没分。篮球我们排第九。排球我们排第八。足球和拳击我们没什么戏好唱。

二级运动项目有：游泳、网球、自行车、乒乓球、汽车和摩托车。这些项目中，我们仅可以在乒乓球上拿一项高分，其余均不上榜。

三级运动项目有：柔道、手球、舢板、体操和举重。我们的举重名列第五，体操可以拿些分。

四级运动项目有：橄榄球、滑雪、冰球、击剑和高尔夫球，我们几乎是零分。

可惜中华武术未能入项。

这样评完分之后，把各项得分加起来一排列，美国位居榜首，达 280 分，苏联屈居第二，亦达 270 分。下来的座次是民主德国、英国、联邦德国、南斯拉夫、西班牙、意大利、法国和加拿大，日本、保加利亚和韩国得分也比我们多，排在我们前头。中国总分仅 78 分，排在第 12 位——如此评分办法让人好没脾气。

读者一定会拿出我们在第 23 届奥运会上具有历史性突破的辉煌战绩，例如 15 块金牌来反驳。但我认为这 15 块金牌并不能反映我们的真实地位。因为我们这些金牌是在苏联等东欧体育强国没有参赛的情况下获得的，那牌子的分量先自轻了。与洛杉矶奥运会同年，苏联人举办了一次专意同奥运会抗衡的大规模运动会，名为“’84—友谊”运动会，参赛国众多，成绩优异。如果拿我们奥运会冠军的成绩与之相比一番，你也许会更客观一些。

举重。我们在洛杉矶夺取了 4 块金牌。试与“’84—友谊”运动会同级别冠军的成绩相比：

中国	“友谊”	差距
曾国强 235 公斤	252.5 公斤	−17.5 公斤
吴数德 267.5 公斤	297.5 公斤	−30 公斤
陈伟强 282.5 公斤	322.5 公斤	−40 公斤
姚景远 320 公斤	337.5 公斤	−17.5 公斤

这样一比，差距出来了。如果“友谊”运动会的冠军参赛洛杉矶，我们这 4 块金牌很难到手。

跳水。小将周继红以 435.51 分的成绩，为中国夺取了 1 块金牌。而“'84—友谊”运动会的冠军成绩为 483.18 分，相差 47.67 分。

射击。许海峰的枪声震开了中国在奥运会上的崭新历史。他和他的队友们在射击场上为中国夺回了 3 块金牌。我们试同“'84—友谊”运动会的同类别冠军成绩比较：

中国	“友谊”	差距
许海峰 566 环	578 环	−12 环
吴小旋 581 环	583 环	−2 环
李玉伟 587 环	592 环	−5 环

这样，举重、跳水、射击，一共 8 块金牌飞了。

再说体操。中国在奥运会上拿了 5 块金牌。试比较：

中国	“友谊”	差距
李宁·自由体操 19.925 分	19.875 分	+0.05 分
李宁·鞍马 19.950 分	19.925 分	+0.25 分
李宁·吊环 19.850 分	19.975 分	−0.125 分
楼云·跳马 19.950 分	19.950 分	0 分
马艳红·高低杠 19.950 分	20.00 分	−0.05 分

你看，除李宁仍可保持 2 块金牌外，其他 3 块均不保险。这样总的比下来，我们在洛杉矶获得的 15 块金牌可以保留李宁 2 块、女排 1 块、栾菊杰女子花剑 1 块，一共才 4 块。算上楼云同“'84—友谊”的跳马比赛得分

相等的那块，也不过5块的样子。诚然，有内行的同志会提出，在跳水和体操比赛中存在着裁判的因素，这里且不去管它。我们必须承认的是，在那届奥运会以后不久举行的世界体操锦标赛的获奖者当中，有53%的人未去洛杉矶参赛；同时，世界举重锦标赛的全部冠军，也没有出现在洛杉矶赛场。据统计，那届奥运会的比赛水平仅仅是当年世界大赛水平的一半，也就是说，中国的15块金牌是在56%的世界冠军没有参赛的情况下获得的；再说"'84—友谊"运动会，在可计量的93个项目中有51项超过了洛杉矶奥运会，并打破了48项世界纪录，而洛杉矶奥运会仅仅打破了11项。

这是夏季项目。

同一届奥运会的冬季项目，非常遗憾，中国一块金牌也没有拿到。

这才该是第23届奥运会的全部。

当然，那15块金牌的开创性的价值是巨大的，我这里只是在作广义上的实力分析。

我们再取一个国外经常使用而中国从来不用的角度，对这些金牌再作剖析。那就是金牌数同全国人口的比例。

姑且按照15块金牌计，中国有10亿人口，平均每6768万人才能分得一块金牌。这个将近7000万的人口数字，在世界上是个不小的国家呢。而这个比例数在该届奥运会夺取了金牌的24个国家中，我们排列在倒数第4位！甚至就亚洲而言，我们也排在日本和韩国之后。

在奥运会上夺取8块金牌的新西兰，人口只有上海市的三分之一（就是这样一个小国的足球队，曾将从一亿人中选一个足球队员的中国足球队挤出了世界杯大赛的决赛圈）。

唉，6700多万人才有1块金牌！

在这届奥运会的次年，即1985年，曾在奥运会上拿了4块金牌的中国举重队征战瑞典，参赛第39届世界举重锦标赛，仅获得2枚银牌、6枚铜牌。须知这还是我国参加世界举重锦标赛以来的最好成绩。

同样是在这届奥运会以后不久举行的第23届世界体操锦标赛上，一共

17 枚金牌，被苏联人夺走了 11 块。

少一点盲目的狂热，多一点科学的思索。

在一些人看来，我们的跳高似乎还不错。其实呢？20 世纪 60 年代的倪志钦，在同世界强手的抗衡中就是孤军作战，到了 80 年代的朱建华，又是匹马单枪。中国在田径运动方面远不能形成水涨船高的局面。中国有史以来仅朱建华一棵独苗成绩在 2 米 30 以上，形单影只。跳过 2 米 25 者累计不过 4 人。近年来 19 岁以下的选手仅仅有 1 人跳过 2 米 18 的高度。而苏联，1984 年即有 8 人超过 2 米 30，20 人跳过了 2 米 25，征服 2 米 18 的多达 63 人，其中有 6 人是青少年。而我们的朱建华，成绩并不稳定，还没人能接上班。北京田径队十几年以后拿奖牌的还是 1975 年全运会上拿奖牌的那批人，他们一直“吃”到如今。新人顶不上去，徒唤奈何！李伟男拿了 11 年的铁饼金牌，张建英一直到 1986 年仍排在全国女子 100 米栏的前三名中，后继乏人。北京田径队现在选入一线的队员连过去三线队员的标准都达不到……围棋呢？像聂卫平这样的高手实在是太少了！

讨论金牌的多寡和专业运动队的水平高低，绝非我撰写这篇报告文学的本意。我只是想通过对我们的金牌和竞技运动真实水平的重新估价，使我们冷静下来，然后大家一道去探索那坚冰之下暗流的走向。

从刘长春到“一条龙”

简单回顾一下中国体育的近代历史，不禁令人唏嘘。在 20 世纪三四十年代，中国人参加了三次大型的国际比赛。头一次是 1932 年，在美国洛杉矶举行第十届奥林匹克运动会。大会前两个月，国民党政府以“时间仓促，准备不足”为由，正式宣布不参加。时值九一八事变不久，日伪“满洲国”政府却要刘长春、于希渭二人代表“满洲国”赴美参加奥运会，以骗取国际承认。消息传来，激起国内各界强烈反对，纷纷呼吁国民党政府正式派代表参加。7 月 1 日，爱国将领张学良慷慨解囊，自愿资助。遂派遣刘长春及其教练前往参赛。而于希渭因在大连受日本人监视，未能脱身。开幕式上，中国健儿第一个走向世界的先驱刘长春，执大旗挺进，身后跟着四个人，其中三位居然是在美国临时招的。美国报界发表一篇题为《刘长春——代表四亿人的唯一运动员》的文章，对中国人大加讥讽。

新中国诞生之后，在百废待兴国力尚虚的新中国成立初期，以国家全部包揽的大气魄，优先发展了现代体育中的竞技运动，并成立了中华人民共和国体育运动委员会。这是多么可以理解又值得欣慰的事啊！从50年代起，中国体育精英们不负众望，在强烈的民族色彩的大背景下，演出了一幕幕震撼世界、动人心魄的活剧。如今，我体育健儿终于取得262项世界冠军，在奥运会夺得32块奖牌，实现了历史性的突破，从而结束了中国人奥运会无金牌的屈辱历史。

中国当代体育运动始终与民族的解放事业，与民族的命运前途，保持着天然的血肉般的联系。应该说，共和国在诞生之初，为尽快洗刷耻辱，医治战争创伤，吸引国民投身体育锻炼，迅速提高全民族健康水平，振作民族精神，发展生产，所采取的国家包办体育以期尽快普及的做法，无疑是起到了积极的有效的作用的，也是非如此不可的，正同扫除文盲必须组织起来是一个道理。事实上，在新中国成立之初实施那样的体育政策，效益显著，深得人心，我中华民族短时期内就取得了令世人瞩目的伟大成就。

38个春秋过去。形势变化了，往昔之利，有些却成今日之弊。曾经活泼生动的东西，而今可能僵化了。

在一些人看来，中国体育界似乎早已走在了其他行业的最前列，蛮先进的。其实呢，中国体育界在整个中国的改革大潮中实实在在地落后了。

从表象看，我们现行的体育体制是所谓的“一条龙”。“龙”的尾巴伸到幼儿园，意在从娃娃抓起，开始做最初的选拔。然后，让这些苗子离开书桌放下书本，走入各地县的少年业余体校以及各省市的中心少年体校或运动学校。经过一番比例极高的淘汰，再进入各省市的体工队，算做“龙”的骨架。再经过淘汰，其中的尖子最终升到“龙头”即国家队，接受专门的长期的雕琢，代表中国出赛，直至运动生命的终结。当今我国著名运动员的经历几乎人人如此。还有的干脆从一丁点儿就直接吸收加入省队或者国家队，在严格的军事化的训练中长大，比如体操界名将吴佳妮，就是10岁进入国家队，直接在国家队进行“小龙”式训练的。再有就是从解放军的八一队进入国家队，如篮球名将吴忻水、郑海霞等。而八一队内部，也基本上呈现“半条龙”结构，或从各地的“龙”身上招来一鳞半爪，进入“八一”后接着再练。中国的体育官员们喜欢把这样的训练体制称作“思想一盘棋，组织一条龙，训练一贯制”，或称“三线”训练管理体制。一线是国家队，二线是省队和各种类型的体育运动学校以及业余体校，三线是学校和基层体育队。而三线连最基本的训练条件都很差，当然谈不上输送什么苗子，因此，中国体育目前实际上是以“两线、一条龙”为主。

对于10亿人口的中国来说，这是一个相当封闭的系统。它最显著的特点就是官办。自50年代至60年代，基本形成。历经70年代的“文化大革命”，到80年代进一步得到强化。

一切为了金牌。金牌就是“天下第一”，似乎是实行这样一个体育体制的目标。

而体育体制的封闭，埋没了大批有才华或有兴趣的人参加到运动员的行列中来，使体育运动失去了它应有的群众基础，导致我们不少项目无法形成金字塔，反而呈现倒三角形的奇怪现象。中国体育就像一个升在天空的热气球。比如体操。1987年7月举行的北京市体操选拔赛，名为选拔赛，实际上全然无所谓选拔。因为只有市运动学校和东城区两个单位参加，而东城区仅仅五六名选手，从第一名到第八名，全部由市运动学校一家囊括，全部选拔赛也不过一二十名运动员参加。由此组成了北京队，参赛全国第六届全运会。北京尚且没有体操运动的基础，别的地方可想而知。各省运动队直至国家队，也只好从小把娃娃们包揽起来，八一队自然也不会有什么新招儿，只得如法炮制。八九岁就入伍参军干体操的绝非个别。这样小的孩子干个几年以后，发现不是苗子，不是材料，又该怎样处理？不过才十来岁呀！孩子的家长们纷纷要求保留军籍。于是，怪事出现了，穿着军装重新去上小学！稍大点儿的孩子呢，一旦退役亦不好办。上中学吧，家长认为太不合算；上大学吧，大学又一般不在部队招生；把人留在部队吧，部队的编制又没法做些弹性式的膨胀。那么，只有申请转业一条路，而转业，地方上又往往不要这类人。于是，就常常出现了退役运动员变成“待业军人”的尴尬局面，甚至连世界冠军马艳红也不能幸免。就体操而言，一方面在奥运会上升国旗奏国歌，一方面又实在难以从基层招兵买马。基础不牢。名将李宁在一次回答《体育报》记者提问时，就不免流露出他的忧思。

记者:“对于今后我国体操发展的动向，你有什么看法?”

李宁:“第 23 届奥运会我国夺得 5 块体操金牌，占整个代表团金牌总数的三分之一，而现在我国练体操的人却越来越少，令人担忧。为了使我国体操长盛不衰，我希望更多的人来关心体操。”尽管李宁吞吞吐吐，但他的意思已很明白。我不禁犯愁，体育体制不改革，更多的人怎样去关心体操？且不说竞技体操了，现在就连广播体操工间操，中国大地上又有多少家去关心去做呢？这个倒三角——国家队队员比省队队员多，省队队员比区县队队员多，越往下越少。

母与子

在沈阳，一位名叫李闻的女性写了一篇为《母亲的心》的文章，这是一位足球教练的妻子，却在儿子对体育对足球的选择上陷入了深刻的矛盾。

我不是球迷，直到现在我也搞不清什么叫“越位”。可是我这大半生却和足球缠在一起了。老实说，我恨足球。哪个母亲不在自己儿子身上寄托着无限的希望？哪个母亲不在儿子的童年就编织着未来美好的梦？当我从照相馆取出儿子杨雷周岁的照片时，看着他虎头虎脑的神气，我不禁提起笔来，在他的照片背后写上：“我的威风凛凛的将军。”儿子两岁了，穿着海军服，胸前挂着望远镜，鼻孔朝天地望着远方，我在他的照片背面写上：“我的远洋船长。”儿子三岁了，抱着《看图识字》看得津津有味，我在他的照片背面写上：“我未来的大学生。”

可是，当杨雷跌跌撞撞地闯入自己的少年时代以后，他却迷上了足球。我大失所望。我不愿让儿子踢球，骂过他，打过他。可是他眼泪还没有干，抱起球又跑向了足球场。

杨雷上学后，学习成绩是很好的。我一心想培养儿子成为一个大学生，而他却一心想踢好球。本来，两者应该是一致的、统一的。可是，实际上往往忽视运动员的文化学习，以致运动员不仅文化知识浅薄，作为文化组成部分的运动技术，也难以很快提高。目前运动员文化素质太差，也许这正是运动成绩不能突破的重要原因之一。足球发展到今天，无论是足球意识还是技术战术，都已达到了一个很高的境界，成为一种科学、艺术。而我国运动员的文化素质普遍较低，怎么能深刻领会教练意图？可以说，教练员和运动员的文化水平低，已经大大地影响了足球事业的发展。

我了解一些业余体校的现状，可以毫不隐讳地说，在那里踢球的孩子，大部分是学习不够好又比较淘气的。不少孩子进体校，并不是因为有良好的素质和优越条件，只因为他们不爱学习，才被家长送到体校找出路。有一个足球班孩子的成绩，平均 18.3 分！他们第一次外出比赛时，给家里写信的四个孩子，几天后又收到了自己写给家里的信——信封上的地址全写反了！我常想，这些孩子也许本来不笨，他们有充沛的体力和精力，如果有一种良好的环境和气氛，加上正确引导，也许不会造成文化知识如此贫乏。

在十分矛盾的心情中，眼看着杨雷进了少年业余体校。从此，他几乎成天泡在球场上，与文化学习的距离越拉越远……我目击孩子进入球场，窗外的雨，像鞭子，无情地抽打我的心。请看中国足坛，多少有志之士，抛弃了家庭，离别了妻子，牺牲了健康，熬白了头发，可是足球，仍然毫不客气地开了他们一个大大的玩笑。“5·19”的教训，还不够记一辈子吗？为绿茵场献出青春和热血的一代又一代中华男儿，哪一个不是以终身的遗憾而挂靴的？足球啊，你给男子汉带来了多少屈辱和痛苦！作为母亲，我怎能眼睁睁地看着儿子去走这样一条布满荆棘的路？

杨雷没有得到我的理解和支持，终于怀着痛苦和依恋的心情，告别家乡沈阳，跑到遥远的江西去继续踢球。

杨雷来信说：“妈妈，您不认为人应该有点志气，有点抱负吗？”读着儿子的信，我流泪了。我的25岁的儿子，至今没有谈恋爱，没有为自己筹建安乐窝。他为的是什么？难道做母亲的不该理解儿子的心吗？可是母亲的心也是需要理解的啊。……我的心又酸又苦。我的傻儿子，你踢的是乙级队啊，中国足球要翻身，难道能靠你们乙级队吗？可是我的儿子仍然埋下头来不顾命地踢，像虎，像牛。然而，六届全运会之后，我的儿子就要退役了。他从11岁开始踢球，整整踢了15年。这15年，正是他生命中的黄金时代，本应更多地吸取知识、充实头脑，可是却因为安排不当而影响了他的文化学习和提高。最后留给他的只有深深的遗憾。一些著名运动员退役之后，可以到大学去进修，可以得到相应的文凭，但那毕竟只是极少数。为数众多的普通运动员，那些乙级队、丙级队以及一般省市队的运动员退役以后，都有个去向安排的问题。他们不是明星，在通往冠军的道路上，他们只是一粒沙子，一块铺路石；他们不是体坛上的“王子”、“皇后”……每一个运动员的背后，都有一颗母亲的心，她们怎么能不为自己儿子的今天和明天操心呢？千万个母亲的情绪，难道不直接影响着运动员的军心吗？

我看着我的儿子，我知道他内心深藏着不可名状的苦恼。然而对这些为足球献身的男人，似乎还未更好地去关心……

多么伟大的母亲！她们为中国体育事业付出了何等的代价。

李闻同志的文章的真正价值，在于她提出了对每一个中国运动员最终归宿的忧虑。这忧虑当然不是怕社会主义国家使挂靴的运动员没饭吃，而是由于他们没有来得及具备生存最需要的文化知识而将一辈子只得混饭吃，这是他们所不甘心的。

为什么我们的体育事业要以无数母亲忧心忡忡的代价为前提而发展？为什么体育这项促进人类全面发展的有益活动，却导致了人的偏废？为什么我们的运动员很难同时做一个有高度文化修养的人？

发达国家的优秀选手几乎全是受过全面教育并且有着自立职业的人，体育运动只能使他们变得更强，一生更辉煌。

我们的“一条龙”，尽管培养了一批批夺取金牌的运动员，但成千上万的普普通通的运动员，却失去了获取文化知识的最佳年龄。他们中的绝大部分人，从童年到少年直到青年，完全地被封闭起来，不知道这世界真实的样子。有一回，某围棋队到一家工厂去参观，一位队员见到工人劳动，非常惊讶：“啊，原来工人是这样做工的呀！”——他不了解本国大多数人的生活状况，社会知识贫乏到可怜的程度，又怎样去摆正自己和社会的关系？

退役、淘汰，今后做什么？会做些什么？能做些什么？

中小学体育的极端落后，制造了无数的“半拉子人”。体育界的封闭正相反，对文化学习的极不重视，又制造了另一种“半拉子人”。头脑装货过多的，四肢虚弱；而四肢发达强壮的，又脑子空虚。

长此以往，体育工作怎么能取得父母们的信赖和支持？

在一份对北京市——包括教师、干部、工人、记者、服务员乃至体育工作者在内的215个家庭的调查中，不愿意让自己的孩子干体育的竟达

214家！噢，毕竟还有一家乐意送孩子支持体育嘛，谁知道独此一家的父亲——这位在北京火车站工作的汉子，也不过是说了个活话："唉，就这么个儿子，如果他别的实在干不了，也只有让他去打球了。"

有的学校为了照顾家长们的情绪，干脆拒绝体育部门在本校招收有可能使全校提高"升学率"的学生。某学生不到"朽木不可雕"的地步，你体校就甭想招走。谁家的爹妈也不愿意让自己的宝贝疙瘩放弃"学而优则仕"的光明前途。这么一来，在我们国手云集的北京，少年体校招生还要花钱登广告。

不能片面地去埋怨这些家长，这种喜欢郎平、李宁，却坚决反对子女去争当郎平、李宁的社会现象，绝非偶然。我们不从中国体育的现实去找原因，去做大的改革，又怨得着哪一个？

退役的人们

中国体育体制的一个突出弊端，是运动员退役后的问题。文化素质不高的人，难以在生活中自立自强。因为绝大部分运动员成不了大明星，他们的出路成了问题。

曾经打入全国甲级队的山西女排，在退役队员中，我随便一问——小韩，身高1.76米，现在跑到铁路上一个工程处干了油漆工；许瑞苹，身高1.76米，在一家小旅店当服务员。这是她们当时唯一的出路了。眼下这阵势，哪儿不是人满为患？实在是找不到愿意接收的单位。

而正是一批又一批这样的运动员的出路和结局，被更多的爹妈看在眼里，记在心头了。谁还送自家的宝贝干体育？

在中国，每年被淘汰待分配的运动员多达四五千人，有的竟等了五六年。

遗憾的是，这样大批大批的运动员，在选择出路时，宁肯去端盘子、刷油漆、打杂混饭，也不愿意去当体育教师或继续从事基层的业余体育活动，因为体育教师的社会地位太低了。他们一旦转到其他行业，甚至不愿在人前提起自己曾经吃过体育饭。

共青团太原市委的干事陈红旗，是个退役的游泳运动员，山西省好几项游泳纪录的保持者。当我采访他时，他连连摇头，说："咱早就退下来了，您不要勾引我再提起那些伤心事。你是作家，最好能给咱们传授点儿对付这个社会的知识。"

极其被动的运动员出路问题与极其被动的运动员来源问题，是一回事，值得中国体育界和全社会共同思索。

不少地方的体育部门在这样困难的条件下，开办大中专班，以帮助退役运动员拿文凭，有的地方干脆搞成新的体育运动学校。当然这也可以缓和一下运动员渴望"文凭"的焦虑。但是，这是以体育界实行了更大的"一条龙"为代价的，体育界的包袱越来越沉重，体育界进一步走向封闭。这种治标不治本的方式，谈不上实质性的改革。

现在我们要说的是另一种退役现象。这是唯有那些极少数的明星们才能享受的殊荣。

你看，20 世纪六七十年代中国的乒乓球运动员当大官儿的半大官儿的就已屡见不鲜。到了 80 年代，排球运动员或教练员退役后担任各级领导职务的就更不稀罕。许多省体委在干部年轻化的"改革"中，也纷纷提拔有成绩的排球教练离开赛场去当体委的副主任。有的体育运动学校在提拔干部时，也当然地把搞过排球的人排在最前列。

这些中华民族优秀的体育精英，为国家为民族争过荣誉，功勋卓著，人民曾给予高度的评价，国家也给予了重奖，在国力富足之后即使给予更多更重的奖励亦不过分。其中有些人也确实是体育领导人的最佳人选。但是，难道就一定都要封官加爵吗？

一个好的运动员和教练员不一定就能成为一个好的领导人。这完全是两码事。硬要这样做的结果，可能给这些原先的运动员、现在的领导干部造成难以应付的压力，给他们自己特别是给工作，都带来意料之中的困难。

当然，这是绝不能单单指责体育界的，事实上，我们早已习惯于把劳动模范、战斗英雄、学毛著积极分子勉强提拔到领导岗位上来，对由此带来的种种恶果，视若无睹。

退役的人们处在两极。

中国体育面临“断代”危机。

谁带着智慧的风采

著名球星、英国足球队队长基冈——“米奇老鼠”，同时也是著名的歌星。他录制的《胜利属于你》《自由的比赛》等歌曲，使无数歌迷如醉如痴，伦敦电视台每周为其录制一次独唱节目。丹麦的门将尼里斯·波尔，居然是一位物理学家，当他所把守的大门前出现平静时，他一面监视着同伴们在场上的战事，一面就近在球门柱上计算复杂的方程式，潇洒至极。超级球星苏格拉底，这位大胡子恰恰是在圣保罗获得了医学博士学位以后，成为国家队主力的，人们称之为“足球博士”。

然而，我们这个10亿人口的大国所选用的任何一个项目的国手中，似乎还极少看到这样带着智慧风采的“知识分子”。试想，一个民族，倘能多出现一些既能从事英勇顽强的体育运动，又能创造高雅的文化艺术、发明或操纵精密的科学仪器，进行高深的学术研究的人，那才算一个“可怕”的民族，一个伟大的民族。

先从足球说起。

国外报刊曾一针见血地指出：“中国人是凭感情踢球，不是凭理智踢球。”这理智是啥？我想就是完整的足球意识吧。南美人把足球同绘画、雕塑、音乐并提，同视为艺术。欧洲人则把现代足球看做一门科学，十分强调智能、理性思维在训练中的作用。巴西人踢球，轻盈优美而潇洒自如，头脑冷静而视野开阔，他们机智灵活敏锐，打得节奏合理快慢相宜，看这些人踢球，如入艺术迷宫，给人美的享受。而我们，现代足球理论贫乏，必然带来技术落后，至今停留在“体能加技能”忽视“智能”的原始足球阶段。集中的反映，就是运动员的木讷和迟钝。

智能上不去，人的精神素质就上不去。在第14届世界大学生运动会上，中国男排在冠亚军决赛中迎战南斯拉夫队。论技术实力，我队并不亚于对手。此前我队在访南期间曾先后以3比0和3比1两胜南斯拉夫，并在决赛前专程两次赶去观看南队比赛，进行摸底。南队确非我们的对手。谁知在这种情况下，不期然南队在决赛中兴奋得很，打出了高水平，越打越勇。中国队明显地表现出缺乏思想准备、应变能力差的心理弱势，最后以连输三局的结果，惨败于南斯拉夫，丢掉了一次在世界大赛中拿冠军的极好机会。痛定思痛，中国男排在总结失败教训时说：“为什么该赢的球却输了？问题在于我们虽有夺取冠军的技术实力，却缺乏夺取冠军的精神素质。”

可谓掷地有声，一语中的。

我们这种封闭型的训练体制、“一条龙”，造就了一批又一批的“半拉子人”，很难去提高精神素质。

这里以朱建华为例。按理说，他在奥运会比赛中的那次失败本不必指责，因为胜败乃兵家常事。但是那失败的根子以及后来的一系列失败，包括第六届全运会上他只是跃过了2.24米的高度，其原因却是值得深思的。请听上海市足球协会主席沈文彬的一番议论：

> 朱建华现在没法离开教练胡鸿飞。如果讲比赛，两人总要同时到场，一个在看台边上，一个在场地上。朱建华在奥运会上成绩不理想，胡鸿飞回来讲，主要有两个问题。第一是朱建华的依赖性问题没有解决。以往在上海比赛，虽然规定教练员不可以进场，但胡鸿飞总是坐在离朱建华跳高最近的看台上，朱建华在场里跳的时候，先看看胡教练在不在。在，他的心就定了。可这次到洛杉矶，情况大变。虽然准备时间很长，朱建华比其他运动员

还早去一个月呢。到那儿后人家问他怎么样。朱建华直到赛前都说一切正常。结果到比赛时却出了问题。为什么呢？他找不到教练胡鸿飞了！在洛杉矶，胡鸿飞不可能像在国内比赛那样，你愿意坐哪儿就坐哪儿。八九万人的体育场，观众哇哇叫，胡鸿飞坐哪儿？朱建华看不到，首先在心理上产生了压力，便不知所措。第二呢，朱建华在比赛中遇到困难以后，便忘记了自己的特长，只想到拼搏啊拼搏，不拿冠军回去交不了账啊。一拼，就把自己的特点长处拼掉了。据说，世界上跳过 2 米 10 以上的运动员的膝关节全有毛病，可朱建华没有，多好的条件啊！

这位沈文彬，老体育了，虽是干足球的，但体育各项情理相通，他分析得好。

我们的“独苗”长年被捧着，成了温室里的花朵。朱建华三创世界纪录的好成绩，都不是在国际大赛的严酷氛围中取得的，而国内的比赛又专为他制造了不少顺境。怨谁呢？苏联跳高专家奥尔洛夫在南京接受中国记者采访时说得好：“朱建华有那么好的身体条件，现在成绩上不去，反而有所下降，我很难理解，看来是他自己患有头痛病！”他认为，一个运动员要有所突破，不在于别人如何如何，而恰恰在于他自己。一个头痛病患者显然是不可能有所造就的。可是，这病的起因又是什么？

除了朱建华之外，中国其他项目的运动员也有类似病症。有一篇很有见地的文章，议论我选手参加 1987 年第二届世界田径锦标赛的表现，发在《中国青年报》上。文章说：“体育竞赛要求运动员具有敢于拼搏、勇于比赛和一上场就兴奋的心理状态，而中国有许多选手在这次大赛中却出现了人还没有上场身体就发软的状态，反映了平时心理训练太差。中国运动员像温室的花朵，这往往使有些运动员成为有名无实的人物，在世界大赛中无所作为。”

文章说出了许多人的共同感受。我们这样的体育体制，看起来在短期内似乎可以出成绩，而长此以往，是跟不上世界体育发展的步伐的。更为严重的是，在这样的体制下不仅培养了一批“头痛病”的人，而且还容易培养出“畸形儿”来。前中国乒乓球主力，著名运动员韩玉珍，就是这样一个典型。

哈尔滨姑娘韩玉珍，1958 年春天进入哈尔滨少年体校练乒乓球，后入选国家队。在第 26 届世界乒乓球锦标赛上，她与李富荣配合，获世界男女混合双打亚军；又与梁丽珍配合，获世界女子双打第 3 名。她本人获世界女子单打第 8 名，时年 19 岁。

韩玉珍以稳固的防守、勇猛的扣杀和高大的身材，成为当时世界乒坛瞩目的新秀，被国际乒联公布为世界女子乒乓球第 8 号种子选手。

然而在她的心理上却潜伏着一颗不幸的种子。

1962 年 10 月，中国乒乓球队访问日本。月底，中日在名古屋举行了首次团体赛。中国女队由韩玉珍、梁丽珍、王健出场，第一次战胜了 26 届世乒赛团体冠军日本队。消息传来，国人鼓舞。

11 月 1 日，中国女队到达东京。2 日将同日本进行第二场比赛。就在到达东京的当天清晨，与韩玉珍同住一室的梁丽珍慌慌张张地跑进荣高棠的房间，报告说韩玉珍被刺了！

荣高棠等领导立即奔往现场。发现韩玉珍趴在地上，悲痛交加，说方才突然闯入一人，用刀将她的手刺破，又翻了梁丽珍的箱子，将梁的球拍搞破后，越窗而逃。

事发之后，日本警方展开调查。结果报告说，没有发现刺客任何迹象，疑为运动员自伤！我方经反复了解分析，亦认为被刺的根据不足。又经多次做工作，韩玉珍坦白了自己的错误，真相暴露于异国首都。原来，韩玉珍“深知这次比赛的重要，害怕万一输了，领导不让参加 27 届世乒赛，或参加了不被重用”，于是以刀自伤，临阵逃脱，并佯装遇刺，以躲避这场比赛。而她又怕别人上阵后压过自己，又将另两名主力王健和梁丽珍的球拍弄破。干出了害国、害人、害己的丑事，在东京大丢中国脸面。

此案揭晓，韩玉珍遂被提前遣返回国。党籍被开除，下放到北京南苑农场劳动。

三四个月之后，经贺龙、荣高棠、李梦华等高级领导同志对她帮助教育，韩玉珍得以重返国家队。

韩玉珍出赛首届新兴力量运动会，戴罪立功。

回国后参赛全国乒乓球赛，韩玉珍力克群英独占鳌头，再度名声大震。

国内比赛韩玉珍表现得十分出色。可是，不久在国际乒乓球邀请赛上，韩玉珍与日本深津尚子争夺冠军时，又一次显示了她精神素质的低劣。当深津尚子追上几分时，韩玉珍的意志又垮了下来，在 2 比 0 领先两局的情况下，反败给深津。以后一蹶不振，又败给深津一回。

她唯恐再输，影响参赛 28 届世乒赛，两次旧病复发，临阵脱逃，谎称患了阑尾炎，腹部剧痛难忍，企图回避比赛。又被人及时识破。

国家体委随即决定，调韩玉珍返回黑龙江，今后不准再参加国内和国际比赛。可惜人人认为条件优良的运动员——身材好，灵敏度高，技术过硬，却缺乏最宝贵的一个强者的心理素质，患得患失，极端个人主义。

故事并没有结束。韩玉珍返回黑龙江以后，在“文化大革命”中被关进牛棚，接着是严刑逼供，人格侮辱，被打得皮开肉绽，遍体鳞伤。她本不是一张硬弓，哪里受得了这番折磨，一打便招，一审便供，不仅殃及自己，又殃及他人。她常常跑着跑着哭，跑着跑着笑，一会儿装狗叫，一会儿骂自己是叛徒特务假党员。她没有勇气活下去，跳过高塔，吃过火柴头，往自己心脏部位扎过缝衣针……

1978 年，省体委给韩玉珍平了反，被正式批准为省体校教练员。一年以后，即 1979 年 9 月，韩玉珍在教练过程中突然腹部剧痛——这回可是真的，她大汗淋漓昏倒在地。

经过 3 天抢救，无效。37 岁的中国一代著名选手韩玉珍溘然死去，诊断为暴发性肝坏死，直到死后，她心包上还有一根“文化大革命”中自扎的缝衣针没有取出。韩玉珍的一生，有理想，有痛悔；有光彩，有昏暗；

有伤痕，有微笑；有屈辱，有罪过；有理智，有失常，让人无法评述。

我想到的，还是体制问题，还是文化素质问题，还是精神品质问题。体育运动是人类全面和谐发展的极其重要的组成部分，它的功能不仅仅在于培养类似动物那样的高超运动技能，而在于它影响着人类的精神世界、审美意识、价值观念、创造能力和生活方式。人类通过参与体育运动所塑造的活跃而舒展的人体，在物质和精神综合意义上的顶点表现便是美。如果我们的体育目的以及为这个目的服务的体育体制偏离了这种美，那是什么呢?

处在中间环节的中国教练

教练员，处在中国体育的中间环节，至为关键。忧虑之中，我采访了许多执教中国运动队的人，结果更使我忧虑。

在中国体育系统，受过高等教育者不足10%，又据对各省市体工队中教练员的来源调查发现，由运动员退转当教练的，达81.77%，各省运动学校的教练亦有76.61%来自运动员。在对全国23个运动队包括国家队的119名教练的统计中，初中乃至小学文化程度者，占80%以上。

再看一下世界体育强国。美国1977年全美大学生田径锦标赛期间担任教练的49人中，100%为大学以上文化程度。在苏联整个体育系统，受过高等教育的人达55%。

更加令人叹息的是，在全国3200个业余体校田径教练员文化考核中，有半数以上的人不及格，其中有10个省的平均分数在60分以下。这些教练，大多数也是由严重缺乏文化修养的运动员退转担任的。

青出于蓝本应胜于蓝，所忧者，青出于蓝反不如蓝。近亲繁殖在中国体育界已是普遍现象。你翻开中国足球队走马灯一般频频更换的诸多教练员的名单，再观照一下国内甲级队的诸多教练员，就不难发现，甲级队的教练全是主力队员退役后担任，国家队的教头则是挂靴的“国脚”。无一例外。教练员确应是谙熟技战术又具备实战经验的人，但是，作为教练，毕竟不是以他自己踢得好赖为标准的。纵观国际体坛，许多超一流的教练并非是一个赫赫有名的球星。球王贝利虽说技艺卓绝，却无人请他执教巴西队，因为他除非以连考五次的代价，首先拿到学位，然后才可问津教鞭，“恺撒大帝”贝肯鲍尔退役后，由于不曾接受必须具备的教练员学位教育，他只能以领队身份而不能以教练的身份出现在联邦德国；足球强国意大利的名队教练，上任前必须经历五个阶段的考核。

第一阶段：足球理论、解剖、生物化学、生物力学、生理卫生和心理学。及格后进入第二阶段：更深入地学习，然后由专家小组判定你有没有当教练的素质。这一下又淘汰一批人，剩下的进入第三阶段：必须到世界著名球队实习，并有写出该队一切工作计划、详细剖析该队的能力。经过再淘汰，进入第四阶段：必须参加足够的各种报告会、讲习会、讨论会以及与著名专家教练、记者会见的圆桌会议，意在考核一个教练的全部专业知识和宣传自己观点的能力。最后进入第五阶段：总体考试和论文答辩。只有全部合格，才能有被招聘的资格，招聘后还要先当助手，后执教鞭。如此“刺刀见红”的考核和淘汰制度，筛掉了不少虽然球技高超却不具备教练才能的“明星”们。

特别有趣的是，美国著名游泳教练谢曼·查尔伏，是位具有非凡组织能力的人，他执教的美国男队曾获得过 16 枚奥运会金牌，他培养了一批又一批世界冠军，多次打破世界纪录。可是，这位在全世界泳坛有着重要地位的大名鼎鼎的教练，却不会游泳！有一回，他的游泳队在夺魁之后，队员们高兴地把他投入水中，以示恭贺。不料，这位世界第一流的游泳教练却狼狈地呛了几口水沉下去了，几乎葬身泳池。运动员们赶快跃入池中实行抢救。此后，他只要眼看着自己的队员稳操胜券，就赶紧悄悄溜掉，避开运动员们的恶作剧。

谢曼·查尔伏的例子说明了什么？

我们的教练员呢？虽不乏相当出色、成绩卓异者，但却有相当一部分人常常在尽职尽力当中只扮演了一名“领操员”、“示范员”的角色，甚至领操都领不出什么新招儿来。而一名真正优秀的教练员应该像一个工程师或者艺术家那样时时具有创新的欲望和活力。谢曼·查尔伏靠的不是简单的动作示范，他并不想为运动员制造什么样板，他靠的是科学，靠一整套独特的科学的博采众家之长的训练方法。

某省女排在国内要算不错的队伍了，而一名教练却不得不去求告一位具有高中程度的手下的队员为自己补课，以应付上级的文化考试。我们的一些教练员在执教中，依靠的仅仅是自己在过去当运动员时期的训练日记，然后照猫画虎抄下来。他们制订训练计划的思维方式无非是看去年、想今年，稀里糊涂迎新年，练一段，改一段，修修补补又一段。他们认为，舞文弄墨能提高水平出成绩？训练训练，就是连训带练，你不训他不练啊，师傅就是这样把我“训练”出来的！

这么着，我们的这类教练员在代代相传的“训练”中培养着国手。他们对上一代的经验，对他人的成功，知其然，不知其所以然，往往邯郸学步，愣赶硬干。人家大运动量训练，咱也玩命干；人家无氧训练，咱也憋住气试试。于是，运动员练出毛病的，练伤的，练到稀里糊涂退役的，为数众多。最后他倒抱怨开了，说中国人干运动员先天就不行，人种就比人家差，不堪造就！果真如此吗？前年我们请了联邦德国一位教练来华执教，他对我国两名普通田径运动员先是进行了全面测试，然后进行分析，选择出最佳训练程序，合理地安排运动量，改进了我们的教练视而不见的一些技术上的毛病，结果，只练了三个月，这两位运动员一位打破了亚洲纪录，一位打破了全国纪录。

如果一个教练员只懂得让运动员跳圈儿，蹲杠铃，翻来覆去重复那么几个动作，连最基本的运动生理、运动心理、运动营养都不懂，他手下的运动员凭什么出成绩？

这两年，体育界为了改进提高一下，让一些教练员上一两年大专班，借以改变教练员队伍的知识结构。这自然可以作一些弥补，可是，由于底子太薄，又缺乏系统性，加上有些培训进修流于形式，因此并不能从根本上解决问题，实质上，不过是领了一纸文凭而已。

我听说有这么一档子事情。1984年前后，中国的“文凭热”越刮越烈。国家体委为了满足广大教练员和一部分退役运动员的美好愿望，在天津体院特意开办了一个大专进修班，以期给大伙儿创造一个学习的机会。参加者有著名教练多人。在入学前，为照顾大家的基础，仅仅考试三门功课，即语文、数学和政治，考题也不难。万万没想到，在报考的几十位中国体育界的佼佼者当中，没有一人的考绩超过三门总分60分的，最高者三门加一块58分！有考30分的，有20分的，竟然还有考7分、8分的。在校专修期间，有些人并未置身课堂，仍然住在北京，只是在天津体院挂了个虚名。两载过去，每人一张大专文凭到手，“文凭发放所”胜利完成了任务。大伙儿今后就算是受过高等教育了。

这也难怪，要知道中国的各大体育院校和师范体育系，压根儿就没有什么教练系这一说。

由于我们无法像体育发达国家那样对教练员实行制度性的考核，所以我们对一名教练的优劣高低就无从作出科学判断。于是，最简便的方法也只有任人唯亲了。连锁反应的是，真正有志气有能力有实力有创造性的新人，因为没有严格的评判考核标准而常常失宠，怀才不遇的新人越来越多，他们的命运由不得自己。他们无法摆脱那些惯于发号施令者的捉弄，无法以自身的实力去抗御瞎指挥。这样一来，一支运动队，既可能在一位天才教练的手中创造奇迹，也可能在一个平庸者的瞎指挥中屡遭不幸。

我无法想象，靠一支没有多少文化的队伍，怎样去实现体育强国的梦？

中国足球界在新中国成立初期的50年代，文化程度反而比30多年后的今天要高。像李凤楼、陈成达、苏永舜等，都是正牌的大学生，钱允庆是一名有声望的医生，年维泗也是一个文化较高的青年知识分子。你看，随着这支队伍文化程度的不断降低，我们的失败也越来越离奇：从1957年参加世界杯预选赛开始，先是败给印尼，接着是在首届新运会上败给乌拉圭大学生。80 年代后，先后在重大比赛中失利于新加坡、新西兰、泰国，最后发展到输给中国香港。30 年来一直行进在极其曲折痛苦的道路上。

现行体育体制降低了中国教练的水准。

想想我们足球的战略战术吧，50 年代学习匈牙利的W·M阵式，60 年代改学巴西的“四二四”，70 年代又转而学习荷兰的全攻全守，到了 80 年代更没谱了，一会儿照搬巴西的攻势足球，一会儿又推崇意大利的稳守反击，一会儿又觉得法国的欧洲拉丁派地道……真是不遗余力，孜孜不倦，偏偏没有我们自己的东西。我们的国情是什么？我们的特色是什么？我们的长处和绝招儿是什么？怎样去开创一条扎扎实实的胜利之路？我的一位朋友告诉我，两年前，他在昆明海埂训练基地采访了一场高水平的足球赛。中国队对匈牙利劲旅维多顿队。当中国队以 3 比 0 战胜对手之后，对方教练吃惊非小，他忍不住问我们的一位国脚：“你们怎么能踢得这样好？”这位国脚实话实说：“就是因为没按教练的部署踢！”

这是多么耐人寻味的一句话呀。

各种技战术的背后，是完整的体育理论、足球理论，我们缺乏的正是这些。

我总是忘不了苏联举重队总教练换人的事情。里格尔特，是个非凡的人物，他曾被国际举重联合会主席肖德尔誉为“哪里出现里格尔特，哪里就出现新纪录”。他曾横跨三个级别，创造过 63 次世界纪录，是 21 届奥运会金牌得主。他 9 次夺取欧洲冠军，6 次夺取世界冠军。但是，苏联人看到他自 1984 年接任总教练以来却办法不多。拥有 40 多万举重运动员的苏联举重成绩在下降，屡屡败给拥有 4 千名举重健儿的保加利亚。1986 年的世界举重锦标赛，10 个金牌，保加利亚夺走 7 个，罗马尼亚 1 个，苏联只得 2 个。苏联的报界评论得好，说里格尔特不善于开动脑筋去研究新的训练方法，“今天大喊大叫‘坚持住！’已经于事无补”。在这种情况下，苏联人通过竞选，撤去了虽说是一个伟大的运动员却不是一个够格的教练的里格尔特，换上了专家梅德维杰夫。这位新的总教练1970年至1974年曾经担任过国家队的总教练，但在当时他干得并不出色。而下野后他一直在莫斯科中央体育学院举重教研室深入研究举重理论并担任该室主任，著书立说，发表了许多高质量的研究论文，写过《多年训练计划》等著作。这次复出，堪称是经过了理论和科研的重新武装。苏联报纸评论说，“关键不在于更换专家，而在于他们不同的思维”。果然，在梅德维杰夫上任后的第二年，即1987年的世界举重锦标赛上，苏联队的明显转机开始了，与保加利亚的差距迅即缩小，一举打破4项世界纪录，而保队却只打破2项。

这件事情给我很深的触动，其内涵是丰富的。伟大的里格尔特曾经63次改写了世界纪录，倘在中国，那还得了？如果这样的运动员退转后当了教练，不出成绩，我们会不会换掉？

需要提醒读者的是，绝大多数的中国各级教练的事业心与吃苦耐劳精神是无可挑剔的。无论是一个县一个市一个省的教练，还是国家队的教练，哪个不是呕心沥血？他们不顾及家庭，不顾及金钱，置个人荣辱于度外，表现了崇高的献身精神。在我个人的运动生涯中和后来的采访过程中，随时可以遇到这样的人。在一位姓万的教练家庭中，他告诉我，体育界同社会的各种矛盾，最集中地反映在家长和教练员身上。每当一批孩子耽误了学业却又没上成中专班或没有被省以上专业队选中的时候，你看吧，家长天天轮番找你，把孩子失去前程的责任一股脑推到教练头上。万教练只好含着眼泪躲起来。而你要知道，这些孩子们之所以练了两三年没有干成专业，并不全是孩子们成绩不行，而是有关头头们为了急功近利，从外省“买”来了运动员占掉了这些当地孩子应有的名额，夺走了他们应有的机会。可这又没法怨领导，因为买一个成熟的运动员，要比你自己花钱培养一个孩子成熟起来，要省经费得多！头头们的口袋里也穷啊！于是，家长受打击，孩子受刺激，教练受抨击，领导干着急。而处在风口浪尖上的，还是教练。这位万教练的妻子也是一名田径教练，她和她的同事们每天必须三上班：早晨练，上午练，下午练。夏天日头暴晒，冬天寒风劲吹，一年四季天天如此，可是她们每天只能领到五毛钱的补贴，还不够家属院里的老太太打一圈麻将呢！前些年，教练们一两年总要发一身衣服，后来，有的地方改成三年发一身，风吹雨淋，早就烂了。而体委领导们为了向市里的干部们要点儿经费，就只好一套接一套地送，或者叫长期借穿吧。有的领导干部何止接受了两套三套！他穿得了吗？穿不了没关系，给老婆穿上进厨房，给孩子穿上去上学，还能给亲戚做人情嘛！中国教练员的苦衷三言两语是说不完的。比如评职称，地市一级的教练带队参加全国比赛的机会几乎没有，可有的地市评定职称的框框上定了，必须有队员直接参加了全国以上的比赛才算够分。注意，是直接参加，你输送的运动员后来省里又集训又参赛，对不起，这就不给算数了！倘是足球，又规定，必须输送了 7 名以上的队员在省里踢主力，这才行。天啊，你算吧，假如每个地市足球教练都要输送 7 名以上的队员打主力才给评这个教练职称，那么，一个省，最少也要有好几百个主力队员，我们才能都够教练的格！合理不？你放眼一看，许多老教练的学生后来到大学里都当了讲师什么的，而这些教练仍然还评不上个教练职称，还在操场上带着队伍干！

远离科学的人们

当今世界，仅靠教练员训练的时代已经结束，代之而起的是教练员、医生、科研人员和运动员的通力合作，实行总体科学训练。

然而，提起我们的体育科研，又是一番扫兴。在前些时候颁布的体育科技进步奖中，获一等奖的只有三项，其中仅有一项是有关运动员选材研究的，另外两项一个是饮料，一个是防治末端病。在 1986 年的汉城亚运会期间，中国的大小报刊倾其笔墨对金牌进行重点宣传，主要是围绕“升国旗、奏国歌”。但是，在同时同地举行的亚运会科学大会，我们却宣传得极少，鲜为人知。在这个有 12 项研究学科的大会上，韩国拿出了 91 篇论文，日本拿出了 62 篇，中国台北也拿出了 19 篇，咱们呢？说来令人汗颜，堂堂中国大陆，只拿出了2篇。

我们每当论及体育的成功之道，无非是“顽强拼搏”、“奋勇进取”、“为国争光”等精神动力，似乎无须靠科学。这当然与我们曾经在相当长的时间里不尊重知识、排斥科学作为生产力的意识有关。这是宏观上的错误。而对体育本身，这种错误就更深刻。在众多人眼里，体育和科学是两个离得很遥远的概念。中国历史上的体育英豪们，无论是陆上的，水里的，空中的，腾挪跑跳游滑掷，总是归于一个“练”字；所谓功夫，全凭吃得下苦，多少年习演不辍。所以沿袭而下，认为体育者，不过是人高马大。“平时多流汗，赛时能夺冠”的指导思想贯穿始终。这里头还有一层缘由：体育科研并不能直接产生金牌，搞体育科技必定要有一定的时间，咱先抓了这阵子再说！这就致使体育科研长期以来在中国步履蹒跚。

我们一些教练不大懂得这一套的重要。他们似乎忘记了站在科学巨人的肩膀上自己便也会高大得多。就眼下情况看，各级体委的训练与同系统的科研所是两张皮。教练们觉得科研所这帮人又讨厌又碍事儿。而科研人员又怕得罪了教练员日后搞科研更难。国家体委一位老资历的科研所人员对我发了一大篇牢骚：

甭提多作难啦！在别的地方搞科研那是吃香喝辣，你帮了农民的忙，除了虫害了，小枣变大枣了，老农民哪个不是千恩万谢的！可到了咱这儿，麻烦啦。你想验尿哩，想搞个什么测定哩，你瞧那个教练，绷起一张大黑脸，你就不要想动一指头运动员。你测动态，他说你影响训练计划；你测静态吧，他又说你影响运动员休息。要是科研人员发现这位教练在训练量或者强度的安排上有问题，对运动员不利，那你也不敢明着提建议。再说，运动员也烦，他也以为你给他添乱呢。这么着，一个科研项目总是拖拖，好不容易搞下来，你还得领人家教练的情，哈，倒成了是人家帮你完成任务啦！

还是人家老外精。咱们花钱请来的外国教练，够高级了吧。可人家三天两头往科研所跑，依靠的就是个科研所，和咱们科研所搞得关系很好。像那个德国教练，每天训练都要参照咱科研所的数据，离了数据他不干。咱们的教练你求他去测试，他讨厌，可人家是主动带队来所里测试，人家还怕你马虎哩！老外说，他们在国外，动用科研单位是要花钱的，说社会主义好，不用花钱就办事。所以他就老跑科研所。咱们的那帮教练，你请都请不来。唉，反过来说，咱们的教练也不是不想依靠科学，他不想出成绩？实在不是他不乐意来，是他那点儿文化水平，来了也没用！就算交给他那些数据，他还是个稀里糊涂，睁眼瞎。

提起科研所的事儿，我就气。要是拿回金牌来，你看领导上那个热闹劲儿，要是你的科研论文在国外获奖了，谁稀罕你？不管哪一茬的领导，精力就是集中在训练部门，集中在奖牌上。就这架势，建体育强国？难！

人才的滞留

又是一个现今体育体制包括竞赛体制带来的大弊，不容回避。

尽管人们并不否认体育人才交流的重要，但若是真的试图去挪动他人领地一兵一卒，你非吃闭门羹不可。解放军队的教练在一次国内比赛后提出，能否从其他省市代表队中每一个项目的第十名之外，调配给他们一些队员，结果遭到各地拒绝。十名以外也不行，赶明儿让你们给练好了出来打掉我呀？

1985 年 10 月，美国应聘到我国执教的田径教练丹尼斯，在郑州青运会上遇到了他无论如何也搞不清楚的问题。那些在田径项目上夺得金牌的青少年运动员，在他看来大多缺少继续提高的条件，前途不大，而那些有着明显潜力的运动员，他们本省、本地区的教练又不肯把他们交给丹尼斯。这种尴尬的滋味丹尼斯并非第一次尝受，他在 1984 年一到中国不久就体味过了。

地方主义正是造成丹尼斯困惑的直接原因。以至于中国体育的后备力量非常不妙，人才滞留。

这里有一份某省体委于 1986 年 3 月下发的正式文件，严令禁止体育选手外流。文件先是通报了该省两个市的一些运动员被北京航空学院、北京体院竞技体校和八一队“私自招走”的情况，然后作出如下特殊规定：

> 一、凡外省、市、区、解放军、全国性产业体协到我省各级体校选招运动员，必须持有省市自治区体委或同级的介绍信，经省体委同意加盖公章后，在指定的地市县选招，如手续不全者，各地市县有权拒绝选招。
>
> 二、凡高等院校招收各级体校运动员，必须经当地体委同意，报省体委批准，并要严格按照招生手续，未经当地体委正式推荐和省招生办同意，一律不准乱拉运动员。
>
> 三、(略)
>
> 四、对于不通过上述正常手续，乱拉运动员，各级体委要通过当地政府有关部门予以制止，并及时上报省体委。对于不听劝阻者，省体委直接向各省市、自治区、国家教委、总政治部等有关单位或部门提出交涉，必要时报请国家体委通报全国。对于各级体委中个别人搞私下交易，或知情不报者，一经查清，坚决追究有关领导责任。
>
> 五、……追回流失的运动员，并将追查情况上报省体委。

这个文件是 3 月份下达的，到了 5 月，省教育厅和省体委又联合颁发了《关于严格控制体育运动人才外流的几项规定》，特意在原来基础上加了一条更厉害的：

> 对于各级各类体校中个别教练员私下搞交易，徇私舞弊，放走人才者，一经查清，根据情节，将降低、撤销或不予评定技术职称，直至调离教练工作岗位。如发现教育、公安等有关部门中个别人有类似情况，建议同样给予相应的纪律制裁。

看这文件，多具体。

中国在改革的时代，科技人才要流动，管理人才要流动，教学人才要流动，工农业各条战线的人才都可以流动，这是改革开放搞活的需要，所谓“树挪死，人挪活”是也。为什么最具有活力的体育人才无法流动？这不能不说是我们体育体制、竞赛体制带来的结果。

像这样严令禁止人才流动的，绝非一家，可以说，几乎家家如此。偌大的中国体育界，颇有些“人世难逢开口笑，疆场彼此弯弓月”的味道。统统为了一个目的：金牌。

河北省自行车队1987年以来让人刮目相看，靠的就是人才的引进。6月，该队不满21岁的赵燚大幅度地提高了女子1000米计时赛的全国纪录，从而使中国诞生了第一个计时项目的自行车国际健将。7月，河北女队又创造了女子3000米团体追逐赛的全国新纪录。令人惊异的是，这支令全国同行和新闻界关注的劲旅，建队还不到三年，何来神力？原来，该队教练王振新，是从自行车运动的强省——山西步入运动生涯而后回归河北的。这个王振新在河北执教以来，又受到山西的热情关照——哥哥是山西体育科研所的领导，嫂嫂是山西省体委的副主任。这样，山西队几十年来的成败甘苦顺风逆境，在王振新那里全不成秘密。加上有了这层“血缘”关系，山西派出了一位最了解、最熟悉中国唯一在世界锦标赛中摘取过自行车奖牌的著名运动员周素英的人——周素英的未婚夫，前往河北助阵。结果，赵燚与周素英的风格竟十分相似。山西助阵的作用不言而喻。

这件事说明两重意思：河北队倘若没有借助山西的力量，站在巨人的肩头以助高，显然不会进步如此神速，说明人才交流之重要；但是，援助的契机，却是兄弟血缘。那么，倘若没有这层关系，山西的人才和智慧就极难交流到河北去。此事又反过来说明了中国体育人才交流的困难。

一家人才济济，内部消化不了，另一家人才奇缺，上下无法配套，这个现象实在不是唯体育界独有。而体育界由于自身体制所决定，又由于多了一个金牌的因素，金牌又直接关系到一个省、一个地区的体育官员的荣辱升迁，所以这现象就显得严重得多。整个体育界的人才浪费十分惊人。

还是山西省。这里从20世纪50年代就打下了雄厚的摩托车运动的基础，第四届全运会前后山西健儿曾铁骑出山，纵横驰骋在北中国，产生了一批健将级选手和国家特级摩托车手，群众非常爱戴。到了第五届全运会，由于大会没有设立这个项目的金牌，山西省体委断然将这个项目下马了（不排除经费困难的因素）。铁骑不再咆哮，铁流不再奔腾，军体大院里出现了少有的寂静。几十辆摩托车在库房里沉沉睡去，灰尘渐渐地覆盖了它们，锈迹毫不客气地在吞噬着它们。人呢？这是比那些赛车更宝贵的。这些摩托车运动健将和特级车手们，带着一身老伤，作鸟兽散，各奔前程去了，有当卡车司机的，有干邮递员的……另有一批无路可走的骨干，留了下来，闲着，心里发慌，无事可干。好几年前我就常常在太原街头遇到健将小白，慢悠悠地开着个偏三轮，在菜铺子跟前讨价还价，然后拉上一篓子菜回去给更多的闲人们做饭。而今，那辆偏三轮残破得气也喘不匀，一天天见老的健将小白还时而开着它跑菜铺。一晃间，六个春秋过去了。近七年来，这群热爱摩托车事业的闲人们向省政府有关领导、向省体委打了多次报告（笔者本人还替他们向副省长的秘书转递过一回），要求领导上能够恢复这个项目。并提出，如果领导上经费确有困难，他们可以成立摩托车协会，自费办队，或民办公助。眼见得并州街头几千上万辆的民用摩托车奔驰而过，无数的年轻人对摩托车运动有着浓烈的兴趣，为什么我们这些人不可以把大家组织起来办摩托车事业？为什么不可以以车养车，一边搞为民服务的短训班，维修站，一边注意培养苗子，建立队伍，将来为山西、为中国效力？这样办，既为国家节省了资金，又为民族培养了人才，他们自身也产生了新的价值。这是一群身怀绝技的人才呀！

但这报告泥牛入海了。记得那位当年的摩托车教练，曾在车场上冲锋陷阵九死一生。那天他开着小白买菜的那辆车，拉着我跑省府大院，跑那份报告。希望一一破灭之后，他怅然地驾驶着车，把油门松到最小，任车轮缓缓向前滚动。良久，这位征战沙场半辈子不曾低头的中年汉子，凄楚地对我说：“只要他们让咱干成这个事业，活着别像个死人，咋都行！”

爱的压抑

近来，我又一次来到中国体育的中心地带：北京崇文区体育馆路，这里聚集了整个民族体育的精英。三杯老酒下肚，得到两则信息，也算小故事。

先是说起了羽坛两位宿将，女子张爱玲，几度叱咤风云，1981 年首届世界运动会女单冠军、女双冠军，多次获得金牌荣誉；男子陈昌杰，亦是一条响当当的中国汉子，同样夺取了首届世界运动会男单冠军，多次在国内外获得过金牌荣誉。这两人，天生的一对，女人来自上海，男的来自东北，志同道合。你说，两人相爱，岂不是皆大欢喜？但是不，在中国体育界绝不那么简单。各个运动队的制度是非常明确的：不准往异性宿舍乱跑，男女授受不亲。男女羽毛球队的人们并不是轻易能往来的，最多也不过是女队的姐妹们时而到男队的大宿舍听听教头训话而已。可爱情总是见缝插针的，就这么点机会，两人还是有了那个意思。时逢补习文化，这两位男女队的中国主力队员恰恰又分到了一个课桌，当然更妙，互补了那爱的毛毛雨。料不到，这件本是人之常情毫不过分的事情，却偏偏被抓住不放了。这还了得？不管一管哪行！于是二人在集体会上少不了挨一顿点名批评。没有规矩，谈何军事化管理？谈何集中精力为国争光？但问题恰恰出在这里，你不批也罢，不公开点名还好，爱情这玩意儿，越批越来劲儿。二人干脆没了顾虑，想聊天聊天，想遛弯儿遛弯儿，明打明地上街逛去！——逼急了，张爱玲冲出一句：“怎么啦，我俩就是真的好啦，你们要怎么的？”当时陈昌杰同韩健住一屋，时常倾诉心中块垒。好，等张爱玲一来，韩健就机灵地溜出去，给二人让个合适。

在一些人看来，这是犯了大忌的，倘不就地处理，成何体统？运动队不是公园，不是结婚证发放处！遂做出决定，二人虽是羽坛中坚，但为了老规矩，不能姑息，必须打发其中一人出队。

可是，要打发张爱玲，女队教练坚决不同意，张爱玲是功臣，是主力，她走了，女队不亏了吗？要打发陈昌杰收拾行李回大连，男队教练执意不从，国家培养一个陈昌杰不容易啊，好不容易顶个主力用了，哪能轻易打发回家？

事情悬了下来。龙潭湖畔中国体育精英聚集的大院里顿时沸扬开来，在 1982 年前后形成一个不大也不小的议论中心，说啥的都有。

干吗非要把我们拆开不可？张爱玲、陈昌杰的心头压上了两块沉重的大石，艰难得很。我们为什么没有爱的权利？

事情越闹越僵，中国男女羽毛球队的正常训练不由得受到影响，时逢国际大赛任务繁重，比赛日期渐近，问题必须解决。于是，官司直打到一位体委领导那里。张爱玲也豁出去了，除了找领导申诉不平，还投书《体育报》，希望得到舆论支持（最近我到该报寻找张爱玲的信，未能寻到，可惜不能令读者一读了）。爱情的苦闷最难煎熬，《体育报》却也一筹莫展。

那位领导经过认真考虑，做出裁决：二人恋爱事小，国际比赛事大，在此出国前夕，实应以大局为重，团结一致，力夺金牌，要做好二人思想工作，胜利完成党交给羽毛球队的光荣任务。这么着，张爱玲和陈昌杰才算都没被打发走。

张陈二人赌了一口气，下决心要在这次出国大赛中拼搏一番，夺个光彩回来。

非常可惜，由于赛前身心憔悴，压力太大，赛间坎坷不断，风云险阻，张陈二人未能获得预想中超过以往的战绩，怏怏回国。

恰在此时，羽毛球队新人也渐次涌现，有关人士执意要打发这两人的决心更加坚定。过了不久，中国一代羽坛英豪张爱玲、陈昌杰先后离开了龙潭湖畔，同羽毛球队的伙伴们无语泪别。

据知情人披露，按当时张陈二人的实力，完全可以再振雄威，为国效力，并不止两年三年。可惜中途落马，只为爱情故，过早地离去了。离队以后，张爱玲在上海，陈昌杰回大连，情丝未断，鸿雁传书，心坚似铁。后来果真结了婚，又调陈至沪，终成眷属，双双出任上海羽毛球队教头。

但是，他们的运动生命，却在多少人的哀叹之中早早地结束了。

这是一个已经过去的故事。另一个故事正在发展演变之中。

中国体操队主力、26 岁的老将许志强，久有爱情饥渴，只因终日苦练，无暇顾及。到了 1987 年，许志强在国际赛事上扬眉吐气的时候，同时喜得爱情的滋润，有位澳大利亚姑娘爱上了他。爱得鲜活有趣，美不胜收。每每相遇，耳鬓厮磨，北京地面，偌大的去处，二人却难躲藏，时在体育馆路广阔的大道边携手漫步。说不公开，实已公开化了。这一化不要紧，就有“有关人士”前来劝导，晓之以理，动之以情，切盼浪子回头，迷途知返。而许志强却不是那种逃避爱情教化异变的人，一个男子汉，爱上了就是爱上了，为何不敢言爱，谈爱色变？因此，他向“有关人士”心平气和有板有眼地提出了自己的要求：我决定结婚了，和这位澳大利亚女孩。一次要求不成，许志强又提，初衷不变，还是要求成婚。

许志强的要求，没有任何违法的不合道理的地方。

而“有关人士”却迟迟不便决定。须知，许志强是国家队主力，有战略性计划压身，怎敢贸然答复？

事情拖了下来，旷日持久。

这位中国的崇拜者、澳大利亚女孩儿不管那一套，凡有时间，必陪许志强，不惜在蓝天上飞来飞去，一直陪同前往广州第 6 届全运会，兼或照料志强的训练和生活。

许志强还是那句话:“我该结婚了。”

没办法,“有关人士”答复说:“小许啊,我们没权决定哟,你虽在国家集训队练着,可你是从八一队来的,是现役军人,我们怎么好答应你呢?”

许志强当即向八一队提出申请,没别的:我该结婚了,如果上级不同意,我只好要求退役。虽然我非常热爱体操,留恋体操,但是,我该结婚了。

我觉得许志强的结婚要求是完全可以理解的,也完全合法。一个 26 岁的大小伙子,在别的地方早当爹了。

中国的运动员为什么不可以像正常人那样谈恋爱结婚?

在我们专业运动队内部,眼下实行的是近乎军事化的管理,严格得很。一旦发现运动员像常人那样随着年龄的增长对异性产生正常的慕恋,并以正常的形式表现了这种慕恋,就会给予批评、劝阻甚或严厉的制裁。除非你干得秘密,未曾暴露。多少年来,我们开除或调出了不少少男少女。对许志强,算是例外地温和了。

因此,许多中国运动员的心灵深处是有创伤的,其精神生活是空虚恍惚的。

不少体育专业队的领导和教练们都在像防范洪水那样防范着爱情。大家采取种种措施,一系列的高招儿,来限制爱的萌芽,甚至不惜把男女运动员分别隔离开来。中国有多少运动员都不得不在爱情和退役、开除之间进行着痛苦的抉择。

打开 1987 年 10 月 31 日的《体育报》,可以看到张小鸽、周守瑾二人撰写的文章,记载着中国足球队所走过的道路,内中有这样的片断:

足球运动员的付出又岂止仅仅在赛场呢?中国队赴巴西训练比赛前夕,中锋马林郑重地递给我们一支烟,悄悄地说:这烟可是有意义的。什么意义?经反复盘问,他才吞吞吐吐地说他已经结婚了。说完又苦苦哀求我们千万别泄露出去。他说：咱们中国有个习惯，好像结了婚就等于到了运动生命的终点站。如果球迷们知道我结了婚，我非挨骂不可。

这可真是个奇怪的逻辑，干吗非要把结婚和运动生命终点站连在一起呢？而我们的运动员却非得这么忍着。

我不了解中锋马林的爱情道路，不敢妄加评说。而今他能同昔日的湖南手球运动员李云惠同志结合，我倒觉得是马林的幸运。要知道，更多的中国运动员没有这个福气，甚至连想都不敢想。

这不能不说是中国体育的又一悲哀。由于专业队限制运动员的恋爱和结婚，而运动员一旦身体发育到一定阶段又不得不走上结婚成家的道路，所以造成了这样三种情况：一是运动员在训练期间人性的不舒展、压抑甚至变态。二是到年纪稍大时即不安心，厌恶训练生活，对将来忧虑重重。三是导致中国运动员成为全世界运动寿命最短暂的一群。

1987 年夏末秋初，我曾到国家体委训练局所辖的训练基地采访。在这里，拥挤着中国体育界最宝贵的成百上千名国手。我先后到体操、跳水、乒乓球、羽毛球和女篮等几个队走了走，观察他们的训练生活。我发现了一个值得深思的现象，就是很多运动员的脸上没有笑意，脸上浮现着笑意的我仅仅发现两个人，一是李宁，这位体操“王子”在训练过程中走到长廊口接了个电话，笑了。另一位是女篮的郑海霞，她在训练中精神状态最佳，时有笑声。

大家干吗不快活些？

没有爱情的生活或有爱情不许释放的生活，是没法快活起来的。他们的生活也如同整个体育体制一样，是封闭的。

教练员们对这个问题的解释最主要的一条就是：恋爱影响训练，扰乱军心。而他们却不知道，限制的结果只能迫使少男少女们由正常的恋爱生活转入地下状态。他们偷偷摸摸，长夜难眠，这样恐怕更分心。正常的爱情生活才是人生进取的莫大动力！

纵观世界体坛，又免不了令人感慨：

在40年前的伦敦奥运会上，30岁的荷兰选手芬妮，作为当时年龄最大又是两个孩子的母亲的女运动员，一举夺得4项冠军，取得辉煌成就，震惊世界。

自芬妮之后，女运动员在生育以后运动成绩达到顶峰的不胜枚举。美国长跑选手史密斯做了妈妈，在40岁那年，成为世界上第一个打破2小时30分马拉松纪录的女人；著名选手克里斯蒂安森，在生完孩子的五个月之后，即在1984年伦敦国际马拉松比赛中跑出了2小时24分多的好成绩，紧接着，她又打破了5000米的世界纪录；著名短跑选手胡克斯，生了孩子后，在1984年奥运会上一人独得200米、400米以及4×100米接力3块金牌，在获胜之际，她激动地抱着孩子绕场跑了一圈。这在中国将是不可思议的。

科学家们认为，从生理学上讲，怀孕有如训练时负重25磅全速跑400米栏一样，一旦重量解除，已健壮了的肌肉会使跨栏选手的步伐加快。胡克斯抚摸着3块奥运会金牌，深情地说："我肯定，怀孩子使我更强壮了。他位于我腹部的最下端，甚至接近臀部位置，结果增加了我的屈肌力量。这组肌肉是否强健，决定了你是否是一名优秀的短跑选手。"最主要的是心理。怀孕使运动员心理上得到了极好的磨炼，使女人们更坚强。许多女选手生育后，情不自禁地说，生孩子比跑马拉松更艰辛。

限制恋爱和婚姻的另一个直接后果，是导致中国运动员运动寿命普遍缩短。

国家体委国际联络司的楼大鹏曾做过一个很有意义的比较测定。他拿世界前10名田径选手同中国前10名选手年龄对比，发现前者最大年龄、最小年龄和平均年龄都高于我们。女子15个项目中，外国运动员有11项年龄超过30岁，而我国无一人超过。我们有9项最大年龄小于外国选手的平均年龄。而这些项目正是我们落后的项目，如100米、200米、400米、

800 米、1000 米、1500 米、3000 米、400 米栏和马拉松跑（男子 20 项中，外国有 12 项超过 30 岁，我国仅有两项）。这样比下来看：

外国女子：

短跑选手平均比我大 3—5 岁。

中长跑选手平均比我大 6—8 岁。

跳跃选手平均比我大 2—3 岁。

投掷选手平均比我大 4—6 岁。

外国男子：短跑选手平均比我大 1—3 岁。

中长跑选手平均比我大 1—3 岁。

跳跃选手平均比我大 3—5 岁。

投掷选手平均比我大 3—7 岁。

当然，中国运动员的运动寿命短暂还有其他诸多的原因，比如少年体校教练员急功近利，像挤牙膏一样迫使少年运动员出成绩，拔苗助长，导致过早淘汰等。但是，体育训练管理当中不准恋爱，没法结婚，则是毋庸掩盖的一个大原因。

田径也好，足球也好，篮球也好，越是成熟的运动项目，越需要成熟的人才能完成。这里面有一种稚嫩的青少年不可取代的成熟美。

如果我们承认那些运动员是非常可爱的，那么，可爱的人为什么不可以去爱和被爱？

尼采说："我们真正的困境在于，出于对人的恐惧，我们已丧失了对人的爱、对人的肯定和成为一个人的意志。"

中国体育理应引导无数青少年走上健康向上的爱的道路。简单地禁欲，粗暴地阻挠，同整个中国发展中的精神文明建设是不合拍的。

而这实在是一个关于人道的大问题。

急剧弥散的病毒

是的，病毒正在体育界内部急剧弥散。

近些年来，中国体坛上的赛风大有偏离体育精神的趋向。各个体工队以及他们的领导，都把夺取金牌的多寡作为鉴定自己工作实绩的最高标准，以便向更上级领导汇报和邀功。体育界有些人做事，只是为上级看好，所谓“抓了几个人，丢了一省人”的批评非常概括。他们认为只有竞技运动的成绩才是自身成败仕途升迁的重要标志或唯一标志。为了这个目的，那么好输不如赖赢，管它什么手段？

比赛中的卑劣把戏已有所揭露。一些人有时玩弄比赛把戏就像玩弄七巧板。赛场上，曾经出现过 69 比 0 甚至 92 比 0 的奇特的足球纪录，也出现过争相往自己家篮里投篮以期避开下一组强手的篮球公开赛。还有执法人——裁判员们的所谓“君子协定”。贿赂之风也已开始向体育赛场渗透。所有这些，都是那些地方主义者、本位主义者导演的丑剧，他们使体育竞赛和金牌变成了捞取某些个人利益的手段以及资本，进而践踏了体育，践踏了观众。我们必须正视中国体育赛场上的此类表演。

绿茵场上，烽火狼烟。

一年一度的全国甲级联赛是中国足球较高水平的角逐，于是那“病毒”的渗透就格外可怖。在 1985 年全国甲级联赛的最后一轮比赛中，山东队与解放军B部队队总进球积分相等，两队各剩一场比赛，赛完后即显出积分差别，必有一队要同其他三队一道，按惯例降级为乙级队。谁愿意降级？降下去怎么向领导交代？这就使两个队的兵兵将将们颇费精神。单靠实力和技术是很不保险的，必须另辟蹊径。

双方一看各自将要碰面的对手，嗬，一个叫妙，一个喊绝了：B部队队的最后一场将遇到另一支部队队，妙就妙在这场球的输赢对那支兄弟部队队的前途并无影响。B部队队喜出望外，这下有招了，赢它多少都无妨。

比赛在蚌埠举行，时间是上午；那么山东队呢，比赛在南京举行，时间是下午。绝就绝在其对手是多年的老朋友大连队，输赢亦不影响大连队的甲级队地位。

好，双方为争取总进球数领先的决战开局了。

先是上午在蚌埠，B部队队与兄弟部队队演练，以5比0的高分“胜”了兄弟部队队，结束了这场洋溢着友谊气氛的比赛。这样B部队队的手里多了5分，看来山东队与大连队交战，够他吃的。有这5分在手，B部队队似乎可以保住自己不降到乙级队去。然而，B部队队的教头，却是深知中国足坛之道的，他放心不下，于比赛结束后立即从蚌埠飞车南下金陵，要观一观山东队同大连队的战事。

下午，山东与大连“战幕”拉开，你来我往，双方攻防有致，踢得倒很热闹，两队互有建树，观众看得也不算失望，比分交替上升，常常踢出非常漂亮的球来。

那B部队队的教头一看，心说完了，踢得越漂亮，这里头越有“猫腻”。并且，山东队竟以头球和角球得分（天啊，要知道在统计总进球数时，头球和角球是一球算两球的！）。临终场，这教头担心的事到底还是发生了——山东队与大连队的“巧战”以5比5的平局握手言欢。这意味着，B部队队虽然在上午捞了5分，却敌不过山东队这5分，头球角球要加倍，等于7分。山东队的总积分显然超过了B部队队。

这真是山外青山楼外楼，强中更有强中手！

B部队队教头急了，当场提出强烈抗议。而这抗议的力量太小了，人们在同情的同时并不注重这教头的呼喊。谁不明白，你上午那5个球，咋就进得那么顺当？

到底，山东队以两分优势，保住了甲级队的地位，将B部队队挤出了全国“第一流”。由于这两场球实在是不大光彩，干脆没把比赛结果向外界公布。

我们不禁联想到，1981年世界杯外围赛上，新西兰与沙特的那场令人气愤的比赛，也是5比0！

如此竞赛，中国足球谈何提高？我们再举一例。也是在中国足球最高水平的甲级大赛中，湖北队与××队比赛，观众趋之若鹜，都想一饱眼福。不料想，战幕拉开，双方竟毫无赛意，谁也不抖擞精神，不卖力气。观众甚为不满，大喝倒彩，更悟到两家又是内定了什么“猫腻”。果然，上半场30分钟时，一方队员竟当着裁判员的面，向对方嚷嚷：“嘿，快进球哇！你们进完了，我们好进！”裁判一听，当场气极。偏偏这位执法官又是国际级足球裁判，足坛有名的张大樵。张大樵耳听队员们的嚷嚷，气愤之余，他当场宣布罢吹！比赛只好暂停。张大樵是出于无奈，他唯有以这种非常的方式，去整治赛风，去表示自己的义愤。一直到双方都向观众们保证认真比赛，检查了错误，裁判才重新执法。

足球场上的法制必须健全。

在保加利亚，他们面临世界杯的特级战争，不惜牺牲国家队的实力，在国内甲级联赛中，执法如山，严厉制裁了包括五名国手在内的舞弊者，课以长时间的停赛惩罚，某甲级劲旅在法制面前被强令解散，名次被取消；就连超级巨星马拉多纳等许多最高贵值钱的选手，在各种大赛中也都受到过严厉的惩处。

我们却极难做到法律面前，人人平等。是不是我们各界的官僚主义混蛋事儿太多早已司空见惯了，所以足球场上的营私舞弊也不足为奇、法不责众呢？

1987年10月18日，第6届全运会自行车赛女子70公里决赛在上海拉开战幕。中国最优秀的自行车姑娘们披挂上阵。在此之前，为提高中国自行车运动的水平，国家体委有关部门明确规定，在国内自行车比赛中平均时速不得低于每小时35公里，否则即算违例，比赛结果无效，运动员不计成绩。18日这一天，上海天气阴冷有风，全运会组织者根据天气和路况决定，将平均时速必达35公里，降低为34公里，以有利于运动员的安全。不达34公里平均时速者，无夺取金牌资格。此决定从教练到队员无人不晓。

枪声响处，几十名运动员踏上了70公里的征程。出乎所有人意料的是，赛场上并没有出现人们所期待的那种奋勇争先的局面。相反，倒是争后恐先，人人退缩，谁也不愿意率先领骑。这是因为领骑的人将受到空气的阻力而担心消耗自己的体力，跟在别人屁股后头骑行是顺风前进，当然省力气，最后争夺就不吃亏啦。在这种“跟”的战术思想指导下，我们可爱的自行车姑娘挤作一堆，以中国人混吃大锅饭的心情，以不及平时训练快的速度，悠然前进。比赛的组织者们发现这种情况后不断地通过广播，提醒运动员们时速未达标准，催促她们奋勇拼搏，加油快进。可惜，广播反复多次，不见效果。姐妹们依然裹作一团，谁也不当出头之鸟，心说要罚都罚，要没资格领金牌，咱就都不要领，我得不着，你们也甭想……尽管广播员在焦虑地呼叫着，重复着，也无济于事，整个车队的时速依然很慢，也没有拉开。有的运动员因车子出故障而耽误了时间，也很快追上了大队。自行车姑娘们就这样跑完了70公里全程。

测定结果出来了，她们的平均时速只有32公里多。她们集体违例了，统统不达标，没有一个人有领取金牌的资格。普通老百姓也不愁跑不出这个速度啊！

一块金光闪闪的奖牌，就这样上交国家体委了。最严肃最庄重的全国运动会，能赛成这个样子，金牌居然废了，这算什么问题？人民的期望那么高，那么热忱，而第6届全运会的自行车赛，却没有打破一项全国纪录或刷新一项全国最好成绩，是以往历届全运会从未有过的现象。

多么令人伤感的赛事！然而这类现象却非绝无仅有。近年来，中国泳坛上刮起了一股弃权风。一些运动员一看强手登台，夺标无望，便以种种理由弃权。弄得有时满池碧水空空荡荡，少数参赛者缺少竞争对手，成绩难以突破。

观众怎不叹息，中国运动员志气何在？

责备运动员？责备教练员？这问题的根子在哪里？高尚的体育竞赛何

以变得如此鄙俗？

山西第7届省运会，出现了更糟糕的局面。参加这个运动会的18个代表团，差不多家家都有用票子“买”来的或“租”来的运动员。有的项目干脆是把外省的整个队伍搬来参赛。观众戏称这里举行的是“18省市运动会”。像晋东南地区，这里曾经是一个培养出篮球健将、自行车健将、射击健将、水上摩托及女子跳伞全运会冠军的地方。有一年，一次就向省以上代表队输送过42名运动员，参加全运会的本区运动员也曾一次达到过28个项目。《人民日报》曾以头版头条发表过《太行山体育工作在跃进中》的表扬文章。贺龙、罗荣桓、聂荣臻三位老帅曾经同时亲临山西参加体育工作会议，高度赞扬太行山的体育事业……就是这样一个具有雄厚的群众体育基础的地区，如今，连参加第7届省运会的男女篮球，都派不出代表队，不得不以重金“租”来驻河南的部队男篮和空军的女篮赴省参赛。许多代表这个地区参赛省运会的外地运动员，从始至终，根本不知道这个地区的体委大门朝哪儿开。他们从各自的省市出发，直奔大同参赛，接着就是为钱而“拼搏”，一只手把牌子往外一交，另一只手接过票子，刷刷一点，往怀里一揣，直接从大同赛区登车回家。在这届省运会上，山西的观众们是这样给运动员“助威”的：

“河北队——加油！”

“河南队——加油！”

好令人寒心的拉拉队！他们还不知道，这届省运会，山西花掉了500万元人民币，否则一定会更加气愤。

事后，正直的山西体育工作者们一边表示自己的痛心，一边长叹：“唉，不这么干不行啊！”

是的，为了名次和金牌，在各地，体育作弊案时有发生，冒名顶替的，谎报年龄的，吃兴奋剂的，行贿受贿的，坑害他人的，伪造户口的，直至借助暴力……单说谎报年龄问题，真是屡禁不绝。为此，国家体委不得不以正式文件，公开制止，采取新的措施：

近年来，在全国各级业余体校比赛中，不断发生隐瞒年龄弄虚作假的不正之风。……从 1984 年 7 月开始，凡参加全国性业余体校比赛的报名表，必须由参加单位主管业余训练工作的处级负责人签名，否则无效；各赛区从每队抽二至三名运动员，拍摄骨龄照片。对骨龄超龄的运动员，请有关省、自治区、直辖市体委认真调查核实，将调查结果报我委群体司。国家体委也将派人抽查。如再发生隐瞒年龄弄虚作假问题，由派出单位签名人和运动员所在体校负责，根据情节轻重，采取通报全国，停止该单位参加下一年度该项比赛资格，直至建议当地行政机关给予纪律处分……

这个文件是国家体委 1984 年 5 月 19 日下发的。几年过去，各地虽有所收敛，却不能根除，仍有许多人铤而走险。在 1987 年山西省少年田径运动会上，因为断然采用了骨龄检测的手段，使原先在户口上做手脚的传统一套失效了，大批超龄的“少年”运动员被查将出来，以致太原市、晋城市等代表队几乎全军覆没。真是户口失灵，骨测显圣。而查人的骨龄，就像查树木的年轮，一查一个准，是很靠得住的。

唔，靠骨龄检测，可以限制年龄作弊，而靠什么良药，才能消除整个体坛的病毒呢？

结束神话的时代

长期以来，中国的宣传舆论为体育界抹上了一层神话般的色彩，使他们以民族的榜样出现。我以为打破这神话是很有意义的。革命领袖神一般的形象一旦返璞归真，中国就受益匪浅。要改革中国体育，神话亦急需破除。一个行业被神化以后，民主的空气必然稀薄，社会对它的监督相对减弱了，放松了，那污泥浊水就会多起来。是的，干体育的人，和其他的中国同胞怎么会两样？他们身上既有正直善良美好的一面，也可能有非正直善良美好的一面。因为同样有着山一般沉重的历史重负和社会的落后因素，谁能比谁超脱到哪里去？

《合肥晚报》曾经登载一篇专访，介绍了一位著名教练对体育界内耗现象的看法。这位教练认为，体育界不是真空地带，复杂得很，内耗严重。他举了个例子：有一次，女排在日本输了球，电视一转播，机关里立刻就有人高喊，报告大家一个好消息，中国女排以 2 比 3 战胜了日本队！这显然是一种幸灾乐祸的态度。

后来我听说，有领导找这位教练谈了，批评他不该乱发议论，这位教练则矢口否认自己有过上述的谈话。不论是谁说的吧，问题在于这篇专访所指出的现象，引发了人们的思索。实在是这类文章太少了，偶尔披露，倒成了稀罕事。

我们多么渴望知道生活的全部啊，不是全部的，就不是真实的。我们既想知道金灿灿的金牌，我们也想知道金牌的背后。

毫不客气地说，现今中国体坛，其精神风貌远远不及 20 世纪 50 年代、60 年代。且不论我是否也犯了“怀旧”的毛病，但我的职业使我更多地面对现实。你知道吗，有些运动员一说这场比赛没奖金，他的肚子就疼开了；有的运动员出了成绩别的不问，先问奖金多少；要是打非正式比赛，伸手就要“表演费”和纪念品，否则浑身没劲儿。金钱至上，铜臭熏天。还有，× × 柔道队的运动员住了宾馆，居然大笔一挥，往洁白的被套上乱写“× × 柔道队到此一游”字样，生怕人家不知道他们是精神文明代表队。有的运动队，在内部管理中别的招儿没有，就知道个罚款，早晨不出操，罚款五毛，站队迟到罚款三毛，无故外出罚款一块……逾假不归，罚；串异性宿舍，罚；乱骑教练摩托，罚；泄露军机，罚；说教练坏话，罚；罚罚罚！罚到头来，运动员倒有了点子：头天晚上向教练预交罚款五毛，第二天早操我不出了，干脆你们就甭叫醒我！

有的裁判员不能秉公执法，怀里揣了点儿好处费就乱吹歪哨，在比赛中甘愿扮演不光彩的角色。有一位裁判员就因为没得到一个“唐三彩”，当即罢吹，管你什么比赛不比赛；有的教练员到基层招运动员，大捞物质好处，却不管是棵什么苗子。在如今的中国体坛上，索要高价的事屡有发生。至于赛场内外发生的种种殴斗事件，更是屡禁不绝。还有公然违法乱纪杀人作案的事。

据三个省统计，在打击刑事犯罪活动中，被拘留和判刑的运动员教练员竟达 28 人之多。

四川省 21 岁的举重健将邹远春，是个法盲。有哥儿们蒋锡斌跑来找他：“帮帮忙，我杀了人。”于是我们的健将对杀人犯盛情接待，然后替罪犯窝藏了凶器、赃物，借好钱，写好信，为罪犯换了衣裤帮助伪装，送蒋去青海避风。不期风声更紧，杀人犯重潜成都找到邹远春求助，邹再次借钱协助凶手脱逃（后二人被绳之以法）。而正是这位邹某，在事前不久的法律知识考试中，竟得了 95.5 的高分。真不可思议。

运动员不知法，犯法可怜。而一些体育工作的领导者知法犯法，则更可恨。

1987 年 10 月，河北省体委主任、党组书记张碹，因贪污被开除党籍，撤销职务。这位河北省体育工作的一把手和该省体委训练处处长张某以及省体育服务公司副经理等人应邀出访归国后，在未曾付给外国人任何费用的情况下，居然大报其花账，报住宿、报膳食、报交通、报工杂，以此贪污 3600 元私分。说实话，这个数目倒不惊人，严重的是，他们在问题暴露之后，竟然去找外国人开假票据，出假证明！在这帮人领导下，河北省体育服务公司严重违法乱纪，犯罪活动猖獗，12 名干部职工中，就有 5 人被检察机关立案侦查，4 人被依法逮捕，造成了极坏影响。

受聘前来国家游泳队任教的民主德国著名教练克劳斯，看着中国运动员头疼，“告状”告到国家体委有关部门负责人那里，对他的中国学生提出了尖锐的批评。他摇着头：“我当了这么多年的教练，从来没碰到在中国这段时间遇到的问题。”他真不理解，“我按时到了训练场地，但你们的教练没到，队员也不齐，有的还在看电视。上训练课，有的队员居然熨衣服，看医生。有的队员到了训练时间，还在睡大觉。有的队员不来训练，也不提前报告。你们的教练不积极执行制订的计划，反而迁就队员，为他们开脱，说什么太累。用两个星期出国比赛一次，回来还要休整。有的运动员自以为了不起，高高在上，有的队员的训练成绩有欺骗现象，这样的队员成绩再好，在民主德国是要开除的！他们不珍惜国家为运动员创造的条件，忘记了其他中国人是在什么条件下生活，不懂得有现在这样的训练条件多么不容易……”

还有一个现象颇值得国人思量：当无数善良的中国老百姓以那些英雄式的运动员为契机，尽情地抒发心底的爱国热忱的时候，而他们——英雄的中国运动员中的某些人却并不见得比人们更眷恋这块贫困的国土。老鸟一口一口地把小鸟哺育大了，小鸟要飞了。他们带着祖国给予的荣誉，远涉重洋，投奔异国而去。如李赫男、李孔政、陈肖霞、李宏平、李小平、李月久、吴佳妮、蔡振华、童非、谢赛克、梁伯熙、汪嘉伟、周兰荪、曹燕华、郎平等。

中国不可爱吗？

诚然，我并不想说出洋就是不爱国，爱国不分内外。只是何必太急？中国更需要他们！

这里要说明：大量中国名将的出洋，并不属于国际正常交往派出执教的援外人员，都不是。他们有的是自费留学，有的是以探亲之名，有的呢，只是到美国陪读而已。

有的，出去以后，还想着回来，却不多。

有的，出去以后，不想回来的却不少。

中国，为了培养他们，也算得上勒紧裤腰带了。我们的体育体制就这点儿不含糊：从小到大，从默默无闻到名扬四海，用不着你私人掏腰包，国家全包全揽！

有本事你自个儿花银子练嘛！多少国家的运动员不是这样？——一位业余体育家这样说。

还是那句话，怨不着运动员，不怨他们。我只是想打破那神话，弄清楚是超人还是凡人罢了。几番风风雨雨，在今日中国，树立任何神话般的光辉榜样都不是明智之举。

艰难的“体育热”

会有一批读者要责问我，说你咋净看的是这些东西？你咋就看不见中国竞技体育运动的腾飞极大地振作了民族精神？难道你不曾看到我们通过体坛上的成就，早已向全世界宣告中国人甩掉了“东亚病夫”的耻辱帽子？难道我们在国际赛场上一次又一次的胜利，你就视若不见，听若不闻？

我接受这样的责备，并且这责备也是有力量的。然而，纵向的比较总是最省事，如果真正热爱中国体育，就不应沉湎于自我安慰。

不错，金牌是有200来块，搞得国人乐不可支。可惜只是流于观赏了，它们很难起到推动全民族体育事业发展和增强人民体质的应有作用。绝大多数中国人只有“看”的机会，却无“干”的场合。金牌的意义何在？

在中国，无论走到哪一座城市，你都不难看到，在川流不息疾驶飞奔的汽车旁边，在迷蒙昏暗的路灯下，少年在挥舞着羽毛球拍。我以为这是冒着生命危险的，他们在马路上的娱乐，绝不会引起汽车驾驶员格外的关照。孩子们冒险的行为当然不会激发更多的人来参与此类无知的运动。意味深长的是，这个常见的镜头说明了中国人身上潜在的运动才能和体育精神，被我们极端稀少的体育场地和残破的体育设施所钳制、埋没。

你若到乡间去，打谷场上，不难见到像一个大牌子似的独木篮球架。正面的木板已不齐全，想来是被精力过剩的剽悍后生用球砸断。大牌子寂寞地戳在谷场上，上头依稀可辨四个大字：农村体育。

夏日里，我常到山西省政治文化中心太原市去。这个城市即使拿到世界上也不能说小了。然而在1984年以前，这里仅有一个游泳池，池中比煮饺子还挤。太原是这样，济南、郑州、石家庄、兰州、沈阳、昆明、南京、成都、重庆、广州、上海、天津、北京，哪个大都市不是如此呢?

即便是那些为数很少的体育场馆，一般也不对普通老百姓开放，那是专为拿金牌的人设立的。不幸得很，郎平的铁掌并不能促进群众性球类运动的开展，李宁的托马斯全旋也无助于全国体操运动的普及。

甘当观众的人还是大多数。大批体育爱好者由于各种各样的原因，其积极性正在被挫伤。

从你身边看吧。中国到底有多少人参加体育锻炼?就是说，我们的体育人口究竟有多少?正式的报道说是3亿人，那么这意味着在我们周围，在任何一个家属大院，每10个中国人当中，长期从事体育活动的人当有3位。而在此黎明时分，我站在阳台上，看着远远近近在各自的炉灶边忙乱的邻居们，那么多尚未梳洗的蓬头女人或叼着烟卷的男人，在紧张地操作着，准备早餐。又有多少家庭的夫妇争夺过外出运动的权利?而无数的单身职工，不睡至上班迟到的临界时刻，是绝不会从被窝里起身的。他们一边啃着早点，一边匆忙地奔驰在上班的道路上。

倒不如这样说：在10个中国人当中，有两三个人曾经——是曾经，参加过体育活动。那是在漫长的人生道路上早期的某个环节，例如在校园里。中国人一旦当了爸爸妈妈或者当了干部什么的，就极少再去蹦蹦跳跳，因为那样会让人讥为不稳重，那毛手毛脚的样子显得很不深沉。中国文化深层的东西要紧的是精神修炼，气理平和，吃亏让人，不偏不倚，谁教你到运动场上争强斗勇、大呼小叫去啦?

我们有3亿体育人口一说，实在靠不住。姑且按中国经常参加体育活动的人数确是3亿，也不到总人口的30%，而联邦德国体育人口为全国人口的61%，美国占64%，挪威占67%，加拿大占59%。就拿中国的强项举重来说，连专业带业余一股脑儿加上，不过两三千人，而苏联举重运动员的人数达40万到45万人，经常保持的世界纪录在15项左右。谁能想到，他们在 1964 年和 1968 年奥运会上两度蝉联重量级冠军的选手，竟是一位专业作家——列昂尼德·扎鲍金斯基。

英国和瑞典的女子足球参加者都在 10 万人以上，联邦德国达到 40 万人，美国超过 100 万人，而我们的普通劳动妇女中，有几个踢足球的？男子足球就更不好比，苏联在不到 3 亿人口中，拥有 450 万足球运动员；联邦德国在 6000 多万人口中，就有 420 万足球运动员，平均每 15 位居民中就有 1 人；罗马尼亚仅有 2000 万人，就有 16 万人踢足球。这样一个小国，派出一支“希望”队，在 1987 年 5 月 27 日晚，以 1 比 0 击败了堂堂的中国二队，取得了长城杯和三菱国际足球锦标赛的决赛权。顺便说一句，诸国如此众多的运动员可不是像我们似的吃官饭拿官饷的，是民间自办或院校学生队，绝非我们可比。

马拉松运动。仅有 200 万人口的新加坡，竟有上万人参加马拉松大赛。美国和日本也常常是上万人参加、数百万人观战。我们呢？不过是几十人、百把人跑，观众也不踊跃。人口居全国首位的四川省，1981 年在全国马拉松比赛中竟没有 1 人参加。

我们的整个社会体育水平、社会团体对运动竞赛的组织能力，也非常低。绝大多数国家参加世界性大赛的选手是真正的业余，直接来自院校或各自的谋生岗位，像刘易斯、摩西等超级明星就是学生。我们呢？官办专业队，打世界杯是这帮人，打奥运会是这帮人，打青年杯是这帮人，打大学生运动会还是这帮人。由社会上自己组织较大的运动竞赛，我们几乎办不到。

在 23 届奥运会前后，中国的游泳池计有 1394 个，属于中小学的室内池全中国只有 1 个。而苏联具备 42 个游泳中心，外加 2000 多个游泳池；法国的游泳池达到 4626 个；联邦德国达到 6500 个；日本更可观，竟有 31000 个游泳池！

一个拥有 2566 个市县的堂堂中国，到 1982 年，才仅仅有 41 个市县达到了建有“两场（体育场和带看台的灯光球场）、一池（游泳池）、一房

（健身房）”的起码要求，到 1985 年，才增加到 84 个市县具备这“两场一池一房”。

北京是不是好点儿？也不，在 4 个城区的 471 所中小学中，60%以上没有体育场地。上千万人口的北京市，合 30 万人挤一处体育设施。而东邻日本，平均每 2600 人即有一座运动场，每 3200 人即有一座体育馆，几乎是北京市的 100 倍。

全国平均，每位中国人仅有运动场地 0.22 平方米，只占民主德国的 1/18，美国的 1/60。

金牌尽管好看，却没有带动民众练起来。

我们的全国工人运动会，从 1955 年到 1985 年，中断了 30 个年头！职工体育活动开展如何，可见一斑。从 1949 年到 1985 年，36 年间，我们没有举办过一届全国青少年运动会。全国农民田径运动会，也是在 1985 年才举办第一届。工人、青少年、农民这三个事关重大的运动会，都是在党中央于 1984 年 10 月发出《关于进一步发展体育运动的通知》以后，才于次年举办的。

有人说，啥也甭怨，只因为咱中国太穷。是穷，钱不多是真的；有点儿钱也只重金牌、不重视全民体育投资，也是真的。长期以来，我国体育投资同国民经济的比例严重失调，到 1982 年为止，体育基建投资仅占国家基建总投资的 0.09%，又拿什么去发展各种体育设施？而体育事业费，也仅占国家财政总支出的 0.16%，人均 1 角钱。瑞士，这个比例数为 4.3%，人均 95 元；民主德国为 3.6%，人均 200 多元。

即使按照我们在 1984 年以后增加到人均体育经费 4 角钱计算，日本仍比我们高 50 倍，民主德国比我们高 500 倍，苏联比我们高出了 600 倍——中国体育“热”得起来吗？

然而就这 4 角钱，到头来也不剩多少服务于群众。要知道养活一个省级的专业运动员，一年最少需要 2000 元，一个国家队员最少要 4000 元。没了他们，靠什么去夺金牌？

学者总是说："体育乃是一个文明国家进行全民教育的重要内容。民族素质的内核是三大项：民族体质、民族智力和民族性格，而体质当推首位。"那么，我们发展体育运动的终极目的，究竟是夺取金牌呢，还是强化民族体质进而提高民族素质？我们千万不能把全民体育与竞技运动混同起来，因为前头说过竞技运动只不过是体育中的一项，其作用不外乎观赏而已。

从一个国家整体看，真正从事竞技运动的只是极少数人。问题就在于，我们恰恰过于偏重竞技运动并在很大程度上把它与体育的概念混同甚至以此取代了体育。

如果说，我们忽视竞技运动就失掉了国际比赛中的金牌，那么，我们忽视全民体育就会失掉整个民族的健康！

民族的不幸

一些专家对民众体质的忧虑尽管每每寝食不安，可他们自己呢？如果我们看一看专家们自身的体质状况，那才是真正的可悲。罗健夫、蒋筑英等人华年早逝，已是尽人皆知，不幸的是罗和蒋的命运，却在更多专家身上不断重演。

中国科学院在京研究所的体育活动场所本就奇缺，而今被侵占的现象又十分严重。如电子所，原有 4 个篮球场，现在一个也没有了。声学所、力学所、化冶所工厂、生物物理所和发育所等单位的体育场地，而今也被占光占尽。君不见科学城内，楼房越盖越高，空地越挤越小，又如何锻炼身体？

当我们为体育精英获得金牌而欢呼的时候，可曾有人想到过另一批"国宝"的健康？

列夫·托尔斯泰曾说："一个埋头脑力劳动的人，如果不经常活动四肢，那是一件极其痛苦的事情啊！"

蒋筑英、罗健夫、栾福，当他们过早地告别尘世的时候，我们只是给予他们同疾病顽强斗争的精神、抱病工作的热忱以赞美词，却很少有人想到，那疾病本可以靠体育加以预防的。

每一个正直的中国人都应该记住这些数字：

北京。据国家体委科研所李力研对教学、科研等 11 个单位的 10590 名中年知识分子调查，患病率高达 81.6%，这就是说，每万名中年知识分子中，有 8000 名以上在病痛的折磨中。

上海。抽查 3714 名中年知识分子，患病率亦达 67.8%。复旦大学仅 1986 年 1 月一个月，竟有 2300 名教师到医院就诊……

每当我翻看这些数字，我的眼前就映现出一张张脸：戴着厚重的眼镜，黄蜡蜡的面皮，瘦干干的面颊，细长的脖子硬挺着。

无论如何不能相信，在全世界的科学家胜利完成了第一次预防医学革命之后，在中国，这些献身科学的人们却成了最容易发生心血管疾病的人群。他们之中许多人一个紧接一个地倒下去了。

经对北京大学、清华大学、四川大学、复旦大学、浙江大学、武汉大学、中山大学、华中工学院、洛阳工学院、同济大学、南京大学等院校调查，近年来去世的 270 位中高级知识分子总平均年龄不足 58 岁。

在中国科学院这座中国最高的科学殿堂，1986 年以来，竟有 94 次奏响了哀乐——

著名地质学家曾庆丰，终年 54 岁。

著名数学家董泽清，终年 51 岁。

著名声学家施仲坚，终年 50 岁。

著名数学家张广厚，终年 50 岁。

著名数学家钟家庆，终年 49 岁。

……

回顾他们短暂的一生，受教育的时间几乎占去一半，继而浩劫十年；而今，他们刚刚劳作了数度春秋，却永别了自己心爱的事业。

雄图未竟身先死，怎不遗恨后来人！

试想，倘在疾病因子侵入他们身体之前，我们能够在他们中积极推行体育活动，强身锻炼，日增体魄，再辅之以医疗保健又何至于此！

前人有道：“一身动，则一身强；一家动，则一家强；一国动，则一国强；天下动，则天下强。”

在这里，我很想谈及一件使人困惑的事情。

自 1987 年夏季以来，京城里的“气功热”一浪高过一浪。据友人介绍，中华气功已有 138 个门派人员下山而来。大师们个个身怀绝技。有些报刊誉此为“名手蜂起，流派纷呈，气功从山林走向社会”。而气功师们下山入世的一个大任务，则是“普度民族的精英于苦难，拯救中国知识分子于衰亡”。有关材料说，大师们的出山，“赢得了首都知识界的热烈欢迎”，已有中国科学院、北京大学、清华大学、新华社、人民日报社、中国青年报社等——包括 30 多所高等院校、20 多所科研单位以及首都新闻界、文艺界等 6000 多位“道友”，踊跃参加了各种以气功健身的速成班，聆听气功师们传功授课。大师们在这些无神论的“圣地”，可谓所向披靡。五个月之内，欣然接受气功治病者已达 5000 人次。此“热”一直越过 1988 年年关，仍以持续发展的势头席卷神州，大大超过了以往出现的争练“大雁功”、“鹤翔桩功”的热度。

一个寒风凛冽的下午，我抱着久已有之的好奇心，奔赴一个专为首都新闻界、文艺界举办的气功速成班观瞻，地点在东城区的一个小胡同里。当我将要接近胡同中间的那个大院时，但见窄小的胡同已被诸多的小轿车所挤满。同行者抱怨我说：“入班学习是不兴迟到的，你瞅瞅，”他指着那些轿车，“人家前辈名流，早早就到了！”我们的脚步不由加快。

进得院来，到了小礼堂门口，静悄悄的。我踮起脚尖，款款地推门，轻轻地挤进了那静谧的小礼堂，里头早已挤满了数百名绝非普通百姓的“同道”，大家都在认真听讲。

大师正在讲课。有人说，这位年轻的气功师当前在北京各大门派中独占鳌头，是最有名气的。他年约二十六七岁，衣衫整洁，身板看不出有什么强健，操着东北口音，生得很像我小学时班上一位腼腆的男同学。

听了一阵子，只觉得大师所讲的内容实不难懂，也并不引人入胜。而引起我关注的倒是另外一些人：中国最著名的大诗人、大作家、大记者和大学问家，还有曾经极其走红的歌唱家等一干人，正端坐前面几排，面容肃穆，专心恭听着这位青年的讲述。仅这一次前来听课的中华高级人才，就足足可以开出一长串震撼海内外的名单来。

正迷惑处，发现周围有人打瞌睡，且发出了鼾声，我想到以赶时髦、满足好奇心而前来的听众还是不少，也未必人人对气功都那么虔诚。只是“同道”们相互询问起是否已具备功力，是否能够发气，是否打通了“小周天”时，想必会有不少人由于生怕被讥为“肉身凡胎”而随声附和道：“还行，有感觉，呀，真的！”——免得被人戴上“气功盲”的帽子。因而这“气功热”便也传播得更快。

我漫步在京都的大道上，慢慢想着，渐渐又觉得单单把“气功热”归结为社会心理之传染未免浅薄，这中间必有其社会基础或物质基础。试想，真要有随处便宜的各种体育设施，恐怕这“气功热”的吸引力就不会太大。再说，气功原也同体育的竞争与开放精神格格不入，前者实属传统儒术之故伎，后者才更具备现代社会现代人之风采。要说物质基础，无非是诸贤多在病中挣扎，又无体育关照，打针吃药于事无补，且强身益寿心切，无奈便想从“大师”那里寻求养生之道；也不排除还有一些人长期以来有着“减去十岁”那种心态。但那也毕竟是先病而后求诸于他法。诸贤若多雄健，想它在知识界“热”起来就难。这一“热”中，我更多地想到了我们现代大众体育之不兴，想到我们弘扬体育真谛、振奋民族精神之迫切。

自夏日里采访以来，一种复杂的心绪总难排遣。

太阳像往常那样出现，今天比以往上升得更严肃。

（原载《当代》1988 年第 2 期）

写在《独立调查启示录》后面

古今中外著书人，一个共同愿望，就是把作品留下来，传之久远，让后人后世也喜欢。不过，要实现这一愿望，作家自己却做不了主，根本没有决定权。

决定权在谁手里呢？应该说，这个权力，在读者和出版家手中。出版社的编辑们，眼睛很毒辣，最懂得读者的趣味，当往日新书变成旧书之后，还能看出需求和意义来，由是决定了作品的存亡。作品命薄者，人家束之高阁；作品命大者，人家重新推出。作家在一旁干瞪眼，拿读者和编者没法子。

每逢旧书新出，作家便有些惶惶然的欣喜，由不得要感谢编者，也坚定了为读者真诚写作的信念。只有作家付出真诚，才能换取读者的真诚。

为泡沫需求而写，为一时功利而作，读者便不买账。茫茫书海，那么多好书还看不过来，谁还顾得上假眉三道的伪文章？

从这个意义上说，作家的命运，就捏在读者手中。对于商户而言，顾客便是上帝；对于作家而言，读者才是主人。

这一回，陕西人民出版社的圣贤们，把我过去的篇章整肃了一番，舍掉一部分，留取一部分，编成了六册套书。我先是对向晨等编辑友人举杯致谢，而后酒醒，脑子降温，由不得面对自已三十年的写作进行了一次反省：哪些作品值得人家劳费精神？为什么舍掉另外一批旧作？其中有什么道理？今后怎样写下去？这时才悟到，黄河西岸众乡党，结结实实给我上了一课。

是为后记。

赵　瑜

2014 年 3 月 3 日于京